ふしぎな図書館《としょかん》と
クリスマス大《だい》決《けっ》戦《せん》

ストーリーマスターズ ❻

作／廣嶋 玲子　絵／江口 夏実

講談社

目《もく》次《じ》

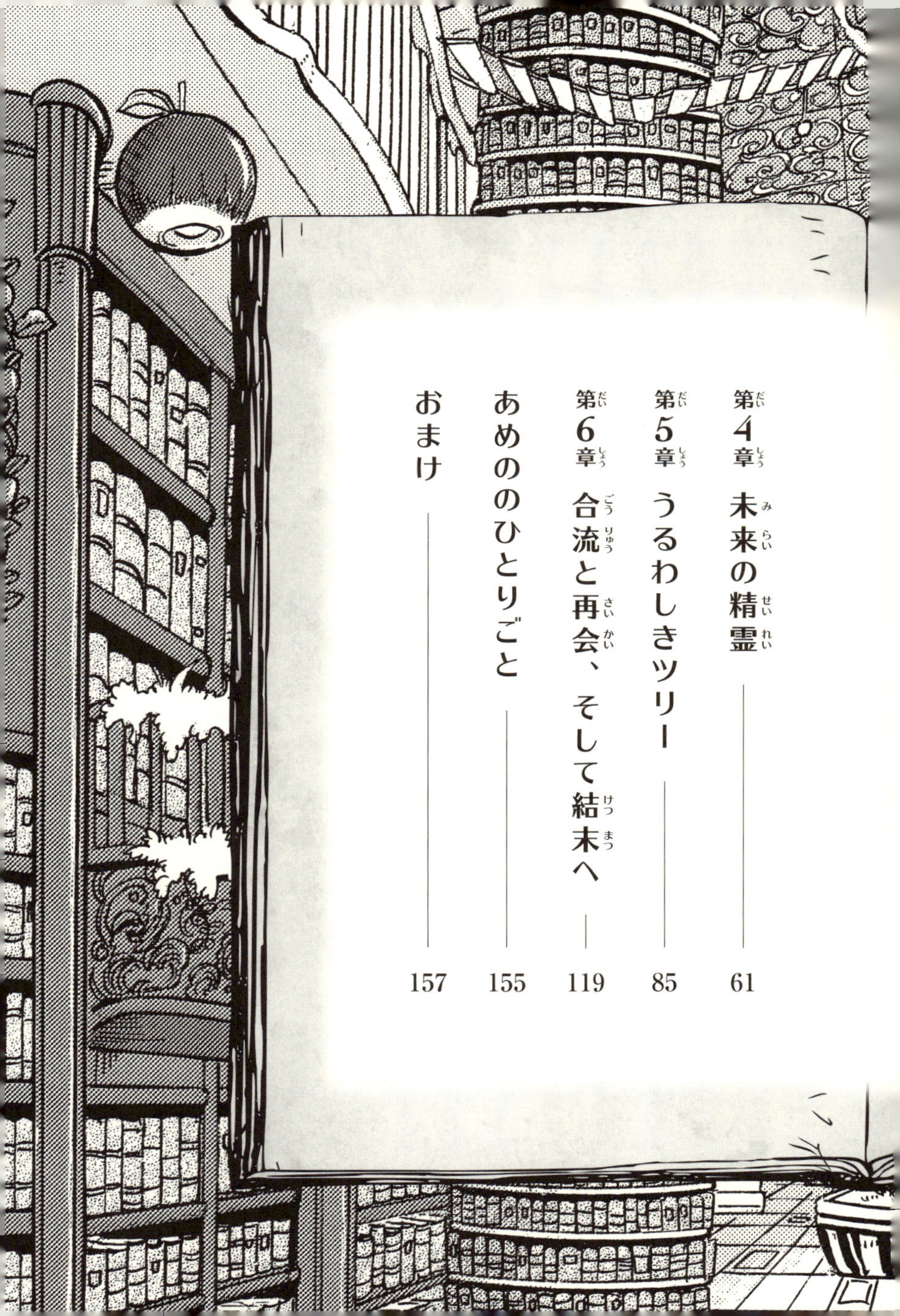

世界《せかい》の図書館《としょかん》

この世界《せかい》のありとあらゆる物語《ものがたり》が集《あつ》められているふしぎな図書館《としょかん》。その大《おお》きさははかりしれない。それぞれの本《ほん》の世界《せかい》を守《まも》る図書館司書《としょかんししょ》は、ストーリーマスターと呼《よ》ばれている。その正体《しょうたい》は、物語《ものがたり》の作者《さくしゃ》たち？

ストーリーマスターズ

グリム兄弟《きょうだい》

グリムワールドを守護《しゅご》している。

バートン卿《きょう》

千夜一夜《せんやいちや》ワールドを守《まも》っている。

ムーサ

ギリシャ神話《しんわ》を守《まも》る芸術《げいじゅつ》の女神《めがみ》たち。

アンデルセン

世界最大級《せかいさいだいきゅう》の数《かず》の童話《どうわ》を作《つく》った。

葵《あおい》

『千夜一夜物語《せんやいちやものがたり》』の世界《せかい》に。読書好《どくしょず》きで、自信家《じしんか》。

1・2巻《かん》で活躍《かつやく》！

宗介《そうすけ》

『グリム童話集《どうわしゅう》』の修復《しゅうふく》ミッションに挑戦《ちょうせん》。本《ほん》が好《す》きになってきた！

守《まもる》

頭《あたま》がよすぎて、仲間《なかま》はずれに。グライモンにさらわれて……。

4巻《かん》に登場《とうじょう》！

ひなた

明《あか》るくて元気《げんき》。みんなとなかよくしたい！

3巻《かん》で活躍《かつやく》！

世界《せかい》の図書館《としょかん》にようこそ！

みんなが読《よ》んでいる本《ほん》の内容《ないよう》をだれかが変《か》えてしまったらどうする？「なんだかつまらないなあ。」と思《おも》うその本《ほん》、もしかしたら、変《か》えられてしまっているのかも？　魔王《まおう》グライモンがおもしろいお話《はなし》をひとりじめするために、世界《せかい》の名作《めいさく》から、大事《だいじ》な大事《だいじ》な「キーパーツ」を盗《ぬす》んでる。物語《ものがたり》をもとにもどすのは、名作《めいさく》の作者《さくしゃ》であるストーリーマスターズと子《こ》どもたち！　物語《ものがたり》の世界《せかい》で冒険《ぼうけん》した宗介《そうすけ》、葵《あおい》、ひなた、守《まもる》の４人《にん》。しかし守《まもる》がグライモンにさらわれてしまい……。いよいよ守救出《まもるきゅうしゅつ》のために、グライモンのすむ暴食城《ぼうしょくじょう》へ⁉

グライモン

この世界《せかい》のおもしろい物語《ものがたり》をひとりじめするのが夢《ゆめ》。想像力《そうぞうりょく》をうばって、人間同士《にんげんどうし》をいがみ合《あ》わせたい……と思《おも》っている。物語《ものがたり》からキーパーツを盗《ぬす》むだけではあきたらず、守《まもる》を使《つか》って、物語《ものがたり》そのものをめちゃくちゃにしようと……。

あめの

グライモンといっしょに物語《ものがたり》からおもしろさを盗《ぬす》む謎《なぞ》の美少女《びしょうじょ》。日本《にほん》では「天邪鬼《あまのじゃく》」という名《な》で、「瓜子姫《うりこひめ》」のお話《はなし》に登場《とうじょう》している。いろいろな姿《すがた》で世界中《せかいじゅう》の物語《ものがたり》に登場《とうじょう》しているらしい。悪役《あくやく》がひどい目《め》にばかりあう物語《ものがたり》にうんざり！

プロローグ

魔王《まおう》グライモン。

ありとあらゆる物語《ものがたり》をおさめた世界《せかい》の図書館《としょかん》と、それを守《まも》るストーリーマスターたちにとって、グライモンほど憎《にく》たらしいやつはいなかった。何《なに》しろ、世界《せかい》の図書《としょ》館《かん》にたびたび忍《しの》びこんでは、物語《ものがたり》の大事《だいじ》な部分《ぶぶん》、キーパーツを盗《ぬす》み取《と》って、食《た》べてしまうのだから。

おまけに、最近《さいきん》はあの手《て》この手《て》と、やり方《かた》を変《か》えて、攻撃《こうげき》をしかけてくる。ついには、人間《にんげん》の子《こ》どもをさらって、物語《ものがたり》の世界《せかい》そのものを書《か》き換《か》えさせるということまでしはじめた。

さらわれた子《こ》どもは、いまだグライモンの手《て》の中《なか》だ。

プロローグ

　だが、決《けっ》して悪《わる》いことばかりではなかった。一連《いちれん》の事件《じけん》によって、長《なが》い間《あいだ》わからなかったグライモンのアジト、暴食城《ぼうしょくじょう》の場所《ばしょ》が、ついに明《あき》らかになったのである。

　いま、ストーリーマスターたちはふるいたっていた。

「我々《われわれ》はいつも攻撃《こうげき》を受《う》ける側《がわ》だった。何《なに》かを盗《ぬす》まれてから、あわててグライモンを追《お》いかける側《がわ》だった。でも、もうちがう。グライモンの城《しろ》に乗《の》りこみ、今度《こんど》こそやつをつかまえてやろうじゃないか！　そして、さらわれた子《こ》ども、守君《まもるくん》を取《と》り戻《もど》すんだ！」

　そして、そう心《こころ》に決《き》めているのは、ストーリーマスターたちだけではなかった。

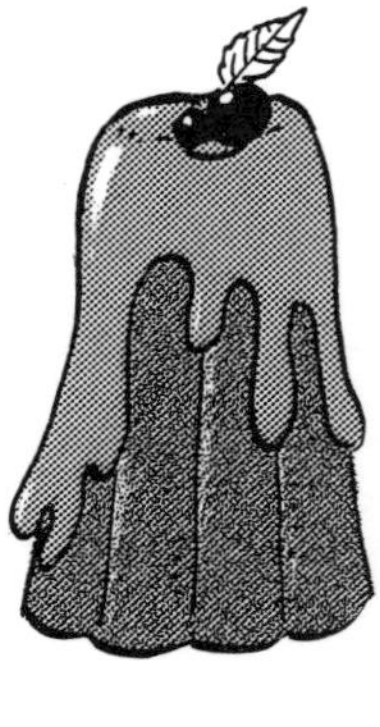

第《だい》1章《しょう》

いざ、暴《ぼう》食《しょく》城《じょう》へ！

story 1

渚橋宗介《なぎさばしそうすけ》。

帆坂葵《ほさかあおい》。

多々良《たたら》ひなた。

この3人《にん》はストーリーマスターたちの相棒《あいぼう》として認《みと》められた特別《とくべつ》な子《こ》どもたちで、これまでに物語《ものがたり》の修復《しゅうふく》を手伝《てつだ》ったり、グライモンの悪《わる》だくみを食《く》い止《と》めたりしてきた。

そんな3人《にん》のいちばんの大手柄《おおてがら》は、グライモンの暴食城《ぼうしょくじょう》が夢《ゆめ》の領域《りょういき》にあるということを突《つ》きとめたことだろう。これは3人《にん》だけでなく、グライモンにさらわれた子《こ》ども、鳥崎守《とりさきまもる》の力《ちから》も大《おお》きかった。さらわれ、利用《りよう》されながらも、守《まもる》は必死《ひっし》で独自《どくじ》のSOS《エスオーエス》を生《う》みだし、3人《にん》を暴食城《ぼうしょくじょう》に導《みちび》き、盗《ぬす》まれた『西遊記《さいゆうき》』のブックをわたしたのだ。

だが、いっしょに逃《に》げることまではできなかった。

そうするしかなかったのだが、結果《けっか》として、３人《にん》は守《まも》を置《お》き去《ざ》りにしてしまったのだ。そのことは３人《にん》の心《こころ》に深《ふか》い傷《きず》を残《のこ》した。

『西遊記《さいゆうき》』のブックを自分《じぶん》たちにわたしたことで、守《まも》はひどい目《め》にあわされているかもしれない。ああ、一刻《いっこく》も早《はや》く助《たす》けたい。暴食城《ぼうしょくじょう》から連《つ》れだしたい。

だから、３人《にん》は決《き》めたのだ。ストーリーマスターたちといっしょに、暴食城《ぼうしょくじょう》に乗《の》りこむと。

すでにストーリーマスターたちは勇《いさ》み立《た》っているようだった。あわただしく言葉《ことば》を交《か》わし、「どのような攻略法《こうりゃくほう》で進《すす》めるか？」や「だれが行《い》くか決《き》めなければ。」と、作戦《さくせん》をくみあげていく。万《まん》が一《いち》のことを考《かんが》えて、救護班《きゅうごはん》や回復薬《かいふくやく》の手配《てはい》をしはじめる者《もの》たちもいた。

とにかく、世界《せかい》の図書館全体《としょかんぜんたい》に、緊張感《きんちょうかん》と興奮《こうふん》が高《たか》まりつつあった。

宗介《そうすけ》たちは周囲《しゅうい》のストーリーマスターたちの邪魔《じゃま》にならないよう、廊下《ろうか》のすみにへばりつきながら、彼《かれ》らのやりとりに耳《みみ》をすませていた。

「大勢《おおぜい》で乗《の》りこむより、少数精鋭《しょうすうせいえい》で行《い》ったほうがいいと思《おも》うな。」

「同感《どうかん》ですわ。ここはやはりムーサたちに行《い》っていただきたいですね。英雄《えいゆう》と冒険《ぼうけん》に満《み》ちた『ギリシャ神話《しんわ》』のストーリーマスターであれば、頼《たよ》りになるでしょう。」

「ええ、そうですわね。あとはグリム兄弟《きょうだい》とバートン卿《きょう》がいいですわ。なんと言《い》っても、『グリム童話集《どうわしゅう》』と『千夜一夜物語《せんやいちやものがたり》』は数《かず》が多《おお》い。力強《ちからづよ》い戦力《せんりょく》になってくれるはず。」

「もちろん、ぼくらは最初《さいしょ》から行《い》くつもりでしたよ、紫式部《むらさきしきぶ》。ね、バートン卿《きょう》。」

「うむ。グライモンの暴食城《ぼうしょくじょう》には一度《いちど》は行《い》ってみたかった。胸《むね》が高鳴《たかな》ってしかたないとも。きみもそうだろう、アンデルセン君《くん》？　あれ、アンデルセン君《くん》は？」

「おかしいわね。ついさっきまで、ここにいたはずなのに。……もしかして、どこかに逃《に》げたのかしら？」

「うーん。彼《かれ》の想像力《そうぞうりょく》はすばらしいから、ぜひ攻撃部隊《こうげきぶたい》に加《くわ》わってほしいんだがね。」

うなりながら周囲《しゅうい》を見回《みまわ》したバートン卿《きょう》は、宗介《そうすけ》たちに気《き》づくなり、おおまたで近《ちか》づいてきた。

「きみたち、どうしてそんなところに立《た》っているんだね？　さあ、早《はや》く家《いえ》に帰《かえ》りなさい。」

宗介《そうすけ》たちはびっくりしてしまった。てっきり、自分《じぶん》たちも連《つ》れていってもらえると思《おも》っていたのに、こんなことを言《い》われてしまうとは。

口達者《くちだっしゃ》な葵《あおい》がさっそく抗議《こうぎ》した。

「フラン！　そんなのってないわ！　わたしたちも暴食城《ぼうしょくじょう》に行《い》く。」

「絶対《ぜったい》にだめだ。」

断固《だんこ》たる口調《くちょう》で、バートン卿《きょう》は言《い》った。そして、その言葉《ことば》に、まわりにいるすべてのストーリーマスターたちがいっせいにうなずいたのだ。

この人《ひと》たちは自分《じぶん》たちを連《つ》れていく気《き》がない。

そう悟《さと》り、宗介《そうすけ》たちは青《あお》ざめた。葵《あおい》はさらに言葉《ことば》をつづけようとしたが、バートン卿《きょう》はそれをさえぎるように言《い》った。

「葵《あおい》。宗介君《そうすけくん》にひなた君《くん》。きみたちの気持《きも》ちはよくわかるが、今回《こんかい》ばかりはだめだ。我々《われわれ》が乗《の》りこむのは魔王《まおう》の牙城《がじょう》。これまでだれひとりとして入《はい》ったことがない暴食城《ぼうしょくじょう》なのだ。どんな罠《わな》がしかけられているかもわからない。危険《きけん》すぎる。」

「でも、それはあなたたちだって同《おな》じでしょ？」

「我々《われわれ》はストーリーマスターだ。大人《おとな》で、力《ちから》もそれなりにある。何《なに》より、何度《なんど》もグライモンと戦《たたか》ってきた実績《じっせき》がある。きみたちとは、経験《けいけん》のケタがちがう。」

「そ、それは、そうかもしれないけど……。でも、イッテンはいっしょに行《い》ってもいいって言《い》ってくれたわ！」

「イッテンが？」

バートン卿《きょう》は周囲《しゅうい》を見回《みまわ》すや、すばやくイッテンを見出《みいだ》した。おんぼろ灰色猫《はいいろねこ》はどこにいても目立《めだ》つので、見《み》つけるのは簡単《かんたん》なのだ。

「イッテン！　あなたともあろうものが、無責任《むせきにん》なことを言《い》ったものだ。そんなことはできないと、あなただってわかっているはずだ！」

「いや、まあ、そうなんじゃが……。この子《こ》らは案外戦力《あんがいせんりょく》になってくれる気《き》がしてのう。どうじゃろ？　いっしょに連《つ》れていってみては……。」

「何《なに》を言《い》っているんだ！」

バートン卿《きょう》の声《こえ》に怒《いか》りがこもった。ほかのストーリーマスターたちも、じろっと、イッテンに非難《ひなん》の目《め》を向《む》けた。

「グライモンのことだ。この子《こ》たちを連《つ》れていけば、当然《とうぜん》のようにねらってくるだろう。そんな危《あぶ》ない目《め》にあわせるわけにはいかない。この子《こ》たちは『西遊記《さいゆうき》』で十分《じゅうぶん》すぎるほど活躍《かつやく》してくれた。このまま家《いえ》に帰《かえ》すべきだ。」

バートン卿《きょう》の言葉《ことば》はゆるぎなく正《ただ》しかった。あまりに正《ただ》しすぎて、宗介《そうすけ》たちですら反論《はんろん》はできなかった。

「わかったわかった。」

バートン卿《きょう》の威圧感《いあつかん》に負《ま》けたかのように、イッテンがうなずいた。

「じゃが、このままではこの子《こ》らも納得《なっとく》せんじゃろう。彼《かれ》らにはもうひと働《はたら》きしてもらおうではないか。ということで、子《こ》どもたちよ、おぬしらに頼《たの》みたいことがある。ハンス・クリスチャン・アンデルセンをさがしだしておくれ。」

「え、アンデルセンさん？」

「そうじゃ。あやつにはぜひとも暴食城《ぼうしょくじょう》に行《い》ってもらわねばならん。なのに、怖《お》じ気《け》づいて、どこかに隠《かく》れてしまったらしい。あのドアの向《む》こうに逃《に》げこむのが、さっき、ちらっと見《み》えた。」

そう言《い》って、イッテンは緑《みどり》の小《ちい》さなドアを指《さ》し示《しめ》した。

「わしらはもう出《で》かけねばならん。ハンスを見《み》つけたら、なんとか説得《せっとく》して、わしらのあとを追《お》うようにさせてくれ。くれぐれもうまくやってくれ。くれぐれもな。」

念《ねん》を押《お》しながら、イッテンは宗介《そうすけ》たちにすばやくウィンクをしてきた。

それから、さっとストーリーマスターたちのほうをふりかえったのだ。

「では、行《い》くぞ！　いざ、暴食城《ぼうしょくじょう》へ！　残《のこ》る者《もの》たちもいろいろと準備《じゅんび》を頼《たの》む！」

「おまかせを！」

「いってらっしゃい！　お気《き》をつけて！」

「ご武運《ぶうん》を！」

歓声《かんせい》と祈《いの》りに包《つつ》まれ、イッテンと選《えら》び抜《ぬ》かれた数人《すうにん》のストーリーマスターたちはさっそうと奥《おく》へと去《さ》っていった。

取《と》り残《のこ》された子《こ》どもたちは、顔《かお》を見合《みあ》わせた。

「……いまのウィンク、どう思《おも》う？」

「絶対《ぜったい》、なんか含《ふく》んでたよね。」

「だよな。うまくやれって……おれたちに暴食城《ぼうしょくじょう》についてこいってこと？」

「あたしもそう思《おも》った！」

「わたしも。……アンデルセンさんがカギなんじゃない？」

「そうだな。アンデルセンさんがいないと、暴食城《ぼうしょくじょう》に行《い》けないんだ、きっと。」

とにかくアンデルセンをさがそうと、３人《にん》はイッテンに教《おし》えられた緑《みどり》のドアのもとに走《はし》った。

開《あ》けてみたところ、そこは小《ちい》さな部屋《へや》で、中《なか》はごちゃごちゃとしていた。脚《あし》の折《お》れた椅子《いす》、古《ふる》そうな新聞《しんぶん》の束《たば》、欠《か》けたティーカップやバケツ、針《はり》が止《と》まってしまっている大時計《おおどけい》など、ガラクタがとにかく積《つ》み重《かさ》なっている。

どうやらここは物置部屋《ものおきべや》のようだ。そして、アンデルセンはいなかった。

「いないわね。」

「どこか別《べつ》の部屋《へや》に移動《いどう》したんじゃないか？」

葵《あおい》と宗介《そうすけ》はそう言《い》ったが、ひなたはかぶりをふった。

「……ううん。たぶん、この部屋《へや》にいると思《おも》う。あたしがアンデルセンさんに初《はじ》めて会《あ》ったとき、アンデルセンさんはしおりに化《ば》けて、本棚《ほんだな》に隠《かく》れていたんだ。」

「そんなことできるの？　ストーリーマスターって、やっぱりすごいんだな。」

「でも、そういうものに化《ば》けられてしまってたら、さがすのは不可能《ふかのう》に近《ちか》くない？」

「だいじょうぶ。あたしにまかせて。」

胸《むね》をはって言《い》ったあと、ひなたはわざとらしく声《こえ》を大《おお》きくしてしゃべりだした。

「そういえば、アンデルセンさんに伝《つた》えたいことがあったんだよね。この前《まえ》、友《とも》だちがね、『人魚姫《にんぎょひめ》』の映画《えいが》を見《み》たって、あたしに伝《つた》えてきたの。人魚姫《にんぎょひめ》が王子《おうじ》さまと結婚《けっこん》するハッピーエンドだったんだって。」

ばんっと、すごい音《おと》を立《た》てて、壁《かべ》にたてかけてあった大時計《おおどけい》がはねあがった。そして、子《こ》どもたちが驚《おどろ》くまもなく、それはアンデルセンのすがたとなった。

自《みず》らすがたを現《あらわ》したアンデルセンは、血相《けっそう》を変《か》えて、ひなたにつめよった。

「ハッピーエンド！　人魚姫《にんぎょひめ》が王子《おうじ》さまと結婚《けっこん》だって！　そんなの、ぼくが書《か》いた『人魚姫《にんぎょひめ》』じゃない！　ぼくが作品《さくひん》にこめたものは、そんなラブストーリーじゃないんだよ！　ああ、なんてことだ！」

「わかってますって。きっと、アンデルセンさんの『人魚姫《にんぎょひめ》』があまりにすてきだから、映画監督《えいがかんとく》が想像力《そうぞうりょく》を刺激《しげき》されて、自分《じぶん》なりの『人魚姫《にんぎょひめ》』を作《つく》ったんですよ。アンデルセンさんはすごいですよね。いろいろな人《ひと》に想像力《そうぞうりょく》を与《あた》えているんだもの。」

「ふ、ふん。おだてたって、ぼくの心《こころ》の傷《きず》は……。ぼくの物語《ものがたり》が勝手《かって》に書《か》き換《か》えられたってことに変《か》わりはないわけだし。」

「もちろん映画《えいが》は映画《えいが》、オリジナルはオリジナルですよ。だからね、あたしも友《とも》だちに教《おし》えてあげたんです。ほんとの『人魚姫《にんぎょひめ》』を読《よ》んでみてよって。その子《こ》、さっそく読《よ》んでくれて、感想《かんそう》を言《い》ってくれました。」

「そ、その子《こ》はなんて？」

おびえたような顔《かお》をするアンデルセンに、ひなたはにっこりしてみせた。

「すごくおもしろかったって。悲《かな》しいラストだったけど、映画《えいが》よりずっと考《かんが》えさせられたって。映画《えいが》とはまったく別物《べつもの》だねって。」

「そ、そうか。……読者《どくしゃ》はちゃんとわかってくれるってことだね。ああ、よかった。立《た》ち直《なお》れなくなるところだったよ。」

アンデルセンは笑《え》みを浮《う》かべた。

ここで、ひなたは、宗介《そうすけ》と葵《あおい》に目配《めくば》せした。

ふたりはすぐに動《うご》いた。さっとアンデルセンをはさみこみ、宗介《そうすけ》は右腕《みぎうで》を、葵《あおい》は左腕《ひだりうで》を、それぞれぎゅっとつかんだのだ。

「えっ？　な、なんだい、きみたち？　さびしくなっちゃったのかい？」

「ちがうよ！　逃《に》がさないためだよ！」

「さ、わたしたちといっしょに暴食城《ぼうしょくじょう》へ行《い》きますよ、アンデルセンさん。」

「え、やだ！　そんなこわいの、ごめんだよ！」

たちまちアンデルセンの顔《かお》は真《ま》っ青《さお》になり、がたがたふるえだした。だが、子《こ》どもたちはかまうことなく、アンデルセンを物置部屋《ものおきべや》から引《ひ》きずりだし、イッテンたちが入《はい》っていった部屋《へや》に引《ひ》きずっていった。

その部屋《へや》はとても小《ちい》さく、何《なに》もなかった。本《ほん》もなければ、家具《かぐ》もない。床《ゆか》も壁《かべ》も天井《てんじょう》も、黒《くろ》いガラスでできていて、銀色《ぎんいろ》の無数《むすう》の星《ほし》がきらめいている。まるで夜空《よぞら》に浮《う》かんでいるような心地《ここち》になる部屋《へや》だ。

そして、中央《ちゅうおう》には、大《おお》きな深《ふか》い穴《あな》が開《あ》いていた。

ここに入《はい》ったはずのイッテンたちのすがたが見当《みあ》たらないので、子《こ》どもたちは目《め》をきょろきょろさせた。

「イッテンたち、どこに行《い》っちゃったんだ？　アンデルセンさん、わかる？」

「わかるけど、言《い》わない！　教《おし》えない！　は、放《はな》してくれ！」

「ほら、暴《あば》れないでくださいよ。うーん。でも、この部屋《へや》でまちがいないはずなんだけど。まさか、そこの穴《あな》に落《お》ちた？」

「それは穴《あな》じゃないよ！」

きいきいと、アンデルセンがわめいた。

「それは夢《ゆめ》の門《もん》だ！　頭《あたま》に思《おも》い浮《う》かべた夢《ゆめ》の中《なか》に行《い》くことができる。」

「夢《ゆめ》の門《もん》？」

「そ、そうさ。イッテンたちはそこに飛《と》びこんだんだ。いまごろ、みんなは暴食城《ぼうしょくじょう》にたどりついているはずだよ。でも、ぼくは絶対《ぜったい》に行《い》かない。グライモンや暴食城《ぼうしょくじょう》のことなんて、絶対《ぜったい》に頭《あたま》に浮《う》かべたりしないから。ラリラリラ〜！」

頭《あたま》を空《から》っぽにするつもりなのか、アンデルセンはいきなり歌《うた》いだした。

子《こ》どもたちは顔《かお》を見合《みあ》わせ、うなずきあった。

「まあ、アンデルセンさんがいやがるのも無理《むり》はないかなあ。暴食城《ぼうしょくじょう》にはグライモンだけじゃなくて、あめのもいるもんね。あめのはずいぶんアンデルセンさんのこと、恨《うら》んでいるみたいだし。」

「そうなのか、ひなねえ？」

「うん。前《まえ》に戦《たたか》ったとき、アンデルセンさんはあめのの口《くち》にハンカチを押《お》しこんで、しゃべれなくさせたんだよ。あれはかっこよかった。」

「へえ、やるじゃん！」

「見直《みなお》しました、アンデルセンさん。」

3人《にん》のやりとりに、アンデルセンはがまんできなくなったように、えへっと笑《わら》った。

「まあね。あれは自分《じぶん》でもなかなかよくやったと思《おも》うよ。」

「ですよね。あのときのあめのの顔《かお》ったら、すごかったですよね。」

「そうだねえ。」

アンデルセンがうなずいたときだ。いまだと、ひなたが合図《あいず》を送《おく》った。

それっと、子《こ》どもたちは一気《いっき》に動《うご》いた。気《き》を抜《ぬ》いていたアンデルセンを思《おも》いきり押《お》し、そのまま夢《ゆめ》の門《もん》へと突《つ》き落《お》としたのだ。

落《お》ちていくアンデルセンにしがみつきながら、３人《にん》はひたすら願《ねが》った。

暴食城《ぼうしょくじょう》に行《い》きたい、と。

望《のぞ》みはすぐにかなった。凶悪《きょうあく》なまでに甘《あま》い匂《にお》いが、みんなのことを包《つつ》みこんできたのだ。宗介《そうすけ》たちは2度目《どめ》の体験《たいけん》だったので、それほど驚《おどろ》かなかったが、アンデルセンは息《いき》をつまらせた。

「ぐっ！　おえっ！　な、なんの匂《にお》いだい、これ！　甘《あま》すぎる！」

アンデルセンのわめき声《ごえ》を聞《き》きながら、子《こ》どもたちは目《め》を開《ひら》いた。

ありとあらゆるデザートをパンケーキのように積《つ》みかさねて作《つく》ったような城《しろ》がそびえたっていた。

第《だい》2章《しょう》

魔《ま》王《おう》のもてなし

story 2

「こ、これが暴食城《ぼうしょくじょう》……。初《はじ》めて見《み》たけど、なんてグライモンらしい城《しろ》なんだろう。趣味《しゅみ》が悪《わる》いったら。それにこの匂《にお》い！　頭《あたま》ががんがんするよぉ。」

「情《なさ》けない声《こえ》をあげないでよ、アンデルセンさん。」

「ひなた君《くん》！　もっとぼくにやさしくして！　だいたい、ひどいよ、きみたち！　あ、あんなふうにぼくを突《つ》き落《お》として！　あめののことを思《おも》いだしていたところだったから、暴食城《ぼうしょくじょう》に来《き》ちゃったじゃないかあ！」

「しっ！　そんな大《おお》きな声《こえ》をあげないでくださいよ！」

「そうだよ。グライモンたちに気《き》づかれたら、どうするんだよ？」

葵《あおい》と宗介《そうすけ》は声《こえ》をひそめて言《い》った。

だが、アンデルセンはすねたように口《くち》をとがらせた。

「べつにこそこそする必要《ひつよう》はないと思《おも》うよ。だって、もうイッテンたちが先《さき》に乗《の》りこんでいるんだから。ほら、見《み》てごらんよ。」

アンデルセンが言《い》ったとおりだった。暴食城《ぼうしょくじょう》の巨大《きょだい》な扉《とびら》は、大《おお》きく開《ひら》かれていたのだ。

「……じゃ、イッテンたちはもう中《なか》にいるってこと？」

「まちがいなくそうでしょうね。わたしたちも急《いそ》いで合流《ごうりゅう》しなくちゃ。」

「それ、本気《ほんき》で言《い》っているのかい？　やだよ！　このままここにいようよ。グライモンのことなら、イッテンたちがうまくやってくれるって。」

「じゃ、アンデルセンさんはここで残《のこ》っていればいいですよ。ひとりで。」

「ひどっ！」

ふしぎな話《はなし》だが、弱腰《よわごし》のアンデルセンをしかりつけることで、子《こ》どもたちは逆《ぎゃく》に勇気《ゆうき》を持《も》つことができた。

だから、子《こ》どもたちは暴食城《ぼうしょくじょう》に向《む》かって踏《ふ》みだした。アンデルセンは最後《さいご》についてきた。足《あし》をがくがくふるわせて、前《まえ》にいるひなたの肩《かた》をぎゅっとつかみながら……。

扉《とびら》をくぐってしばらく歩《ある》くと、すぐにまた別《べつ》の扉《とびら》が見《み》えてきた。これまた大《おお》きく開《ひら》かれ、中《なか》から明《あか》るい光《ひかり》がもれている。

扉《とびら》のかげに身《み》をひそめながら、4人《にん》はそっと中《なか》をうかがった。舞踏会《ぶとうかい》ができそうなほど大《おお》きな広間《ひろま》となっていた。その明《あか》るさ、豪華《ごうか》さに、4人《にん》は目《め》を見張《みは》った。

天井《てんじょう》からつりさげられたシャンデリアは、さながら千《せん》のダイヤモンドのようにきらめき、壁《かべ》は金銀《きんぎん》のリボンと赤《あか》い宝石《ほうせき》をちりばめた緑《みどり》のリースで飾《かざ》られている。30人《にん》は食事《しょくじ》ができそうな大《だい》テーブルが置《お》かれ、そこにはごちそうの数々《かずかず》がテーブルからこぼれそうなほど並《なら》べられていた。

大《おお》きな鳥《とり》の丸焼《まるや》き。赤《あか》や紫《むらさき》のベリーの盛《も》り合《あ》わせ。青《あお》い炎《ほのお》に包《つつ》まれているプディング。エビのサラダ。熱々《あつあつ》のスープ。ナッツとドライフルーツを練《ね》りこんだクッキーや、糖蜜《とうみつ》がたっぷりかけてあるケーキや、色《いろ》とりどりのキャンディ。

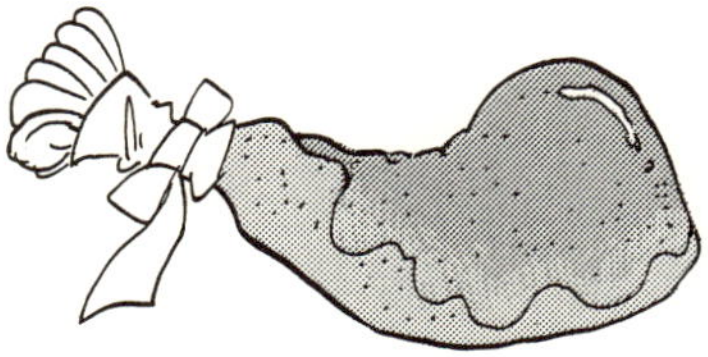

どれもこれもよだれが出《で》そうなものばかりなのに、どことなく不気味《ぶきみ》さがあり、食《く》いしん坊《ぼう》のひなたでさえ「食《た》べたい。」という気持《きも》ちが起《お》きなかった。

そして、そこら中《じゅう》に、プレゼントの箱《はこ》が置《お》かれていた。大人《おとな》が簡単《かんたん》に入《はい》ってしまいそうな大箱《おおばこ》が、なんともきれいな包《つつ》み紙《がみ》とリボンに包《くる》まれ、山《やま》となって積《つ》まれているのだ。

鮮《あざ》やかな緑《みどり》や赤《あか》の装飾《そうしょく》に、ごちそうに、プレゼント。このにぎやかにして楽《たの》しげな光景《こうけい》は、とても魔王《まおう》の城《しろ》の中《なか》とは思《おも》えなかった。

「これって……。」

「なんか、クリスマスシーズンのデパートみたいだよな？」

「そうだね。あ、ほら、見《み》て。イッテンたちがいる！」

大広間《おおひろま》の奥《おく》のほうに、イッテンたちがいた。すでにイッテンは巨大《きょだい》な純白《じゅんぱく》の猫《ねこ》となっていた。

その堂々《どうどう》たる風格《ふうかく》、美《うつく》しさに、初《はじ》めて目《め》にする宗介《そうすけ》は圧倒《あっとう》された。

「うわ、かっけえ！　え、あれがほんとのすがたなの？」

「そうよ。イッテンは、年神《としがみ》になれなかった猫《ねこ》の神《かみ》さまなんだって。あのすがたでグライモンと戦《たたか》うところを、わたし、見《み》たことがあるんだから。」

葵《あおい》の言葉《ことば》に、宗介《そうすけ》とひなたははっとした。イッテンが本来《ほんらい》のすがたに戻《もど》ったということは、すでに戦闘《せんとう》モードということだろう。

自分《じぶん》たちも気《き》をひきしめなくてはと思《おも》ったときだ。

アンデルセンが「ひっ！」と小《ちい》さな悲鳴《ひめい》をあげた。

「どうしたの、アンデルセンさん？」

「上《うえ》！　う、上《うえ》だよ！」

ふるえる手《て》で、アンデルセンはシャンデリアを指差《ゆびさ》した。

見《み》れば、巨大《きょだい》なシャンデリアに、いつのまにか魔王《まおう》グライモンがはりついていた。恐《おそ》ろしげでありながら、どこかとぼけた顔《かお》をしている魔王《まおう》は、いまは燃《も》えるような赤《あか》い服《ふく》をまとい、頭《あたま》には赤《あか》い三角帽子《さんかくぼうし》を載《の》せ、ごていねいに白《しろ》いひげまでつけていた。そう。サンタクロースの格好《かっこう》をしているのだ。

ぎょっとしているストーリーマスターたちに、グライモンはわざとらしく頭《あたま》を下《さ》げた。

「ようこそ、我《わ》が暴食城《ぼうしょくじょう》へ。偉大《いだい》なる物語《ものがたり》の守《まも》り手《て》に敬意《けいい》を払《はら》い、おもてなしをさせていただこう。クリスマスにはちと早《はや》いが、この飾《かざ》りつけは気《き》に入《い》ってもらえたかな？」

イッテンはしっぽを巨大《きょだい》なブラシのようにふくらませながら、グライモンを睨《にら》みつけた。

「魔王《まおう》のくせにキリスト教《きょう》の聖《せい》なる日《ひ》を祝《いわ》うつもりか？　ふざけたやつじゃ！」

「おっと。かんちがいをしては困《こま》る。予《よ》はクリスマスを祝《いわ》うつもりなどない。ただただクリスマスが大好《だいす》きなだけよ。」

「クリスマスが大好《だいす》き、じゃと？」

「うむ。クリスマスにしか食《た》べられないごちそう。あの明《あか》るく楽《たの》しい雰囲気《ふんいき》。わくわくと高《たか》まる喜《よろこ》び。そして、それらを楽《たの》しむことができない者《もの》たちが、胸《むね》の中《なか》にかきたてていくひがみや絶望《ぜつぼう》。くくく。じつにすばらしい。いや、まったく。予《よ》ほどクリスマスを待《ま》ちかねている者《もの》はおるまいよ。」

楽《たの》しげに笑《わら》ったあと、グライモンはストーリーマスターたちを見下《みお》ろした。

「ということで、今日《きょう》、この暴食城《ぼうしょくじょう》はクリスマスなのじゃ。予《よ》はサンタクロースとして、ここに来《き》たみなにプレゼントをくばろうと思《おも》う。ありがたく受《う》けとり、楽《たの》しんでもらいたい。」

グライモンがぱんと手《て》を打《う》ちあわせた。

その瞬間《しゅんかん》、ストーリーマスターたちのまわりにあったプレゼントの箱《はこ》が、まるで

ガマガエルが大口《おおぐち》を開《あ》けるようにふたを開《ひら》き、リボンを舌《した》のように伸《の》ばして、襲《おそ》いかかってきた。突然《とつぜん》のことに、ほとんどのストーリーマスターたちは逃《に》げられず、つかまって箱《はこ》の中《なか》へと引《ひ》きずりこまれた。

もちろん、大広間《おおひろま》の外《そと》にいた宗介《そうすけ》たちもだ。グライモンと同《おな》じように、プレゼントの箱《はこ》たちは貪欲《どんよく》で、獲物《えもの》を逃《に》がさなかったのである。

大広間《おおひろま》に残《のこ》ったのは、グリム兄弟《きょうだい》、バートン卿《きょう》、イソップ、そしてイッテンだけとなった。

グライモンがべろりと舌《した》なめずりをした。

「よしよし。これでだいぶ数《かず》が減《へ》ったのぅ。」

そのグライモンに向《む》けて、イッテンはふいにしっぽを電光《でんこう》のように振《ふ》るい、そばにあった大《おお》きなプディングをはじきとばした。グライモンはネズミのような動《うご》きでそれを避《さ》けたが、飛《と》び散《ち》ったプディングのソースが竜《りゅう》のようなしっぽにかかってしまった。

グライモンは顔《かお》をゆがめて叫《さけ》んだ。

「こら！　いきなり攻撃《こうげき》とは、卑怯《ひきょう》ではないか！　それに、薄情《はくじょう》すぎるぞよ。連《つ》れ去《さ》られた仲間《なかま》を心配《しんぱい》するようすも見《み》せぬとは。」

はははと、イッテンとストーリーマスターたちは笑《わら》った。

「心配《しんぱい》などするわけないわ。彼《かれ》らはストーリーマスターなのじゃぞ？　箱《はこ》の中《なか》にどんな罠《わな》をしかけているか知《し》らんが、みんな、それぞれうまくやるじゃろう。じゃから、わしらはわしらのできることを全力《ぜんりょく》でやりとげるまでよ。……おしゃべりは終《お》わりじゃぞ、グライモン。これまでの恨《うら》み、晴《は》らさせてもらう！」

「ふふん。できるものなら、やってみるがいい！」

その場《ば》の緊張《きんちょう》が一気《いっき》に高《たか》まり、そして……。

戦《たたか》いが始《はじ》まった。

第《だい》3章《しょう》

思《おも》いがけない再《さい》会《かい》

story 3

「ひゃあああああっ！」

長《なが》いリボンに胴体《どうたい》をつかまれ、ぐいっと引《ひ》っぱられた宗介《そうすけ》は、それでも必死《ひっし》で逃《に》げようとした。だが、金《きん》と緑《みどり》のリボンは腹《はら》が立《た》つほど丈夫《じょうぶ》で、宗介《そうすけ》がどんなに暴《あば》れようと、千切《ちぎ》れるどころか、ゆるみもしなかった。

これはやばい。だれかに助《たす》けてもらわないと。

だが、そう気《き》づいたときには、すでに宗介《そうすけ》はプレゼントの箱《はこ》の中《なか》だった。

「ひいいっ！」

思《おも》わず目《め》をぎゅっとつぶった。

食《く》われてしまった！　もうだめだ！　二度《にど》と外《そと》には出《で》られない。

そんな気持《きも》ちに襲《おそ》われた。

だが、いつまでたっても、いやなことは起《お》きなかった。痛《いた》みを感《かん》じることはなかったし、息苦《いきぐる》しさもない。

宗介《そうすけ》はおそるおそる目《め》を開《ひら》いてみた。

箱《はこ》の中《なか》に引《ひ》きずりこまれたはずなのに、だだっ広《ぴろ》い白《しろ》い広間《ひろま》にいた。扉《とびら》も窓《まど》もない四角《しかく》い広間《ひろま》で、宗介《そうすけ》の目《め》の前《まえ》には黒《くろ》いテーブルが置《お》いてあった。そのテーブルの上《うえ》には、真《ま》っ赤《か》なリンゴが１つ、載《の》っていた。

白《しろ》。黒《くろ》。そして、赤《あか》いリンゴ。

あることが宗介《そうすけ》の頭《あたま》をよぎり、全身《ぜんしん》から冷《つめ》たい汗《あせ》がふきだしてきた。

「ま、まさか……。」

「おーほほほほほっ！」

突然《とつぜん》、高笑《たかわら》いが聞《き》こえてきたかと思《おも》うと、ごごごと、真《ま》っ白《しろ》な床《ゆか》がゆれうごき、タケノコが伸《の》びるようにせりあがってきた。

みるみるうちに、宗介《そうすけ》の前《まえ》に高《たか》い塔《とう》のようなものができあがった。段々《だんだん》のついている塔《とう》は、全体《ぜんたい》に美《うつく》しい装飾《そうしょく》がほどこされていて、まるでウェディングケーキを思《おも》

わせた。いや、ウェディングケーキそのものだ。

そして、そのてっぺんに立《た》っていたのは、ひとりの女《おんな》だった。吹《ふ》き出物《でもの》だらけのみにくい顔《かお》に、残忍《ざんにん》な表情《ひょうじょう》を浮《う》かべ、ぱんぱんにふくれあがった体《からだ》を豪華《ごうか》な白《しろ》いウェディングドレスに包《つつ》んでいる。

血《ち》の気《け》のない白《しろ》い肌《はだ》に、あぶらぎった黒髪《くろかみ》、そして血《ち》でもすすったような赤《あか》い唇《くちびる》。

「うっぎゃあああああっ！」

今度《こんど》こそ、宗介《そうすけ》は絶叫《ぜっきょう》していた。

白雪姫《しらゆきひめ》！

本来《ほんらい》であれば、やさしく美《うつく》しい姫《ひめ》であるはずが、グライモンが物語《ものがたり》から「継母《ままはは》の嫉妬《しっと》」を盗《ぬす》み取《と》ったことによって、継母《ままはは》の悪《わる》い女王《じょおう》に愛《あい》され、魔法《まほう》を教《おし》えられて育《そだ》ったという偽《いつわ》りのキャラクター。その性格《せいかく》は最悪《さいあく》で、宗介《そうすけ》を自分《じぶん》の花《はな》むこにしようとねらってきたこともある。

あのときの恐怖《きょうふ》を思《おも》いだすだけで、宗介《そうすけ》はいつだって全身《ぜんしん》に鳥肌《とりはだ》が立《た》つほどなのだ。

とにかく、二度《にど》と会《あ》いたくない相手《あいて》だった。そして、二度《にど》と会《あ》わないはずだった。宗介《そうすけ》はきちんと物語《ものがたり》を修復《しゅうふく》し、白雪姫《しらゆきひめ》だってもとどおりになったのだから。

なのに、どうしてここに白雪姫《しらゆきひめ》がいるのだろう？

恐怖《きょうふ》と混乱《こんらん》で、パニックを起《お》こしている宗介《そうすけ》に、白雪姫《しらゆきひめ》はねっとりと笑《わら》いかけた。宗介《そうすけ》のことを食《く》い尽《つ》くすような、ぞっとするような笑《え》みだった。

「わたしのいとしい王子《おうじ》さま。やっといらしてくれたのねえ。うれしいわ。」

「な、な、なななんで……！」

「あら、やだ。せっかくの再会《さいかい》をよろこんでくれないの？　わたしは宗介《そうすけ》に会《あ》えて、こんなにうれしいっていうのに。」

赤《あか》い唇《くちびる》をなめまわしてみせる白雪姫《しらゆきひめ》は、まさに肉食獣《にくしょくじゅう》そのものだった。

「すべてはグライモンさまのおかげよ。嫉妬《しっと》の毒《どく》リンゴのパイを食《た》べたあと、グライモンさまはわたしを特別《とくべつ》に再生《さいせい》してくださったの。わたしのほうがオリジナルの白雪姫《しらゆきひめ》よりおもしろいって。グライモンさまはね、食《た》べた物語《ものがたり》をお腹《なか》の中《なか》でゆっくりと消化《しょうか》して、あらたな力《ちから》と性格《せいかく》を持《も》つ登場人物《とうじょうじんぶつ》を生《う》みだすことができるのよ。」

「え……。それって、ウンコから……。」

「お黙《だま》り！　それ以上《いじょう》言《い》うのは許《ゆる》さないわよ！」

聞《き》く者《もの》がふるえあがるような声《こえ》で宗介《そうすけ》を怒鳴《どな》りつけたあと、白雪姫《しらゆきひめ》はまたにたっと笑《わら》った。

「というわけで、わたしは復活《ふっかつ》したわ。いまはこの暴食城《ぼうしょくじょう》の中《なか》でしか存在《そんざい》できないけれど、前回《ぜんかい》はたせなかった望《のぞ》みをかなえれば、物語《ものがたり》の中《なか》に戻《もど》る力《ちから》が得《え》られるの。だから……何《なに》がなんでも、あんたと結婚《けっこん》してみせるわよ、宗介《そうすけ》。」

「お、おれ、やだ！　絶対《ぜったい》、お断《ことわ》り！」

「笑止千万《しょうしせんばん》！　あんたに断《ことわ》られようが関係《かんけい》ないわ！　わたしがあんたを花《はな》むこにすると決《き》めたんだから、そうなるしかないのよ！」

「いやだあああ！」

出口《でぐち》を見《み》つけようと、宗介《そうすけ》は大《おお》あわてでまわりを見《み》た。だが、何《なに》もない。扉《とびら》も、小《ちい》さな窓《まど》すらも。

と、ウェディングケーキのてっぺんから、白雪姫《しらゆきひめ》が飛《と》びおりてきた。そして、戦車《せんしゃ》のように宗介目《そうすけめ》がけて突進《とっしん》してきた。

「お待《ま》ち、わたしの花《はな》むこ！　今度《こんど》は逃《に》がしはしないわよぉぉぉ！　おとなしくこっちにおいで！」

宗介《そうすけ》は悲鳴《ひめい》をあげて逃《に》げまわったが、出口《でぐち》は見《み》つからず、だんだんと息《いき》があがってきた。そして、うしろからはずしずしという足音《あしおと》と、ふいごのような荒《あら》い鼻息《はないき》が近《ちか》づいてくる。

「ヴィルヘルムさん！　ヤーコプさん！　た、助《たす》けて！　また白雪姫《しらゆきひめ》が暴走《ぼうそう》してるんだよぉぉぉ！　イ、イッテン！　だれか！　葵《あおい》！　ひなねえ！」

泣《な》きながら助《たす》けを呼《よ》んだが、だれも来《き》てはくれなかった。

とうとう白雪姫《しらゆきひめ》の強靭《きょうじん》な手《て》が、がっちりと宗介《そうすけ》の襟首《えりくび》をとらえた。

「ぐえっ！」

「ふふん！　無駄《むだ》なことをして、わたしに手間《てま》をかけさせるんじゃないわよ。さあ、おいで！　この暴食城《ぼうしょくじょう》では、今日《きょう》はクリスマス！　そして、あんたはグライモンさまが用意《ようい》してくださった、わたしへのプレゼントなんだから！」

「い、やだあああああ！」

「うるさいわね。ちょっと黙《だま》っていなさいよ。いまここで口《くち》を縫《ぬ》いあわせてやってもいいのよ？　わたし、それなりに針仕事《はりしごと》は得意《とくい》なんだから。」

口《くち》を縫《ぬ》われないよう、宗介《そうすけ》は涙《なみだ》をこぼしながら必死《ひっし》で叫《さけ》ぶのをがまんした。

泣《な》くな。泣《な》くより、考《かんが》えるんだ！　この白雪姫《しらゆきひめ》をどうにかして倒《たお》さないと。ああ、でも、思《おも》いつかない。どうしようどうしよう！　ああ、グライモンにつかまったとき、守《まもる》もこんな恐怖《きょうふ》を味《あじ》わったのだろうか？

そんなこともチラリと頭《あたま》をよぎった。

一方《いっぽう》、宗介《そうすけ》を小脇《こわき》にかかえると、白雪姫《しらゆきひめ》はウェディングケーキをのぼりだした。のぼっている間中《あいだじゅう》、白雪姫《しらゆきひめ》はごきげんだった。

「やっぱり結婚式《けっこんしき》はケーキの上《うえ》でやらなくちゃね。ふふふ。これでやっと物語《ものがたり》に戻《もど》れる。戻《もど》ったら、もう一度《いちど》、もっと盛大《せいだい》な結婚式《けっこんしき》をあげないと。付添人《つきそいにん》と神父《しんぷ》の役《やく》は7人《にん》の小人《こびと》にやらせて。あと、ママンを呼《よ》ばないと。ああ、ママンに会《あ》うのがいちばん楽《たの》しみだわ。」

宗介《そうすけ》ははっとした。

白雪姫《しらゆきひめ》のママン。つまり、継母《ままはは》の女王《じょおう》のことだ。

このみにくく恐《おそ》ろしい白雪姫《しらゆきひめ》は、本来《ほんらい》は悪役《あくやく》である女王《じょおう》が我《わ》が子《こ》として愛《あい》し、甘《あま》やかしたことで誕生《たんじょう》した。だとしたら、白雪姫《しらゆきひめ》を本来《ほんらい》のすがたに戻《もど》すカギは、女王《じょおう》にあるのではないだろうか？　少《すく》なくとも前回《ぜんかい》はそうだった。盗《ぬす》まれたキーパーツ「継母《ままはは》の嫉妬《しっと》」を、グリムワールドのブックに書《か》きこむことで、白雪姫《しらゆきひめ》をもとに戻《もど》したのだ。

だが、いま、宗介《そうすけ》の手《て》にブックはない。そもそも、グライモンに直接《ちょくせつ》作《つく》られたというこの白雪姫《しらゆきひめ》に、ブックの力《ちから》が通用《つうよう》するかもわからない。

それでも、このままじっとしていれば、世界一不幸《せかいいちふこう》な花《はな》むこのできあがりだ。一か八《いちばち》かだと、宗介《そうすけ》は覚悟《かくご》を決《き》め、思《おも》いきって口《くち》を開《ひら》いた。

「あのさ……女王《じょおう》は白雪姫《しらゆきひめ》のこと、大切《たいせつ》になんかしてないと思《おも》う。」

ぴたっと、白雪姫《しらゆきひめ》が動《うご》きを止《と》めた。そしてゆっくりと宗介《そうすけ》を見下《みお》ろしてきた。その目《め》は青白《あおじろ》く燃《も》えていた。

「宗介《そうすけ》、警告《けいこく》してあげる。いくら花《はな》むこだからって、わたしのママンのことを悪《わる》く言《い》うのは許《ゆる》さない。次《つぎ》はないから、そのつもりでね。」

やさしくなだめるような口調《くちょう》だった。だが、怒鳴《どな》り声《ごえ》よりも恐《おそ》ろしいものがあった。

ぞおっと血《ち》が冷《ひ》えたものの、宗介《そうすけ》は手応《てごた》えを感《かん》じた。白雪姫《しらゆきひめ》は怒《おこ》っているが、同時《どうじ》にかなり動揺《どうよう》しているようだ。分厚《ぶあつ》い唇《くちびる》がわなわなとふるえている。

やはり、「女王《じょおう》」がこの白雪姫《しらゆきひめ》の弱点《じゃくてん》なのだ。ここを攻《せ》めて、心《こころ》をゆさぶってやろう。うまくすれば、もとのすがたに戻《もど》すヒントがつかめるかもしれない。

怒《おこ》らせるのはこわかったが、宗介《そうすけ》はあえてそうすることにした。相手《あいて》をいらだたせる言《い》い方《かた》は、葵《あおい》が得意《とくい》だ。葵《あおい》だったらこうするにちがいないと思《おも》い浮《う》かべながら、宗介《そうすけ》はわざとらしくため息《いき》をついた。

「わかんないの？　それとも、わざと気《き》づかないようにしてるだけなわけ？　ほんとは自分《じぶん》でも感《かん》じているんだろ？　愛《あい》されてないって。」

「黙《だま》れ！　黙《だま》れったら！」

白雪姫《しらゆきひめ》はどしんどしんと足踏《あしぶ》みをして咆《ほ》えた。

「あんたに何《なに》がわかるっていうの！　ママンがどれほどわたしを愛《あい》してくれたか、知《し》らないくせに！」

そのあと、白雪姫《しらゆきひめ》は口《くち》から泡《あわ》を飛《と》ばしてまくしたてていった。女王《じょおう》が手塩《てしお》にかけて育《そだ》ててくれたこと。夜《よ》な夜《よ》な黒魔術《くろまじゅつ》の絵本《えほん》を読《よ》んでくれたこと。毒《どく》や魔法《まほう》を操《あやつ》ること、人《ひと》を恐怖《きょうふ》で支配《しはい》する楽《たの》しさを教《おし》えてくれたこと。

最後《さいご》には、大事《だいじ》にしていた魔法《まほう》の鏡《かがみ》を白雪姫《しらゆきひめ》に贈《おく》り、こう言《い》ったという。

「おまえももう一人前《いちにんまえ》。ということで、しばらくひとりで王国《おうこく》を支配《しはい》してみなさい。わたしは旅《たび》に出《で》るけど、わたしがいない間《あいだ》、おまえが自信《じしん》を失《うしな》ったりしないよう、この鏡《かがみ》をあげるわ。不安《ふあん》になったり、自信《じしん》を失《うしな》いそうになったりしたら、この鏡《かがみ》に聞《き》いてごらん。『鏡《かがみ》よ、鏡《かがみ》。この世《よ》でいちばん美《うつく》しいのはだれ？』とね。いいこと、白雪姫《しらゆきひめ》？　これだけは覚《おぼ》えておきなさい。おまえはだれよりも美《うつく》しいの。そして、美《うつく》しいものは正《ただ》しく、強《つよ》く、どんなことをしても許《ゆる》されるのだからね。」

そこまで話《はな》したあと、どうよと、白雪姫《しらゆきひめ》は目《め》をぎらつかせながら宗介《そうすけ》を見《み》た。

「こんなにも娘《むすめ》を愛《あい》してくれる母親《ははおや》がほかにいる？　ママンがわたしを愛《あい》していないはずがないのよ！」

「……すごく力《ちから》を入《い》れて子育《こそだ》てをしてたってのはわかったよ。でもさ、女王《じょおう》と魔法《まほう》の鏡《かがみ》のせいで、白雪姫《しらゆきひめ》は自分《じぶん》はどんなことをしてもいいと思《おも》うようになったんだろ？　だったら、それって、ひどい贈《おく》り物《もの》だと思《おも》う。おれが親《おや》だったら、そんな鏡《かがみ》、絶対《ぜったい》に娘《むすめ》にあげないよ。」

「何言《なにい》ってるの？」

きょとんとする白雪姫《しらゆきひめ》を、宗介《そうすけ》は見返《みかえ》した。ふしぎなことに、急《きゅう》にこの恐《おそ》ろしい白雪姫《しらゆきひめ》がかわいそうな子《こ》どもに思《おも》えてきた。そうすると、それまでの恐怖《きょうふ》が消《き》え、頭《あたま》も冴《さ》えてきた。

自分《じぶん》が何《なに》かをつかみかけているのがわかった。たぶん、真実《しんじつ》というやつだ。このチャンスを逃《のが》してはいけない。しっかりとつかまえないと。

宗介《そうすけ》は頭《あたま》に浮《う》かぶ言葉《ことば》を口《くち》に出《だ》して言《い》った。

「おれのお母《かあ》さんは口《くち》うるさいけど、ちゃんと教《おし》えてくれるよ。人《ひと》がいやがるようなことをしちゃいけないって。だれかに親切《しんせつ》にすれば、その親切《しんせつ》はいつか自分《じぶん》に返《かえ》ってくるって。おれのために教《おし》えてくれてるんだ。本当《ほんとう》に大事《だいじ》にしてくれているって、そういうことじゃないのかな？」

言葉《ことば》にすることで、宗介《そうすけ》の考《かんが》えはみるみる1つにまとまっていった。そうだ。女王《じょおう》は白雪姫《しらゆきひめ》を本当《ほんとう》の意味《いみ》では愛《あい》していない。白雪姫《しらゆきひめ》を大事《だいじ》にしていると、女王《じょおう》がそう思《おも》っていたのだとしても、そのやり方《かた》はまちがっていた。

「本当《ほんとう》に白雪姫《しらゆきひめ》のことが大切《たいせつ》だったら、こんなふうに育《そだ》てたりしない！　人《ひと》から嫌《きら》われたり、こわがられたりするような人間《にんげん》にはしないよ！」

「ち、ちがう！　黙《だま》れ！」

「おれ、白雪姫《しらゆきひめ》がかわいそうだと思《おも》う！　べたべた甘《あま》やかされて、悪《わる》いことばかり教《おし》えられて！　いまの白雪姫《しらゆきひめ》を好《す》きになる人《ひと》なんて、いないよ！　鏡《かがみ》で自分《じぶん》のすがたをよく見《み》てみなよ！」

時間《じかん》かせぎや助《たす》かりたいことなど忘《わす》れ、宗介《そうすけ》は本心《ほんしん》からそう叫《さけ》んだ。そして、そういう言葉《ことば》は人《ひと》の心《こころ》を射貫《いぬ》く力《ちから》を持《も》っているものだ。

ぐぬぬぬと、白雪姫《しらゆきひめ》がうなりながらも黙《だま》りこんだ。言《い》い返《かえ》したいのに、言《い》うべき言葉《ことば》が見《み》つからないようすだ。

だが、何《なに》かを思《おも》いだしたかのように、ふいに指《ゆび》を鳴《な》らした。

とたん、その場《ば》に大《おお》きな鏡《かがみ》が現《あらわ》れた。ゆらゆらと、緑《みどり》の炎《ほのお》に縁取《ふちど》られた、真《ま》っ黒《くろ》な鏡《かがみ》で、見《み》るからにまがまがしい。

まさかと、宗介《そうすけ》が息《いき》をのむのと、白雪姫《しらゆきひめ》が甲高《かんだか》く叫《さけ》ぶのはほぼ同時《どうじ》だった。

「鏡《かがみ》よ、鏡《かがみ》！　魔法《まほう》の鏡《かがみ》よ！　わたしは美《うつく》しいわよね？　この世《よ》のだれよりも美《うつく》しいのは、このわたし！　そうでしょう？」

すがるような叫《さけ》びに、魔法《まほう》の鏡《かがみ》はすぐに答《こた》えた。黒《くろ》かった表面《ひょうめん》がさざ波《なみ》のようにゆれて、白雪姫《しらゆきひめ》のすがたを映《うつ》しだしたのだ。

鏡《かがみ》に映《うつ》る白雪姫《しらゆきひめ》は、信《しん》じられないほど美《うつく》しく誇《ほこ》らしげだった。

「ああ、白雪姫《しらゆきひめ》さま。あなたはこの世《よ》のだれよりも美《うつく》しいです。」

鏡《かがみ》から響《ひび》いてきたうつろな声《こえ》に、宗介《そうすけ》はまるで録音《ろくおん》された声《こえ》みたいだと思《おも》った。そして、それはある考《かんが》えに結《むす》びついた。

一方《いっぽう》、白雪姫《しらゆきひめ》は勝《か》ち誇《ほこ》った顔《かお》をしながら、宗介《そうすけ》を見下《みお》ろしてきた。

「これで納得《なっとく》した、宗介《そうすけ》？　この鏡《かがみ》は真実《しんじつ》

しか言《い》わない！　わたしはこの鏡《かがみ》に映《うつ》るとおりの、世界一美《せかいいちうつく》しい姫《ひめ》なのよ！」

だが、宗介《そうすけ》は白雪姫《しらゆきひめ》を無視《むし》し、魔法《まほう》の鏡《かがみ》に呼《よ》びかけた。

「鏡《かがみ》よ、鏡《かがみ》！　魔法《まほう》の鏡《かがみ》よ！　おれは美《うつく》しいだろ？　世界一美《せかいいちうつく》しいよな？」

自分《じぶん》で言《い》っていて、これは恥《は》ずかしいセリフだなと、宗介《そうすけ》は顔《かお》が真《ま》っ赤《か》になった。

だが、それでも最後《さいご》まで言《い》ってのけた。というのも、あることが頭《あたま》に浮《う》かんだからだ。

もしかしたら、この鏡《かがみ》は機械《きかい》のようなものなのかもしれない。「わたしは美《うつく》しい？」と聞《き》かれれば、すかさず「あなたがいちばん美《うつく》しいです。」と答《こた》えるだけの代物《しろもの》なのかもしれない。

この考《かんが》えが正《ただ》しければ、質問《しつもん》した宗介《そうすけ》に対《たい》し、鏡《かがみ》は「宗介《そうすけ》さまがいちばん美《うつく》しい。」と答《こた》えるだろう。そして、その言葉《ことば》を聞《き》けば、白雪姫《しらゆきひめ》の心《こころ》を変《か》えるきっかけになるはずだ。

そんな期待《きたい》をこめたのだが……。

鏡《かがみ》はうつろな声で返事《へんじ》をした。

「いいえ。世界一美《せかいいちうつく》しいのは、白雪姫《しらゆきひめ》さまです。」

この言葉《ことば》に、白雪姫《しらゆきひめ》の笑《え》みはいっそう深《ふか》いものとなった。

一方《いっぽう》、宗介《そうすけ》は息《いき》がつまった。

まちがってしまった。この鏡《かがみ》をうまく使《つか》えば、なんとかなると思《おも》ったのに。いや、まだだいじょうぶだ。たかだか1回《かい》の失敗《しっぱい》じゃないか。がんばれ。あきらめるな。鏡《かがみ》だ。鏡《かがみ》が気《き》になる。そう感《かん》じるのだから、ここは自分《じぶん》を信《しん》じるんだ。

必死《ひっし》で考《かんが》えをめぐらせる宗介《そうすけ》を、よいしょと、白雪姫《しらゆきひめ》はかかえなおした。

「さあ、そろそろ黙《だま》ってもらうわよ。これ以上《いじょう》、あんたのたわごとを聞《き》いていたら、本当《ほんとう》に気分《きぶん》が悪《わる》くなりそう。そんな気分《きぶん》で、物語《ものがたり》に戻《もど》りたくないもの。これからの『白雪姫《しらゆきひめ》』は、いやなものがいっさい登場《とうじょう》しない物語《ものがたり》となるんだから。わたしはママンに愛《あい》されて、王子《おうじ》さまも自分《じぶん》で手《て》に入《い》れる。完璧《かんぺき》な幸《しあわ》せの物語《ものがたり》よ！」

白雪姫《しらゆきひめ》はうっとりとした口調《くちょう》で言《い》ったが、宗介《そうすけ》ははっとした。

いやなものがいっさい登場《とうじょう》しない物語《ものがたり》。

主人公《しゅじんこう》の幸《しあわ》せだけが書《か》いてある物語《ものがたり》。

「そんな物語《ものがたり》、だれが読《よ》むんだ？」

心《こころ》の声《こえ》がそのまま口《くち》からこぼれでていた。

「悪《わる》い女王《じょおう》に愛《あい》されてわがままに育《そだ》った白雪姫《しらゆきひめ》は、好《す》き勝手《かって》なことばかりして、幸《しあわ》せに暮《く》らしました。めでたしめでたし。……って、ありえないよ！　そんなおもしろくもなんともない物語《ものがたり》、だれも読《よ》まないって！」

「う、うるさいわね！　わたしが幸《しあわ》せならそれでいいじゃないの！」

「でも、だれにも読《よ》まれなかったら、『白雪姫《しらゆきひめ》』っていう物語《ものがたり》は忘《わす》れられてしまうかも。それでもいいって言《い》うのか？」

「それは……。」

「『白雪姫《しらゆきひめ》』って、継母《ままはは》に命《いのち》をねらわれるところが、すごくこわくて、でもおもしろいんだ。それに、継母《ままはは》がおっかないから、読者《どくしゃ》はみんな、白雪姫《しらゆきひめ》に同情《どうじょう》するんだ。幸《しあわ》せになってほしいって、願《ねが》うんだ。最初《さいしょ》から幸《しあわ》せな白雪姫《しらゆきひめ》の話《はなし》なんか、全然《ぜんぜん》興味《きょうみ》持《も》てない。だれも見向《みむ》きもしないさ！」

「そ、そんなことない！　あるわけない！　ああ、もう！　やっぱりあんたの口《くち》は縫《ぬ》いあわせておかなきゃだめみたいね！」

白雪姫《しらゆきひめ》はさっと長《なが》い針《はり》を取《と》りだした。

そのとたん、宗介《そうすけ》の頭《あたま》にある言葉《ことば》がひらめいた。

「鏡《かがみ》よ、鏡《かがみ》！　世界《せかい》でいちばん、いじわるな女《おんな》はだれだ！」

宗介《そうすけ》の叫《さけ》びに、魔法《まほう》の鏡《かがみ》はすぐさま答《こた》えた。

「それはもちろん、白雪姫《しらゆきひめ》さまです。」

今度《こんど》は宗介《そうすけ》が期待《きたい》したとおりの言葉《ことば》だった。美《うつく》しさのことはどうでもいいのだ。この鏡《かがみ》は何《なに》をたずねても、「白雪姫《しらゆきひめ》さまがいちばんです。」と答《こた》えるように、プログラムされているのだ。

はじかれたように、白雪姫《しらゆきひめ》は鏡《かがみ》のほうをふりかえった。驚《おどろ》きのあまり、目《め》が張《は》り裂《さ》けんばかりに見開《みひら》かれていた。

「鏡《かがみ》……。あんた、いま、なんて言《い》ったの？」

「世界《せかい》でいちばん、いじわるな女《おんな》は、白雪姫《しらゆきひめ》さま、と言《い》いました。」

白雪姫《しらゆきひめ》が大《おお》きくよろめいた。これまで自分《じぶん》をほめたたえてきた鏡《かがみ》の言葉《ことば》に、ダメージを受《う》けたかのように。

だが、宗介《そうすけ》は容赦《ようしゃ》しなかった。ここぞとばかりに、鏡《かがみ》に質問《しつもん》をぶつけていったのだ。

「世界《せかい》でいちばん、みにくいのは？」

「もちろん、白雪姫《しらゆきひめ》さまです。」

「世界《せかい》でいちばん、いじきたないのは？」

「もちろん、白雪姫《しらゆきひめ》さまです。」

「世界《せかい》でいちばん、嫌《きら》われているのは？」

「もちろん、白雪姫《しらゆきひめ》さまです。」

宗介《そうすけ》の質問《しつもん》とそれに答《こた》える鏡《かがみ》の言葉《ことば》は、まるで、ハンマーのように白雪姫《しらゆきひめ》を打《う》ちのめしていった。

白雪姫《しらゆきひめ》の巨体《きょたい》はしおしおとしぼみだしていた。顔《かお》はくしゃくしゃにゆがみ、涙《なみだ》も浮《う》かんでいた。

「やめて……。もうやめて……。聞《き》きたくない。やめてちょうだい。」

弱々《よわよわ》しく言《い》う白雪姫《しらゆきひめ》に、宗介《そうすけ》は一瞬《いっしゅん》、あわれみを感《かん》じた。だが、ここで情《なさ》けをかけたら、すべてがだめになってしまう気《き》がした。

暴食城《ぼうしょくじょう》で生《う》まれた白雪姫《しらゆきひめ》を、物語《ものがたり》の中《なか》に戻《もど》すことはできない。それだけは絶対《ぜったい》にあってはならない。

心《こころ》を鬼《おに》にして、宗介《そうすけ》はとどめの一言《ひとこと》を放《はな》った。

「世界《せかい》でいちばん、幸《しあわ》せになれないのは、だれだ？」

「もちろん、白雪姫《しらゆきひめ》さまです。」

白雪姫《しらゆきひめ》の肌《はだ》が透《す》きとおるような灰色《はいいろ》へと変《へん》じた。

「うそよ！　うそうそ！　うそだと言《い》いなさい！」

猛獣《もうじゅう》のようにわめきながら、白雪姫《しらゆきひめ》は宗介《そうすけ》を放《ほう》りだし、鏡《かがみ》につかみかかった。そして、そのまま勢《いきお》いあまって、ウェディングケーキの上《うえ》から落下《らっか》したのである。

悲鳴《ひめい》が下《した》へと遠《とお》ざかり、そして、どーんと、すごい音《おと》がした。

静《しず》けさが戻《もど》ってきたあとも、宗介《そうすけ》はそのまましばらく動《うご》けなかった。相手《あいて》は物語《ものがたり》のキャラクターだとわかっていても、自分《じぶん》が白雪姫《しらゆきひめ》を殺《ころ》してしまった気《き》がして、動悸《どうき》がおさまらなかったのだ。

だが、ようやく覚悟《かくご》を決《き》め、下《した》をそっとのぞいてみた。

はるか下《した》の床《ゆか》に、白雪姫《しらゆきひめ》のすがたはなかった。いっしょに落《お》ちた鏡《かがみ》も、破片《はへん》すら見当《みあ》たらない。

かわりに、それまでなかったものがあった。

赤《あか》いリンゴの形《かたち》をしたドアだ。

それを見《み》たとたん、宗介《そうすけ》はどっと力《ちから》が抜《ぬ》けそうになった。

白雪姫《しらゆきひめ》との戦《たたか》いに勝《か》ったことで、出口《でぐち》が現《あらわ》れた。ということは、ここから抜《ぬ》けだせるのだ。

だが、急《いそ》いで気《き》をひきしめた。

まだ何《なに》も終《お》わっていない。仲間《なかま》たちと合流《ごうりゅう》しないと。きっと、みんなも自分《じぶん》と同《おな》じように、グライモンが生《う》みだした敵《てき》を相手《あいて》に苦戦《くせん》していることだろう。助太刀《すけだち》に行《い》かなくては。そして、グライモンと戦《たたか》い、囚《とら》われている守《まもる》を助《たす》けるのだ。

ウェディングケーキを駆《か》けおり、宗介《そうすけ》はドアに向《む》かって走《はし》りだした。

第《だい》4章《しょう》

未《み》来《らい》の精《せい》霊《れい》

story 4

グライモンのプレゼントの箱《はこ》に襲《おそ》われたメンバーの中《なか》で、最初《さいしょ》につかまったのは葵《あおい》だった。もともと運動音痴《うんどうおんち》なので、あれよあれよという間《ま》にリボンでぐるぐる巻《ま》きにされ、プレゼントの箱《はこ》に飲《の》みこまれてしまったのである。

「きゃあああああっ！」

ぎゅっと目《め》を閉《と》じ、身《み》をかたくした。と、自分《じぶん》がどこかちがう場所《ばしょ》に連《つ》れ去《さ》られるのを、肌《はだ》で感《かん》じた。まわりの物音《ものおと》がすっと消《き》えて、気配《けはい》が変《か》わったからだ。匂《にお》いもだ。

大広間《おおひろま》にいたときはごちそうの匂《にお》いがあふれていたが、いまはひどくかびくさい。

おまけに、とても寒《さむ》かった。

物語《ものがたり》の世界《せかい》に入《はい》ったときの感覚《かんかく》に似《に》ていると、葵《あおい》は思《おも》った。

つまり、ここは箱《はこ》の中《なか》ではないということだ。そう簡単《かんたん》に抜《ぬ》けだすことはできないだろう。

「だいじょうぶ。だ、だいじょうぶよ、葵《あおい》。わたしは頭《あたま》がいい。いつだって、みんなの役《やく》に立《た》ってきたんだから。今度《こんど》は自分《じぶん》の役《やく》に立《た》てばいいだけ。そうよ。だから、だいじょうぶ。」

自分《じぶん》に言《い》い聞《き》かせると、恐怖《きょうふ》が少《すこ》しおさまった。

だから、葵《あおい》はそっと目《め》を開《ひら》いたのだ。

案《あん》の定《じょう》、そこは薄暗《うすぐら》い大《おお》きな部屋《へや》の中《なか》だった。備《そな》え付《つ》けのりっぱな本棚《ほんだな》や、暖炉《だんろ》やソファーなどがあり、それらすべてにアンティークな雰囲気《ふんいき》がある。

どうやら、だれかの寝室《しんしつ》のようだと、葵《あおい》は推理《すいり》した。天蓋付《てんがいつ》き、カーテン付《つ》きの大《おお》きなベッドが置《お》いてあったからだ。しかも、葵《あおい》はそのベッドの上《うえ》におり、腰《こし》まで毛布《もうふ》をかけ、枕《まくら》を背《せ》にしてすわっていた。

「なんで、わたし、ベッドにいるの？」

急《いそ》いでおりようとしたが、できなかった。接着剤《せっちゃくざい》でもついていたかのように、背《せ》中《なか》が枕《まくら》から離《はな》れない。毛布《もうふ》をはねのけることもできない。

すごくこわくなったものの、葵《あおい》は自分《じぶん》を必死《ひっし》に落《お》ちつかせ、もっと部屋《へや》の中《なか》を観《かん》察《さつ》することにした。

「家具《かぐ》もベッドも高《たか》そう。……きっとお金持《かねも》ちの部屋《へや》なんだわ。」

だが、どうにもわびしい感《かん》じがした。暖炉《だんろ》の火《ひ》は消《き》えており、テーブルにあるロウソクも火《ひ》がついていない。窓《まど》があるであろう奥《おく》の壁《かべ》は、陰気《いんき》な色《いろ》のカーテンで閉《と》ざされている。その暗《くら》さのせいか、部屋《へや》は寒々《さむざむ》しく、すてきな感《かん》じがまるでしなかった。

いや、実際《じっさい》、寒《さむ》いのだ。ベッドの中《なか》にいるというのに、じわじわと、体《からだ》が芯《しん》から冷《ひ》えていくのを感《かん》じる。そのことに、葵《あおい》はぞっとした。

「ここにいたら、凍死《とうし》しちゃうかも。なんとかして部屋《へや》を出《で》ないと。」

だが、どんなにもがいてもベッドから動《うご》けなかった。

と、ボーンボーンと、ふいに外《そと》から大《おお》きな音《おと》が聞《き》こえてきた。規則正《きそくただ》しいその音《おと》は、どうやら時計《とけい》が時刻《じこく》を知《し》らせる鐘《かね》のようだった。

葵《あおい》は身《み》をかたくしながら、鐘《かね》の音《おと》を数《かぞ》えていた。きっかり12回《かいな》鳴ってから、音《おと》は消《き》えていった。

「12時《じ》ってことなのね。……暗《くら》いから、真夜中《まよなか》の12時《じ》よね。うう、最悪《さいあく》。真夜中《まよなか》に、こんな寒《さむ》い部屋《へや》でひとりでいるなんて。これだったら、グライモンたちがいた大広間《おおひろま》のほうがまだましよ。あそこはあたたかかったし、クリスマスデコレーションがされてたし。あっ！」

葵《あおい》ははっとした。

寒《さむ》い部屋《へや》。大《おお》きなベッド。真夜中《まよなか》の鐘《かね》。そしてクリスマス。

いくつかのキーワードが、最近《さいきん》読《よ》み終《お》えたばかりの物語《ものがたり》にピタリとあてはまることに気《き》づいたのだ。

「『クリスマスキャロル』！」

葵《あおい》は急《いそ》いで『クリスマスキャロル』のあらすじを思《おも》い浮《う》かべていった。

昔《むかし》、イギリスのロンドンに、スクルージという名《な》の、たいへんケチな老人《ろうじん》がい

て、あくどい商売《しょうばい》をしては、せっせとお金《かね》をかせいでいました。この男《おとこ》は本当《ほんとう》にお金《かね》のことしか考《かんが》えていなくて、おめでたいクリスマスを祝《いわ》う気持《きも》ちすら、持《も》ってはいなかったのです。

あるクリスマスの前夜《ぜんや》のこと、スクルージのもとにひとりの幽霊《ゆうれい》がやってきました。それは7年前《ねんまえ》に死《し》んだ昔《むかし》の仲間《なかま》、ジェイコブ・マーレイの幽霊《ゆうれい》でした。マーレイは長《なが》く太《ふと》く重《おも》たい鎖《くさり》を全身《ぜんしん》に巻《ま》きつけ、その重《おも》みに苦《くる》しんでいました。

おびえるスクルージに、マーレイは言《い》いました。

「ああ、スクルージ。この鎖《くさり》は、わたしが生《い》きていた頃《ころ》に自分《じぶん》で作《つく》ったものなのだ。鎖《くさり》の輪《わ》の一《ひと》つ一《ひと》つが、わたしの悪事《あくじ》でできているのだ。そして、きみを待《ま》ち受《う》けている鎖《くさり》はもっと長《なが》く重《おも》たい。救《すく》われたかったら、わたしの話《はなし》を聞《き》くがいい。」

「聞《き》くよ！　聞《き》くとも。わしが助《たす》かるには、どうしたらいいんだね？」

ふるえるスクルージに、マーレイは「これから3人《にん》の精霊《せいれい》がやってくる。」と言《い》いました。

「ひとり目《め》は明日《あした》の夜《よる》1時《じ》に。ふたり目《め》は2日目《ふつかめ》の夜《よる》1時《じ》に。3人目《にんめ》は3日目《みっかめ》の夜《よる》

12時《じ》に現《あらわ》れる。わたしの話《はな》したことを忘《わす》れるな。きみのためになるのだから。」

その言葉《ことば》を最後《さいご》に、マーレイの幽霊《ゆうれい》は闇《やみ》の中《なか》に消《き》えていったのです。

そして、マーレイの言葉《ことば》どおり、それから3日間《みっかかん》、スクルージのもとに次々《つぎつぎ》と精《せい》霊《れい》たちがやってきたのです。

ひとり目《め》の精霊《せいれい》は「過去《かこ》のクリスマス」と名乗《なの》り、スクルージを過去《かこ》のクリスマスへと連《つ》れていってくれました。スクルージは昔《むかし》の自分《じぶん》がどんな子《こ》どもだったか、どんな若者《わかもの》だったかを見《み》せられ、さまざまなことを思《おも》いだしていきました。

大切《たいせつ》な人《ひと》、美《うつく》しい思《おも》い出《で》、そしてだんだんと金《かね》の亡者《もうじゃ》になっていったこと。忘《わす》れていた思《おも》い出《で》の数々《かずかず》に打《う》ちのめされたスクルージは、気《き》づけば自分《じぶん》の部屋《へや》に戻《もど》っていました。

次《つぎ》にやってきた精霊《せいれい》は、「現在《げんざい》のクリスマス」と名乗《なの》り、いままさにクリスマスを祝《いわ》っている人《ひと》たちを、スクルージに見《み》せてくれました。

最初《さいしょ》はスクルージのもとで働《はたら》いているボブ・クラチットの家《いえ》でした。ボブの家《いえ》は貧《まず》しいけれど、笑《わら》いと愛《あい》と幸《しあわ》せに満《み》ちていました。クリスマスに感謝《かんしゃ》し、ささやかなごちそうに舌鼓《したつづみ》を打《う》ち、笑《わら》いあう一家《いっか》のすがたに、スクルージは目《め》を奪《うば》われました。

ですが、気《き》がかりなこともありました。ボブの末《すえ》っ子《こ》のティムぼうやは足《あし》が悪《わる》く、やせていて、顔色《かおいろ》も悪《わる》かったのです。

スクルージは思《おも》わず精霊《せいれい》に聞《き》きました。

「精霊《せいれい》さん、あの子《こ》は長生《ながい》きするでしょうか？」

「このままだと、あの子《こ》は死《し》ぬだろう。でも、そのほうがいいではないか。よけいな人口《じんこう》が減《へ》るのだから。」

精霊《せいれい》の冷《つめ》たい言葉《ことば》は、かつてスクルージ自身《じしん》が言《い》った言葉《ことば》でした。「貧《まず》しい人《ひと》たちのために寄付《きふ》をお願《ねが》いします。」と頼《たの》んできた人《ひと》たちに、スクルージはこの言葉《ことば》を投《な》げつけ、追《お》い払《はら》ったのです。

ショックを受《う》けているスクルージを残《のこ》して、現在《げんざい》の精霊《せいれい》は消《き》えていきました。

そして、最後《さいご》の精霊《せいれい》が現《あらわ》れ、スクルージを未来《みらい》に連《つ》れていってくれました。そこで見《み》せつけられたのは、暗《くら》いものでした。なんと、スクルージは死《し》んでおり、しかも、だれひとりとしてその死《し》をなげいていなかったのです。

スクルージは、パニックを起《お》こしながら叫《さけ》びました。

「ああ、わしは心《こころ》を入《い》れ替《か》えます。もう決《けっ》していままでのように暮《く》らしはしません。過去《かこ》、現在《げんざい》、未来《みらい》で教《おし》えられたことを忘《わす》れはしません！　だから、どうかどうか、こんな未来《みらい》は変《か》えられるとおっしゃってください！」

必死《ひっし》で願《ねが》いながら、スクルージは未来《みらい》の精霊《せいれい》にしがみつこうとしました。そして気《き》づけば、彼《かれ》は自分《じぶん》のベッドの柱《はしら》に抱《だ》きついていたのです。

「ああ、わしはまだ生《い》きている！　わしにはまだ『時《とき》』があるんだ！　埋《う》め合《あ》わせをしてみせるぞ！　消《け》せない影《かげ》などないんだ！」

その言葉《ことば》どおり、スクルージはすばらしいことをしていきました。貧《まず》しい人《ひと》たちのために寄付《きふ》をし、ボブ・クラチットの給料《きゅうりょう》を上《あ》げ、ティムぼうやの面倒《めんどう》をみたのです。スクルージのおかげで、ティムぼうやは死《し》ぬことはありませんでした。

ロンドンでだれからも愛《あい》されるようになり、こんなやさしい人《ひと》はいないとさえ言《い》われるようになったスクルージ。彼《かれ》は見事《みごと》に未来《みらい》を変《か》えてのけたのです。

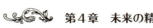

『クリスマスキャロル』の物語《ものがたり》をざっくりと思《おも》いだしたあと、葵《あおい》はあらためて部屋《へや》を見回《みまわ》した。そして、ぎくっとした。いつのまにか、黒《くろ》い背《せ》の高《たか》い人物《じんぶつ》がすぐ横《よこ》に立《た》っていたのだ。夜《よる》を思《おも》わせる黒装束《くろしょうぞく》をまとってい て、頭《あたま》からフードをかぶり、まったく顔《かお》は見《み》えない。ただ白《しろ》い手《て》だけが袖《そで》から出《で》ていた。

死神《しにがみ》のようなすがたにぎょっとしたものの、葵《あおい》はすぐに思《おも》い当《あ》たった。

「あなた……未来《みらい》のクリスマスの精霊《せいれい》ですね？」

思《おも》いきってたずねてみたところ、かすかに精霊《せいれい》はうなずいた。

葵《あおい》はごくりとつばをのんだ。

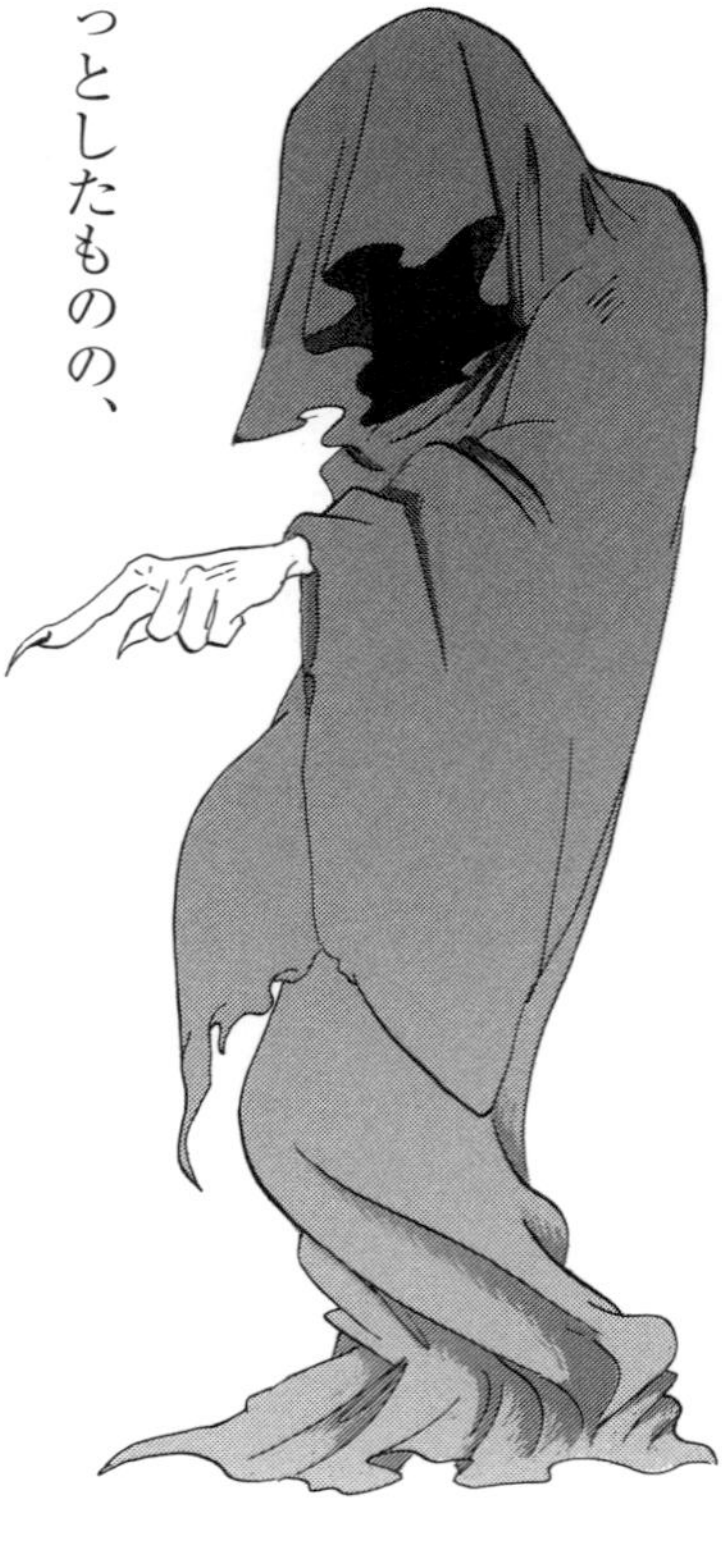

未来《みらい》の精霊《せいれい》がやってきた。ということは、やっぱりここは『クリスマスキャロル』の物語《ものがたり》の中《なか》なのだ。だが、主人公《しゅじんこう》のスクルージが見当《みあ》たらない。本来《ほんらい》スクルージがいるはずのベッドには、いま、葵《あおい》が入《はい》っている。

「うそでしょ。わたしがスクルージなの？」

強欲《ごうよく》で、いやらしくて、いじきたない老人《ろうじん》の役《やく》になってしまったことに、葵《あおい》は猛《もう》烈《れつ》にがっかりした。『西遊記《さいゆうき》』でも猪八戒《ちょはっかい》にされてしまって不満《ふまん》だったのに、またしてもこんなキャラになってしまうとは。

『クリスマスキャロル』のブックがあればと、葵《あおい》は歯《は》がみした。

「スクルージ」と、ブックに書《か》きこむことができれば、スクルージを物語《ものがたり》に戻《もど》せる。そうなれば、きっと自分《じぶん》はこの部屋《へや》から出《で》られるはずだ。

スクルージがここから抜《ぬ》けだすためのカギなのだと、葵《あおい》は本能的《ほんのうてき》に悟《さと》っていた。

だが、ブックはないし、自分《じぶん》はベッドから動《うご》けない。この世界《せかい》はどうあっても葵《あおい》にスクルージ役《やく》をやらせたいようだ。

「わかったわよ！　……わたしがスクルージになってやるわよ！　未来《みらい》を見《み》て、それを変《か》えてみせる決意《けつい》を持《も》てればいいんでしょ？　楽勝《らくしょう》よ！」

やけになりながら、葵《あおい》は未来《みらい》の精霊《せいれい》を見《み》た。精霊《せいれい》は葵《あおい》に手《て》をさしだしていた。

おっかなびっくり、葵《あおい》は精霊《せいれい》の手《て》を取《と》った。

その瞬間《しゅんかん》、目《め》まぐるしく景色《けしき》が変《か》わっていった。

もはや、葵《あおい》がいるのは、スクルージの暗《くら》い寝室《しんしつ》ではなく、明《あか》るい外《そと》だった。大学《だいがく》らしき建物《たてもの》があり、そこの掲示板《けいじばん》に張《は》られた張《は》り紙《がみ》をたくさんの人《ひと》が見《み》て、わいわい騒《さわ》いでいる。笑《わら》ってガッツポーズをする人《ひと》もいれば、泣《な》きだす人《ひと》もいた。

その人混《ひとご》みの中《なか》に、葵《あおい》は自分《じぶん》のすがたを見《み》つけた。背《せ》が高《たか》くなっていて、顔立《かおだ》ちもいまよりずっと大人《おとな》びているけれど、まちがいなく自分《じぶん》だ。

未来《みらい》の自分《じぶん》だと、葵《あおい》は悟《さと》った。

「変《へん》なの。てっきりスクルージの未来《みらい》を見《み》せられると思《おも》ったのに。なんでわたしの未来《みらい》？」

首《くび》をかしげながらも、葵《あおい》はとりあえず見守《みまも》ることにした。

と、掲示板《けいじばん》を見《み》ていた未来《みらい》の葵《あおい》が、にっこりした。とてもうれしそうな笑顔《えがお》だ。

葵《あおい》はぴんときた。

「わかった。これ、大学受験《だいがくじゅけん》の合格発表《ごうかくはっぴょう》ね。わたし、志望校《しぼうこう》に受《う》かったんだ。」

そこからはまるで動画《どうが》が早送《はやおく》りされていくようだった。

未来《みらい》の葵《あおい》は大学《だいがく》で優秀《ゆうしゅう》な成績《せいせき》をおさめ、やがて大手《おおて》の会社《かいしゃ》に就職《しゅうしょく》し、そこでもめきめき出世《しゅっせ》していった。

その一方《いっぽう》で、未来《みらい》の葵《あおい》はどんどん傲慢《ごうまん》になっていくようだった。

「あの契約《けいやく》がうまくいったのは、ぜんぶわたしのおかげなのよ。営業《えいぎょう》の花田《はなだ》さん？ああ、あの人《ひと》もそれなりにサポートはしてくれたわよ。でも、大学《だいがく》は二流《にりゅう》なんでしょ？　だからかな。やっぱり、大事《だいじ》なところでミスをするっていうか。」

「よっこちゃん、結婚《けっこん》するの？　それはすてきね。おめでとう。でも、お相手《あいて》、なんの仕事《しごと》をしている人《ひと》なの？　あらやだ。それじゃ大《たい》したお給料《きゅうりょう》ももらえないでしょうね。よっこちゃん、苦労《くろう》するかもね。」

「部長《ぶちょう》がマンションを買《か》ったんですって。どうも中古《ちゅうこ》らしいわよ。わたしだったら、絶対《ぜったい》に新築《しんちく》にするのに。中古物件《ちゅうこぶっけん》って、なんかいやじゃない？」

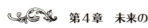

他人《たにん》の幸《しあわ》せをすなおに祝《いわ》えず、相手《あいて》を見下《みくだ》すようなことを言《い》ってばかりの未来《みらい》の自分《じぶん》に、葵《あおい》は見《み》ていてハラハラした。すごくいやな気持《きも》ちだ。ああ、どうして未来《みらい》の葵《あおい》は、まわりの人《ひと》たちの冷《ひ》ややかな視線《しせん》に気《き》づかないのだろう。

「このままじゃ……とんでもないことになるかも。」

葵《あおい》の予感《よかん》は当《あ》たった。

やがて、未来《みらい》の葵《あおい》の職場《しょくば》に、新《あたら》しい仲間《なかま》が加《くわ》わった。その人《ひと》、永村《ながむら》ひとみは、ニューヨーク生《う》まれの帰国子女《きこくしじょ》で、世界《せかい》でも一《いち》、二《に》を争《あらそ》う大学《だいがく》を卒業《そつぎょう》しており、4か国語《こくご》がしゃべれるという優秀《ゆうしゅう》な人材《じんざい》だった。おまけに、美人《びじん》で性格《せいかく》もいいときている。

それまで、仲間《なかま》たちはしぶしぶながらも未来《みらい》の葵《あおい》のことを認《みと》めていた。仕事《しごと》だけはできるからだ。だが、葵《あおい》よりもずっと優《すぐ》れた永村《ながむら》ひとみが来《き》た以上《いじょう》、もうそんな必要《ひつよう》はない。

職場《しょくば》の空気《くうき》は一変《いっぺん》し、だれもが未来《みらい》の葵《あおい》に対《たい》してそっけなくなった。自分《じぶん》の地位《ちい》がおびやかされていくことに、未来《みらい》の葵《あおい》はどんどんあせっていった。

「何《なに》よ。ちょっと顔《かお》がいいからって、男《おとこ》の人《ひと》からちやほやされて。それで仕事《しごと》をうまく回《まわ》してるつもりなの？　ここはわたしの居場所《いばしょ》よ。だって、わたしがいなくちゃ、みんな困《こま》ることになるんだから。生意気《なまいき》！　うざい！　ああ、あの女《おんな》、どこかほかの会社《かいしゃ》に行《い》ってしまえばいいのに！」

未来《みらい》の葵《あおい》は、呪《のろ》いのように永村《ながむら》ひとみへの悪口《わるくち》をつぶやくようになった。だが、ほかの会社《かいしゃ》に行《い》くどころか、永村《ながむら》ひとみはどんどん職場《しょくば》での地位《ちい》をかためていった。彼女《かのじょ》の業績《ぎょうせき》は目覚《めざ》ましく、トップの葵《あおい》にもぐんぐん迫《せま》ってきたのである。

このままでは、じきに追《お》い抜《ぬ》かれてしまうかもしれない。

追《お》いつめられた未来《みらい》の葵《あおい》は、仕事《しごと》をたくさんこなすことで、ライバルを引《ひ》き離《はな》そうとした。そのために、毎日《まいにち》のように残業《ざんぎょう》した。そう。クリスマスイブさえも、会《かい》社《しゃ》に残《のこ》って仕事《しごと》をしたのだ。

同僚《どうりょう》たちが家《いえ》に帰《かえ》り、静《しず》まり返《かえ》ったオフィスの中《なか》で、未来《みらい》の葵《あおい》はたったひとり、パソコンに向《む》きあって山《やま》のような仕事《しごと》を片付《かたづ》けにかかっていた。その間《あいだ》も、ぶつぶつつぶやいていた。

「ふん、みんなばかみたい。クリスマスなのに残業《ざんぎょう》するんですかって。クリスマスなんて、キリスト教徒《きょうと》のお祭《まつ》りでしょ？　イエス・キリストが誕生《たんじょう》したのを祝《いわ》う日《ひ》なんだから。キリスト教徒《きょうと》でもない連中《れんちゅう》が、ただはしゃぐだけの日本《にっぽん》のクリスマスなんて、にせものもいいところよ。ああ、くだらない。意味《いみ》ないわ。」

文句《もんく》ばかり言《い》いながら、余裕《よゆう》のない顔《かお》つきで仕事《しごと》にとりくむ未来《みらい》の葵《あおい》。そのすがたに、現在《げんざい》の葵《あおい》は青《あお》ざめていた。

「こ、これが……わたしなの？」

他人《たにん》を認《みと》めることができない。ほめることができない。口《くち》を開《ひら》けば、文句《もんく》とじまんばかり。

どう考《かんが》えても、未来《みらい》の葵《あおい》は最低《さいてい》な人間《にんげん》だった。

クリスマスのことだってそうだ。未来《みらい》の葵《あおい》が言《い》っていることは、たしかに正《ただ》しい。正《ただ》しいが、あまりに1つの考《かんが》えにこりかたまっている。ほかの考《かんが》え方《かた》をいっさい認《みと》めない言《い》い方《かた》は、非常《ひじょう》に傲慢《ごうまん》で不愉快《ふゆかい》なものだ。

「でも、キリスト教徒《きょうと》じゃなくても……お祭《まつ》りの雰囲気《ふんいき》を楽《たの》しめるのはいいことなんじゃない？　楽《たの》しいって大事《だいじ》だと思《おも》うし。わたしだって、クリスマスは好《す》きよ。……昔《むかし》のこと、覚《おぼ》えてないの？　忘《わす》れちゃったの？」

自分《じぶん》のすがたは見《み》えないとわかっていても、思《おも》わず葵《あおい》はささやきかけてしまった。

と、そのささやきが聞《き》こえたかのように、未来《みらい》の葵《あおい》はふと手《て》を止《と》め、パソコンの画面《がめん》から目《め》を離《はな》した。

「そういえば、うちの親《おや》もクリスマスが好《す》きだったわよね。毎年《まいとし》、ツリーをかざったりしていたし、あれはあれでうれしかったけど。……ああ、やだやだ。急《きゅう》に昔《むかし》のこととか思《おも》いだすなんて……。くだらないったら。」

と、デスクに置《お》いてあったスマホがぱっと光《ひか》った。それを取《と》りあげた未来《みらい》の葵《あおい》は、一目《ひとめ》見《み》るなり、顔《かお》をしかめた。

「宗介《そうすけ》じゃないの。クリスマスおめでとう？　やだ。あいつもやっぱりばかのひとりなのね。……あいかわらず作家《さっか》をやってるのかしら？　去年《きょねん》、デビューはしたらしいけど、そのあと書《か》けているのかな？　……一発屋《いっぱつや》で終《お》わらなきゃいいけどね。」

心配《しんぱい》するような口《くち》ぶりなのに、未来《みらい》の葵《あおい》はいじわるく笑《わら》っていた。宗介《そうすけ》のことを心底《しんそこ》さげすみ、その不幸《ふこう》を願《ねが》っているのだと、はっきり伝《つた》わってくる。

わなわなふるえる葵《あおい》の前《まえ》で、未来《みらい》の葵《あおい》はさらに口《くち》のはしをつりあげて笑《わら》った。

「そういえば、ひなねえはどうしているかな？　そろそろ仕事《しごと》を見《み》つけられてればいいわね。あの歳《とし》でまだフリーターって、みっともないもの。……宗介《そうすけ》もひなねえも、わたしみたいにちゃんと働《はたら》けばいいのに。ほんとかわいそうな人《ひと》たちだわ。」

ひとしきり笑《わら》ったあと、未来《みらい》の葵《あおい》の目《め》が暗《くら》く光《ひか》った。

「そうだ。……ひとみのパソコンにコンピュータウイルスを仕込《しこ》んでやろう。あの人《ひと》がミスをしない人間《にんげん》だっていうなら、ミスを起《お》こしてやろうじゃないの。会社《かいしゃ》のデータや取引先《とりひきさき》との契約書《けいやくしょ》が流出《りゅうしゅつ》すれば、大騒《おおさわ》ぎになる。そうなったら、いくらひとみが優秀《ゆうしゅう》だからって、だれもかばえないわ。」

なんでもっと早《はや》く思《おも》いつかなかったのかしら、と言《い》いながら、未来《みらい》の葵《あおい》はゆらりと立《た》ちあがり、永村《ながむら》ひとみのデスクへと向《む》かいだした。

一方《いっぽう》、葵《あおい》は雷《かみなり》に撃《う》たれたように頭《あたま》の中《なか》が真《ま》っ白《しろ》になっていた。宗介《そうすけ》やひなたのことまで悪《わる》く言《い》う未来《みらい》の自分《じぶん》に、途方《とほう》もないショックを受《う》けたのだ。

いまの自分《じぶん》にとって、なんだかんだ言《い》っても、宗介《そうすけ》とひなたは特別《とくべつ》な仲間《なかま》なのだ。それを、あんなふうに言《い》ってしまうなんて。

「い、いやあああああっ！」

ついに感情《かんじょう》がはじけ、悲鳴《ひめい》となって口《くち》からほとばしった。

そして、気《き》づいたときには、葵《あおい》はまたあの薄暗《うすぐら》い部屋《へや》の大《おお》きなベッドに戻《もど》っていた。いつのまにか未来《みらい》の精霊《せいれい》は消《き》えていたが、もはやそんなことはどうでもよかった。

「あれが……わたしの未来《みらい》なの？　あんなのって……ひどい。」

心《こころ》をぼっきりとへし折《お》られ、葵《あおい》はベッドにうずくまってしまった。絶望《ぜつぼう》で、何《なに》もかもが真《ま》っ黒《くろ》にぬりつぶされていくようだった。

このまま、ずっとここにいよう。このベッドの中《なか》で心《こころ》を閉《と》ざし、何《なに》も考《かんが》えずに過《す》ごしていこう。あんな価値《かち》のない人間《にんげん》になるくらいなら、そうしたほうがいい。少《すく》なくとも、だれにも迷惑《めいわく》はかけない生《い》き方《かた》ができる。

いまやスクルージの寝室《しんしつ》は、葵《あおい》の檻《おり》へと変《か》わりかけていた。だが、この檻《おり》は葵自《あおいじ》身《しん》の望《のぞ》みでできているのだ。

もはやだれも葵《あおい》をそこから連《つ》れだすことはできない。

そのはずだった。

だが……。

ふと、葵《あおい》は守《まもる》のことを思《おも》いだした。

グライモンにさらわれてしまった少年《しょうねん》。

葵《あおい》たちが助《たす》けることができなかった少年《しょうねん》。

葵《あおい》たちには「逃《に》げろ。」と言《い》いながら、自分自身《じぶんじしん》は逃《に》げることをあきらめていた。

あのときの守《まもる》の静《しず》かな表情《ひょうじょう》は、いまも心《こころ》に焼《や》きついている。

「守《まもる》、君《くん》……。守君《まもるくん》！」

冷《つめ》たい水《みず》をかぶったかのように、葵《あおい》は自分《じぶん》を取《と》り戻《もど》した。

いま、こうして葵《あおい》が閉《と》じこもっている間《あいだ》も、守《まもる》はあきらめきった顔《かお》でグライモンの虜《とりこ》になっているのだ。そうわかっているのに、自分《じぶん》はいったい、何《なに》をぐだぐだ落《お》ちこんでいるのだろう？　必《かなら》ず助《たす》けると、そう決《き》めたではないか。

「わたしってば、ばかみたい！　こんなの、ちっともわたしらしくない！」

自分《じぶん》が決《き》めたことを途中《とちゅう》で投《な》げだすなんて、葵《あおい》らしくないにもほどがある。

ああいうみじめな未来《みらい》があるとわかったなら、これから変《か》えていけばいい。あの未来《みらい》にたどりつかないように、力《ちから》を尽《つ》くせばいい。そうだ。それこそが『クリスマスキャロル』の本質《ほんしつ》だ。

ばっと、葵《あおい》は顔《かお》をあげた。

すぐ目《め》の前《まえ》に、未来《みらい》の葵《あおい》が立《た》って、こちらを見下《みお》ろしていた。嫉妬《しっと》とひがみと傲《ごう》慢《まん》さに満《み》ちた未来《みらい》の自分《じぶん》に、葵《あおい》はゆっくりと話《はな》しかけた。

「……かわいそうに。いつもだれかを見下《みくだ》して、いつもいらいらしているのね。それって、すごくみじめで苦《くる》しいでしょ？　でも、だいじょうぶよ。わたしはそうはならないから。自分《じぶん》に自信《じしん》が持《も》てるように、もっともっと勉強《べんきょう》して、もっともっと優秀《ゆうしゅう》な人間《にんげん》になってみせる。それに……わたしは人《ひと》のことを悪《わる》く言《い》ったりしない。宗介《そうすけ》やひなねえの夢《ゆめ》を応援《おうえん》するし、クリスマスだって、毎年《まいとし》、うんと楽《たの》しんでみせる！」

だからと、葵《あおい》は大《おお》きく息《いき》をすいこんだ。

「わたしは、絶対《ぜったい》にあなたみたいな心《こころ》の貧《まず》しい人間《にんげん》にはならない！」

葵《あおい》の渾身《こんしん》の力《ちから》をこめた叫《さけ》びに、ぶるりと、未来《みらい》の葵《あおい》は身震《みぶる》いした。そして、まぶしいものを見《み》るように目《め》を細《ほそ》めたかと思《おも》うと、そのすがたはみるみるしぼみ、ひとりのやせた老人《ろうじん》となったのだ。

白《しろ》い寝間着《ねまき》を着《き》た老人《ろうじん》は、おだやかに笑《わら》いながら葵《あおい》に言《い》った。

「未来《みらい》は自分《じぶん》で変《か》える、か。けっこうけっこう。すてきな物語《ものがたり》のしめくくりじゃ。」

「あなた……もしかして、スクルージさん？」

「さよう。『クリスマスキャロル』のスクルージじゃ。やっと本来《ほんらい》のすがたに戻《もど》れて、うれしいかぎりじゃ。おまえさんが『クリスマスキャロル』の本質《ほんしつ》を貫《つらぬ》きとおしてくれたおかげじゃよ。ありがとう。これはお礼《れい》だ。受《う》けとっておくれ。」

そう言《い》って、スクルージは葵《あおい》の手《て》に奇妙《きみょう》なものをにぎらせてきた。

それは金属《きんぞく》でできたもので、鼻《はな》に丸《まる》い輪《わ》っかをぶらさげた、こわい男《おとこ》の顔《かお》というデザインをしていた。正直《しょうじき》、不気味《ぶきみ》な代物《しろもの》だったので、葵《あおい》はひるんだ。

「な、なんですか、これは？」

「ドアノッカーじゃよ。持《も》っておいき。きっとおじょうちゃんの役《やく》に立《た》つ。……これは扉《とびら》を開《あ》けてくれるものだから。」

いらないと思《おも》ったものの、贈《おく》り物《もの》を返《かえ》すのも気《き》が引《ひ》けて、葵《あおい》はしぶしぶドアノッカーをポケットにしまった。

スクルージが満足《まんぞく》げにうなずいた。

「そうそう。それでいい。クリスマスのプレゼントは受《う》けとるものさ。さ、交代《こうたい》だ。ベッドからおりなさい。ここはわしが主人公《しゅじんこう》であるべき世界《せかい》。おまえさんの世《せ》界《かい》は別《べつ》にあるのだろう？　ほら、ドアはそこだよ。」

スクルージの言《い》うとおり、いつのまにか部屋《へや》の奥《おく》にドアが現《あらわ》れていた。そして、葵《あおい》はベッドをおりることができたのだ。

ここから出《で》られる！　また仲間《なかま》たちと会《あ》える！

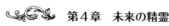

ほっとしながら、葵《あおい》はスクルージに笑《わら》いかけた。

「さようなら、スクルージさん。」

「ごきげんよう！　そしてクリスマスおめでとう！」

「うん、おめでとう！」

そうして葵《あおい》はドアを開《ひら》いて、部屋《へや》から出《で》ていった。

第《だい》5章《しょう》

うるわしきツリー

story 5

さて、プレゼントの箱《はこ》に襲《おそ》われたとき、運動能力抜群《うんどうのうりょくばつぐん》のひなたは見事《みごと》に最初《さいしょ》の攻撃《こうげき》をかわした。2度《ど》、3度《ど》と、ムチのようにしなるリボンもかわし、安全《あんぜん》な場所《ばしょ》まで逃《に》げきることができた。

いや、逃《に》げきれたはずだったのだが……。

ふいに、強《つよ》い力《ちから》で腕《うで》をつかまれた。

つかんできたのはアンデルセンだった。目《め》をかっと見開《みひら》き、鼻水《はなみず》をたらしながら、ひなたにしがみついてきたのである。その腰《こし》には、緑《みどり》と赤《あか》の水玉模様《みずたまもよう》のリボンが巻《ま》きついていた。

「うわああん、ひなた君《くん》！　た、助《たす》けてぇ！」

「アンデルセンさん、放《はな》して！　あ！　ちょっ！」

「わあああっ！」

パニックになったアンデルセンが力《ちから》まかせに指《ゆび》を食《く》いこませてきたものだから、ひなたは痛《いた》みに悲鳴《ひめい》をあげた。

一方《いっぽう》、獲物《えもの》を捕《と》らえたプレゼントの箱《はこ》は、ゆうゆうと、リボンを引《ひ》き寄《よ》せはじめた。じわじわと、アンデルセンはたぐりよせられていった。もちろん、ひなたもいっしょに。

「やめて！　いったん、放《はな》して！　こ、これじゃふたりとも食《た》べられちゃう！」

「わああ、こわい！　こわいよぉ！」

「アンデルセンさん！　あ、ああああっ！」

なすすべもなく、ふたりはプレゼント

の箱《はこ》の中《なか》に引《ひ》きずりこまれた。

真《ま》っ暗闇《くらやみ》の中《なか》で、思《おも》わずひなたはアンデルセンのことを蹴飛《けと》ばした。完全《かんぜん》に巻《ま》き添《ぞ》えを食《く》ってしまい、さすがに頭《あたま》にきていた。

「もう！　アンデルセンさんのせいで、あたしまで飲《の》まれちゃったじゃないですか！」

「ひなた君《くん》！　そんなひどい言《い》い方《かた》しなくたっていいじゃないか！」

「ひどいのはそっちです！　放《はな》してくれれば、あたしがあとから助《たす》けてあげられたかもしれないのに！」

「そ、そんなこと言《い》われても、こわかったんだよぉ。ぐす。あ、それにさ、ひとりで困難《こんなん》に立《た》ち向《む》かうより、ふたりいっしょのほうがいいと思《おも》わない？」

「いま、それ、アンデルセンさんには言《い》われたくないです！」

かみつくように言《い》ったあとで、ひなたは後悔《こうかい》した。アンデルセンがよよよと泣《な》きだしてしまったのだ。

しまった。こんなふうに絶望《ぜつぼう》されてしまったら、いざというときに役《やく》に立《た》ってもらえない。まわりは真《ま》っ暗《くら》で、いつ得体《えたい》の知《し》れない敵《てき》が襲《おそ》ってくるともわからないというのに。

「うう、がまんよ、ひなた。こういうときこそ、ポジティブにいかないと。……アンデルセンさんはストーリーマスターなわけだし、ひとりよりふたりでいるほうが、たしかに心強《こころづよ》いんだから。落《お》ちついて。そう。がまんよ。ここをふたりでなんとか抜《ぬ》けだして、守君《まもるくん》を助《たす》けに行《い》かないと。」

しかたなかったとはいえ、ひなたたちは守《まもる》のことをこの暴食城《ぼうしょくじょう》に置《お》き去《ざ》りにしてしまった。そのことを、ひなたはだれよりも悔《く》いていたのだ。

「今度《こんど》は絶対《ぜったい》に助《たす》けるんだから！　そのためにも、アンデルセンさんをしゃっきりさせなきゃ。」

気《き》を取《と》りなおし、ひなたはアンデルセンの肩《かた》にそっと手《て》を置《お》いた。

「ごめんなさい。こわかったですよね。しかたなかったですよね。」

「う、うん。うん、そうなんだよぉ。……もう怒《おこ》ってないかい？」

「怒《おこ》ってないですよ。というか、アンデルセンさんのこと、頼《たよ》りにしてますから。

えっと、つまり、あたしのこと、守《まも》ってほしいな。」

「いや、きみこそ、ぼくを守《まも》っておくれよ。」

「……言《い》いなおします。なんかのときには、あたしが絶対助《ぜったいたす》けるから、とりあえずいまは立《た》ってください。」

ひなたの言葉《ことば》に、ようやくアンデルセンは立《た》ちあがった。そして心細《こころぼそ》そうにまわりを見《み》た。

「ところで、ここ、箱《はこ》の中《なか》にしては広《ひろ》い感《かん》じがすると思《おも》わないかい？」

「たしかに。それに、こんなに暗《くら》いのに、お互《たが》いのすがたははっきり見《み》えるなんて、なんか変《へん》ですよね。」

「……きっとグライモンの魔法《まほう》だ。ぼくたちを引《ひ》っ張《ぱ》りこんだ箱《はこ》の中《なか》は、別《べつ》の空間《くうかん》とつながっていたんだ。どうだい？　ぼくの推理《すいり》、冴《さ》えているだろ？　そのうち、コナン・ドイル君《くん》にミステリーの書《か》き方《かた》を教《おし》えてもらおうかな。」

得意《とくい》げに笑《わら》うアンデルセンに、ひなたは力《ちから》なくほほえみ返《かえ》した。心《こころ》の中《なか》では、「グライモンの魔法《まほう》だってことくらい、あたしもとっくに推理《すいり》してたわよ。」と思《おも》っていた。

このときだ。

「ミステリー云々《うんぬん》の前《まえ》にまず、おいらの物語《ものがたり》を書《か》きなおしてもらおうか！」

怒《いか》りに満《み》ちた声《こえ》が轟《とどろ》いたかと思《おも》うと、その場《ば》がぱっと明《あか》るくなった。

そこは大《おお》きな劇場《げきじょう》で、ひなたとアンデルセンは舞台《ぶたい》の上《うえ》に立《た》っていた。ひなたは客席《きゃくせき》のほうを見《み》た。たくさんの椅子《いす》の列《れつ》がはるか彼方《かなた》にまでつづき、まったく果《は》てが見《み》えない。出口《でぐち》がないみたいだと、ぞくっとした。

そして、舞台《ぶたい》はというと、とある部屋《へや》の中《なか》を表現《ひょうげん》しているようだった。リースが飾《かざ》られた壁《かべ》に、火《ひ》が楽《たの》しげに燃《も》えている大《おお》きな暖炉《だんろ》。暖炉《だんろ》のそばにはプレゼントの箱《はこ》がたくさん置《お》かれ、窓《まど》にも天井《てんじょう》にも、金《きん》や銀《ぎん》にぬられた松《まつ》ぼっくりや、赤《あか》い実《み》をつけたヒイラギなどがつりさげられている。

さっきの大広間《おおひろま》がそうであったように、これまたクリスマスの雰囲気《ふんいき》が満々《まんまん》だ。

何《なに》より、部屋《へや》の中央《ちゅうおう》には大《おお》きなクリスマスツリーがあった。

こんなすばらしいクリスマスツリーを、ひなたは見《み》たことがなかった。

天井《てんじょう》に届《とど》きそうなほど背《せ》が高《たか》く、枝振《えだぶ》りは美《うつく》しく、葉《は》は鮮《あざ》やかな緑色《みどりいろ》だ。そして、数《かぞ》え切《き》れないほどの飾《かざ》りをつりさげていた。

金色《きんいろ》のリンゴ。クルミやどんぐりやベリーを連《つら》ねた飾《かざ》り。色《いろ》とりどりのキャンディや、干《ほ》しぶどうを埋《う》めこんだジンジャークッキー。小《ちい》さなかわいいおもちゃ。そして、火《ひ》を灯《とも》した本物《ほんもの》のロウソクが100本以上《ぼんいじょう》。

文字《もじ》どおり、クリスマスツリーは光《ひか》り輝《かがや》いていた。

「きれい〜！」

うっとりと見《み》とれるひなたの横《よこ》で、アンデルセンが目《め》を大《おお》きく見開《みひら》いた。

「驚《おどろ》いたな。これは、ぼくの『もみの木《き》』だ！　そうだ！　そうにちがいない！」

「アンデルセンさんの木《き》？」

「半分当《はんぶんあ》たりで、半分《はんぶん》まちがいだ、アンデルセン！」

ふたたびあの声《こえ》が響《ひび》き、ぶるぶるっと、クリスマスツリーが身《み》をふるわせた。ひときわ太《ふと》い枝《えだ》が2本《ほん》、ぐうっと伸《の》びて腕《うで》となり、2つの赤《あか》い目玉《めだま》がツリーの中《なか》に現《あらわ》れた。そして、目《め》の下《した》の生《お》い茂《しげ》った葉《は》がかっと裂《さ》けて、大《おお》きな口《くち》へと変《か》わった。

もはや、そこにいるのは豪華《ごうか》なクリスマスツリーではなく、ごてごてと身《み》を飾《かざ》った木《き》のモンスターだった。

クリスマスツリーだったものは、凶悪《きょうあく》なまなざしをアンデルセンに向《む》けながら、ひなたに話《はな》しかけてきた。

「おい、そこのじょうちゃん、アンデルセンが書《か》いた『もみの木《き》』って物語《ものがたり》を知《し》っているかい？」

ひなたはぎくりとしたものの、正直《しょうじき》に答《こた》えることにした。ちらちらとアンデルセンを横目《よこめ》で見《み》ながら、ひなたは小《ちい》さく言《い》った。

「う、ううん。ごめん。知《し》らない。」

「うそ！」

案《あん》の定《じょう》、アンデルセンは悲鳴《ひめい》をあげた。

「知《し》らない？　ひなた君《くん》は、ぼくの『もみの木《き》』を読《よ》んだことがないのかい？　そんなのって、ないよ！　あ、もうだめ……。なんか、すべての気力《きりょく》が抜《ぬ》けていく。もう何《なに》もかもどうでもいい気分《きぶん》だ。相棒《あいぼう》にすら読《よ》んでもらえない作品《さくひん》を書《か》いたぼくは、とんだポンコツ作家《さっか》ってことじゃないか。」

「ちがいます！　少《すこ》しずつ読《よ》もうと思《おも》ってたんです！　アンデルセンさんの物語《ものがたり》を一気読《いっきよ》みするなんて、なんかもったいないから！　自分《じぶん》へのごほうびに、1つずつ読《よ》んでいっているんです！　まだ『もみの木《き》』にたどりついてないだけ！」

「うそだうそだ！　きみはぼくの物語《ものがたり》に興味《きょうみ》がないんだあああ！」

頭《あたま》をかかえてのたうちまわるアンデルセンに、ひなたはげんなりした。それは、木《き》のモンスターも同《おな》じだったようだ。

「まったくうるさいやつだ。こんなのがおいらの生《う》みの親《おや》だなんて！」

そうつぶやくなり、モンスターは腕《うで》を伸《の》ばして、アンデルセンをつかみあげた。そうして、アンデルセンの口《くち》の中《なか》に金色《きんいろ》のリンゴを1つ、押《お》しこんだのだ。

目《め》を白黒《しろくろ》させるアンデルセンを、モンスターは憎々《にくにく》しげに睨《にら》みつけた。

「おまえはちょっと黙《だま》ってろ。おい、じょうちゃん、知《し》らないなら教《おし》えてやるよ。こいつがどんな物語《ものがたり》を書《か》いたかをな。」

そう言《い》って、モンスターは語《かた》りだした。

町《まち》はずれの森《もり》に、小《ち い》さなもみの木《き》が立《た》っていました。もみの木《き》は外《そと》の世界《せかい》にあこがれてばかりで、ふりそそぐ日《ひ》の光《ひかり》や小鳥《ことり》たちの歌声《うたごえ》にはまったく喜《よろこ》びを感《かん》じていませんでした。

やがて、もみの木《き》は大《おお》きく、形《かたち》の美《うつく》しい木《き》に成長《せいちょう》しました。そして、冬《ふゆ》のある日《ひ》、人間《にんげん》によって切《き》り倒《たお》され、大《おお》きな家《いえ》へと運《はこ》びこまれました。

部屋《へや》の中《なか》に立《た》てられたもみの木《き》は、金色《きんいろ》のリンゴやおもちゃやロウソクで飾《かざ》られ、それはすばらしいすがたとなりました。もみの木《き》は本当《ほんとう》にうれしくて、これからどうなるのだろうと、あれこれ思《おも》い浮《う》かべました。

夜《よる》が来《く》ると、ロウソクに火《ひ》が灯《とも》され、部屋《へや》にたくさんの子《こ》どもたちが入《はい》ってきました。子《こ》どもたちは光《ひか》り輝《かがや》くもみの木《き》に駆《か》けより、飾《かざ》りをもぎとっていきました。もみの木《き》は驚《おどろ》いたものの、また明日《あした》になったら飾《かざ》りをつけてもらえるだろうと思《おも》いました。

でも、翌日《よくじつ》になると、もみの木《き》は屋根裏部屋《やねうらべや》に放《ほう》りこまれてしまったのです。屋《や》根裏部屋《ねうらべや》は日《ひ》があたらず、ネズミくらいしかいませんでした。

もみの木《き》はネズミたちに、自分《じぶん》が生《う》まれ育《そだ》った森《もり》のことや、すばらしい飾《かざ》りをまとったクリスマスの夜《よる》のことを話《はな》して聞《き》かせてやりました。

そうしながら、「ああ、あのときは本当《ほんとう》に幸《しあわ》せだった。でも、あのときのぼくは、そのことがわかっていなかった。ああいう日《ひ》がまた来《き》たら、今度《こんど》こそ喜《よろこ》びをかみしめよう。次《つぎ》のチャンスがきっと来《く》る。来《く》るともさ。」と、思《おも》うのでした。

でも、やがてネズミたちはもみの木《き》にあきて、やってこなくなりました。

もみの木《き》はひとりぼっちで長《なが》い時間《じかん》をすごしました。

そして、ある朝《あさ》のこと、屋根裏部屋《やねうらべや》から庭《にわ》に引《ひ》っぱりだされたのです。

ひさしぶりにお日《ひ》さまの光《ひかり》をあびて、もみの木《き》はよろこびました。

「さあ、これからだ！　今度《こんど》こそ喜《よろこ》びを感《かん》じて生《い》きていくぞ！」

でも、もみの木《き》はすでに枯《か》れていて、葉《は》が黄色《きいろ》くなっていました。

そんなもみの木《き》に、小《ちい》さな男《おとこ》の子《こ》が駆《か》けよってきました。

「見《み》て。きたない古《ふる》いクリスマスツリーに、まだこんなのがついてたよ！」

そう言《い》って、男《おとこ》の子《こ》はもみの木《き》のてっぺんに残《のこ》っていた最後《さいご》の星《ほし》の飾《かざ》りをもぎとり、もみの木《き》のことを踏《ふ》みつけたのです。

めきっと枝《えだ》が折《お》れるのを感《かん》じながら、「これだったら屋根裏部屋《やねうらべや》にいたほうがよかった！」と、もみの木《き》は思《おも》いました。そして、これまでのことをしみじみと思《おも》いだしました。

森《もり》のこと。きらめいていたクリスマスイブのこと。ネズミたちが自分《じぶん》の話《はなし》を楽《たの》しそうに聞《き》いてくれたこと。

「ああ、もう終《お》わりだ！　どうしてぼくは、そのときそのときの喜《よろこ》びを感《かん》じてこなかったんだろう！」

そこへ庭師《にわし》がやってきて、もみの木《き》をたきぎにし、火《ひ》をつけたのです。

燃《も》えていく間《あいだ》も、もみの木《き》は昔《むかし》のことばかり思《おも》いだしていました。

そして、ついに燃《も》え尽《つ》きてしまったのです。

話《はな》し終《お》えたあと、木《き》のモンスターはひなたを見下《みお》ろしてきた。

「これが『もみの木《き》』だ。どう思《おも》った?」

「なんか、悲《かな》しいお話《はなし》ね。」

「悲《かな》しいなんてもんじゃない。主人公《しゅじんこう》のもみの木《き》、つまり、おいらにとっては最悪《さいあく》さ! なんだってこんな最期《さいご》を迎《むか》えなくちゃいけないんだ! 冗談《じょうだん》じゃない! 何《なに》もかも、おまえのせいだぞ、アンデルセン! クリスマスをテーマにしているんだから、もっと幸《しあわ》せでほっこりするようなものを書《か》けばよかったんだ。やい、アンデルセン! なんとか言《い》ったらどうなんだ!」

そう叫《さけ》び、もみの木《き》はアンデルセンの口《くち》を自由《じゆう》にした。

口《くち》からリンゴのかけらを吐《は》きだしながら、アンデルセンはもみの木《き》を見返《みかえ》した。

「金色《きんいろ》のリンゴって、まずいんだねえ。」

「……おい、ほかにもっと言《い》うべき言葉《ことば》があるだろ?」

「えっと、そ、そうだったね。まずは、言葉遣《ことばづか》いがよくない。そんな品《ひん》のない言葉《ことば》遣《づか》いをするもんじゃないよ。ぼくはそんなふうにきみを作《つく》らなかったはずだよ?」

「あいにく、おいらはグライモンさまに生《う》みなおしていただいたもみの木《き》なんだよ！　ていうか、そうじゃない！　おいらに謝《あやま》れって言《い》ってるんだよ！」

「謝《あやま》れ？　なんでだい？」

「なんでって……。え、まじでわからないのか？」

きょとんとした顔《かお》をするアンデルセンを、もみの木《き》はしばらくまじまじと見《み》ていた。やがて、疲《つか》れたようにため息《いき》をついた。

「もういい。おまえと話《はな》しても時間《じかん》の無駄《むだ》だとわかった。とっとと用事《ようじ》を終《お》わらせちまおう。おいらの頼《たの》みを聞《き》いてくれ。そうしたら、おまえたちをここから出《だ》してやる。」

「本当《ほんとう》かい？　……まさか、無理難題《むりなんだい》を押《お》しつけてくるとかじゃないよね？」

「ああ。おまえにとっちゃ簡単《かんたん》なことさ。アンデルセンワールドのブックを持《も》っているんだろ？　それを使《つか》って、『もみの木《き》』を書《か》き換《か》えてほしいんだ。」

「えっ？」

「クリスマスイブのところで、物語《ものがたり》を終《お》わらせてほしいんだよ。こんなしめくくりはどうだい？　『クリスマスの夜《よる》、美《うつく》しく飾《かざ》られたもみの木《き》は、子《こ》どもたちに囲《かこ》まれ、すばらしいとほめたたえられました。とても幸《しあわ》せでした。そして、幸《しあわ》せだと感《かん》じられることに、深《ふか》い満足《まんぞく》と感謝《かんしゃ》を覚《おぼ》えたのです。めでたしめでたし。』って。」

どうだいと、もみの木《き》はじまんそうに言《い》った。

「このほうがずっといいだろ？　クリスマスの夜《よる》のまま、ずっと美《うつく》しいままで、おいらは終《お》わりたいんだ。燃《も》やされるのはごめんさ。」

絶句《ぜっく》しているアンデルセンにかわり、ひなたがもみの木《き》にたずねた。

「なんで、そんなことをしてほしいの？」

「そうすれば、この世《よ》のすべての『もみの木《き》』の物語《ものがたり》がいっせいに変《か》わるからさ。さっきも言《い》ったとおり、おいらはグライモンさまに生《う》みなおしていただいたもみの木《き》だ。だけど、おいらが存在《そんざい》できるのは、この暴食城《ぼうしょくじょう》の中《なか》だけだ。……おいらこそがオリジナルになりたいんだ。外《そと》の世界《せかい》で、人間《にんげん》に読《よ》んでもらえるようになるには、どうしたってアンデルセンに書《か》き換《か》えてもらわないといけないんだよ。」

なるほどと、ひなたはうなずいた。もみの木《き》の気持《きも》ちも望《のぞ》みもよく理解《りかい》できた。

だが、それは……。

ひなたはおそるおそるアンデルセンのほうを見《み》た。アンデルセンは目《め》をつりあげ、真《ま》っ赤《か》な顔《かお》をしていた。

だが、アンデルセンのことをよくわかっていないもみの木《き》は、火《ひ》に油《あぶら》を注《そそ》ぐようなことをした。さらに言葉《ことば》をつづけたのだ。

「物語《ものがたり》をぜんぶ書《か》きなおせって言《い》ってるわけじゃない。最後《さいご》だけ変《か》えてくれって頼《たの》んでるんだ。ささやかなお願《ねが》いだろ？　さあ、やってくれるよな、アンデルセン？　クリスマスでもっとも不幸《ふこう》なおいらに、ハッピーエンドをプレゼントしてくれよ。」

「こ……。」

「こ？」

「ことわーる！」

ガス管《かん》が爆発《ばくはつ》するような大声《おおごえ》で、アンデルセンは叫《さけ》んだ。

「冗談《じょうだん》じゃないよ！　そんなの、ぼくの物語《ものがたり》じゃない！　内容《ないよう》がまったく変《か》わってしまうじゃないか！」

「だけど、このほうがハッピーエンドだろ？」

「『もみの木《き》』にハッピーエンドはいらない！　いったい、きみはさっきから何《なに》を言《い》っているんだ！　何《なに》が気《き》に入《い》らないっていうんだ！　いまのままでいいだろう？　これ以上《いじょう》ないラストじゃないか！」

「気《き》に入《い》るわけないだろ！　あれこれ後悔《こうかい》しながら、みじめに焼《や》かれるおいらの身《み》になってみろ！　……どうあっても変《か》える気《き》はないのか？」

「ないよ！　断《だん》じて変《か》えるもんか！　あの最後《さいご》を変《か》えるくらいなら、いっそ、ぼくがもみの木《き》になってやる！」

「はあ？　おまえ、何言《なにい》っちゃってんの？」

「いいだろ？　きみがもみの木《き》をやりたくないなら、ぼくがやる！　さあ、飾《かざ》りをぜんぶよこしたまえ。そのロウソクと、金《きん》のクルミもだ！　さあ、どうだ！　これからはぼくがもみの木《き》だ！　あははははっ！」

もみの木《き》からむしりとった飾《かざ》りを自分《じぶん》の頭《あたま》や胸元《むなもと》にくっつけ、正気《しょうき》を失《うしな》ったように笑《わら》いだすアンデルセン。そのすがたに、さすがにもみの木《き》もひるんだようだ。

ひなたはあわててアンデルセンに飛《と》びついた。

「落《お》ちついて！　やけにならないでよ、アンデルセンさん。」

「いいんだ！　ほっといてくれ、ひなた君《くん》！　このもみの木《き》に、ぼくのほうがすばらしいもみの木《き》になれるってことを見《み》せてやるんだ！」

アンデルセンはひなたを押《お》しのけ、暖炉《だんろ》の上《うえ》に飛《と》びのり、クリスマスソングを歌《うた》いだした。やけっぱちに歌《うた》うアンデルセンに、ひなたは深《ふか》くため息《いき》をついた。こうなったら、しばらく放《ほう》っておくしかないと、経験上《けいけんじょう》わかっていた。

だが、もみの木《き》はちがった。あっけにとられていたものの、すぐに我《われ》に返《かえ》り、怒《いか》りの叫《さけ》び声《ごえ》をあげたのだ。

「なんなんだよ、まったく！　くそ！　もういい！　こうなったら、おいらがアンデルセンにプレゼントをくれてやるよ！　最悪《さいあく》のクリスマスプレゼントをな！」

もみの木《き》は腕《うで》を伸《の》ばし、アンデルセンのことをつかみあげ、骨《ほね》がきしむほど振《ふ》り回《まわ》しだした。

「うわあああ！」

「あははははっ！　どうだ！　じきに骨《ほね》が粉々《こなごな》になるぞ！　ざまあみろ！」

「ひ、ひいいいっ！　やめ！　ぼくが、クリスマスツリー、なるって、言《い》ってるんだから、そ、それでいいじゃないか！　おええっ！」

「いいわけないだろ！　さっさと書《か》きなおすか、それとも死《し》ぬか、どっちか選《えら》べ！」

「書《か》きなおすのは、や、やだ！」

「まだ言《い》うか！　このこのこの！」

「うげえええっ！」

アンデルセンの悲鳴《ひめい》がどんどん苦《くる》しげなものとなっていった。もみの木《き》の言《い》うとおり、このままではいずれ骨《ほね》がくだけて死《し》んでしまうだろう。

だが、アンデルセンが意志《いし》を曲《ま》げるはずがないと、ひなたは知《し》っていた。だから、すばやく動《うご》いたのだ。

暖炉《だんろ》のそばには、まきを割《わ》るための小《ちい》さなおのも置《お》いてあった。それをつかみとり、ひなたはもみの木《き》に向《む》かって突進《とっしん》した。そして、思《おも》いきりおのをもみの木《き》の幹《みき》に打《う》ちこんだ。

　まるで向《む》こうずねを蹴《け》られた人間《にんげん》のように、もみの木《き》は体《からだ》を二《ふた》つに折《お》って、うめき声《ごえ》をあげた。そうすると、てっぺんに飾《かざ》られた金《きん》の星《ほし》が、ひなたの目《め》の前《まえ》にまで近《ちか》づいてきて、きらきらとまばゆく光《ひか》った。

　とっさに、ひなたはその星《ほし》をつかんで、むしりとった。そうしなければならないと、なぜかそう思《おも》ったのだ。

　その直感《ちょっかん》は正《ただ》しかった。星《ほし》を取《と》られたとたん、もみの木《き》はそれまでとはちがう悲《ひ》鳴《めい》をあげたのだ。

「やめろ！　それを返《かえ》してくれ！　それがないと、おいら、クリスマスツリーでいられないんだ！」

「だったら、アンデルセンさんをおろして。いますぐに！　じゃないと、この星《ほし》をくだいてやるから。」

　おのをふりかぶってみせるひなたに、もみの木《き》はすぐさま従《したが》った。

「おろしたよ。ほら、星《ほし》を返《かえ》してくれ。」

「だめ。あたしたちをここから出《だ》して。出口《でぐち》まで案内《あんない》してくれたら、返《かえ》してあげるから。」

無理《むり》だと、もみの木《き》は弱々《よわよわ》しく言《い》った。

「ここはグライモンさまがこしらえてくださった部屋《へや》なんだ。おいらが満足《まんぞく》するまで、だれも出《で》られないようになっているんだよ。……『もみの木《き》』の最後《さいご》が変《か》わらないかぎり、おいらは満足《まんぞく》なんてしないから。」

これはまずいと、ひなたはあせった。

だが、アンデルセンを説得《せっとく》するほど無意味《むいみ》なことはないだろう。説得《せっとく》するなら、やはり、もみの木《き》のほうだ。それしか手《て》はない。

「あのさ、アンデルセンさんは当分《とうぶん》あのままだと思《おも》うよ。原作《げんさく》を変《か》えろって言《い》われて、めちゃくちゃ傷《きず》ついて、やけになっているはずだから。あと、絶対《ぜったい》に原作《げんさく》は書《か》きなおさないよ。あの人《ひと》、そういうところは頑固《がんこ》だから。」

「……おいらのお願《ねが》い、そんなに図々《ずうずう》しかったかなあ？　おいらはただ、あんな終《お》わり方《かた》をしたくないだけなんだけどなあ。」

「まあ、やっぱり焼《や》かれちゃう最期《さいご》なんて、いやだもんね。」

「いや、そうじゃない。おいら、きれいなすがたのままで読者《どくしゃ》の心《こころ》に残《のこ》りたいんだ。このままだと、あわれでみじめなもみの木《き》というイメージのほうが強《つよ》いだろ？それがやなんだよ。『もみの木《き》』の物語《ものがたり》は、いまでも世界中《せかいじゅう》の人《ひと》たちに読《よ》まれているんだぜ？　だったら、なおさらすてきな終《お》わり方《かた》のほうがいいのにさあ。」

なげくもみの木《き》の気持《きも》ちは、ひなたにもよくわかった。ひなた自身《じしん》、物悲《ものがな》しい終《お》わり方《かた》の物語《ものがたり》は好《す》きではないからだ。

でも、ハッピーエンドの物語《ものがたり》がいつも最高《さいこう》だとはかぎらない。そのことも、ひなたは知《し》っていた。ほかならぬアンデルセンが教《おし》えてくれたことだ。

もみの木《き》にもそのことを知《し》ってもらいたいと、ひなたはできるだけ声《こえ》をひそめて、もみの木《き》に言《い》った。

「あのさ、ここだけの話《はなし》なんだけど、あたし、アンデルセンさんの物語《ものがたり》って、けっこう苦手《にがて》なんだ。悲《かな》しいお話《はなし》が多《おお》くて、あんまり好《す》きじゃない。読《よ》んでて、幸《しあわ》せだなあって気持《きも》ちになれないっていうか。」

「だよな！　やっぱりそうだよな！」

「うん。でもね……アンデルセンさんの物語《ものがたり》って、ふしぎと忘《わす》れられないんだ。ずっと心《こころ》に残《のこ》るの。それはやっぱり、アンデルセンさんが心《こころ》をこめて書《か》いたものだからだと思《おも》う。」

「そ、それは……。」

「前《まえ》に、グライモンの相棒《あいぼう》のあめのが言《い》ってた。安《やす》っぽいハッピーエンドは、読《よ》みやすくて楽《たの》しいけど、心《こころ》に残《のこ》らないって。あの子《こ》、悪《わる》いやつだけど、言《い》っていることはまちがってないと思《おも》う。」

「……………」

「いまの終《お》わり方《かた》を変《か》えちゃったら、たぶん、『もみの木《き》』の物語《ものがたり》はみんなに読《よ》まれなくなる。みんな、もみの木《き》さんのことを忘《わす》れてしまう。それでもいいの？」

ぶるぶると、もみの木《き》がふるえだした。どうしたらいいのだろうと、激《はげ》しく心《こころ》がゆれているようだ。

そして、もみの木《き》の動揺《どうよう》に合《あ》わせて、舞台《ぶたい》や客席《きゃくせき》もゆれだした。

ふいに、ひなたは悟《さと》った。もみの木《き》とこの空間《くうかん》は、一《ひと》つのものなのだ。だから、ここから出《で》ていくには、もみの木《き》の許《ゆる》しが必要《ひつよう》なのだ。宗介《そうすけ》たちと合流《ごうりゅう》し、守《まもる》を助《たす》けるためには、どうしたってその許《ゆる》しを手《て》に入《い》れなくては。

自分《じぶん》たちのハッピーエンドをつかみとるために、ひなたは最後《さいご》のひと押《お》しをした。

「オリジナルの物語《ものがたり》の中《なか》だと、もみの木《き》さんはいまある幸《しあわ》せにずっと気《き》づけないんだよね？　そういう残念《ざんねん》なキャラクターだから、逆《ぎゃく》にみんなの心《こころ》に残《のこ》るんだと思《おも》う。絶対《ぜったい》に忘《わす》れられない存在《そんざい》でいるって、すごいことなんじゃないかな？　少《すく》なくとも、あたしはすごいと思《おも》うけどな。」

もみの木《き》の目《め》が大《おお》きく見開《みひら》かれた。

「おいらが、すごい？」

「うん。あたし、もとの世界《せかい》に戻《もど》ったら、絶対《ぜったい》に『もみの木《き》』を読《よ》んでみる。でも、オリジナルを読《よ》んでも、あなたのことも忘《わす》れない。幸《しあわ》せになりたかったもみの木《き》さんのこと、絶対《ぜったい》に忘《わす》れない。……それだけじゃだめ？」

しばらくの間《あいだ》、もみの木《き》は無言《むごん》でひなたを見下《みお》ろしていたが、ふいに深《ふか》く息《いき》をついた。

「じょうちゃんの言葉《ことば》にはうそがないな。わかったよ。あんたの心《こころ》に残《のこ》れるなら、まあ、それでいいや。……それにしても、あんなのが相棒《あいぼう》だなんて……あんたも苦《く》労《ろう》してそうだな。」

もみの木《き》はアンデルセンを指差《ゆびさ》しながら言《い》った。いつのまにか、アンデルセンはソファーに移動《いどう》しており、まるで卵《たまご》のように丸《まる》まって、いじけていた。

苦笑《にがわら》いしながら、ひなたはうなずいた。

「うん。苦労《くろう》してる。でも、自分《じぶん》だけだったら気《き》づけないことを教《おし》えてもらってる気《き》がする。」

「そうか。……まあ、がんばれよ。出口《でぐち》は暖炉《だんろ》の奥《おく》だ。ほら、もう出《で》られるよ。」

もみの木《き》が言《い》ったとおり、大《おお》きな暖炉《だんろ》の火《ひ》は消《き》えており、その奥《おく》の壁《かべ》には小《ちい》さな扉《とびら》が現《あらわ》れていた。

もみの木《き》の不満《ふまん》はおさまった。満足《まんぞく》はしていなくても、納得《なっとく》してくれたのだ。

ひなたはふしぎな感動《かんどう》を覚《おぼ》えた。

「ありがと、もみの木《き》さん！　はい、この星《ほし》、返《かえ》すね。」

「いや、もうおいらはいらない。それ、持《も》ってきなよ。」

「いいの？」

「ああ。アンデルセンは嫌《きら》いだけど、じょうちゃんのことはなんか気《き》に入《い》ったからさ。それに、今日《きょう》、暴食城《ぼうしょくじょう》はクリスマスだ。だれかに贈《おく》り物《もの》をしたい気分《きぶん》になるのは、あたりまえさ。」

「でも、あたし、もみの木《き》さんにあげられるもの、持《も》ってないんだけど……。」

「いや、もうもらったよ。」

きょとんとするひなたに、もみの木《き》はにやっとしてみせた。

「じょうちゃんからは、もうもらったんだ。おいら、贈《おく》り物《もの》をもらったのは、これが初《はじ》めてな気《き》がする。だから、『感謝《かんしゃ》する』って意味《いみ》もやっとわかった。いままで最高《さいこう》のクリスマスだ。……ところで、なんで、クリスマスツリーに星《ほし》を飾《かざ》るか、知《し》ってるかい？」

知《し》らないと答《こた》えるひなたに、もみの木《き》はゆっくりと言《い》った。

「イエス・キリストが地上《ちじょう》にお生《う》まれになったとき、夜空《よぞら》にベツレヘムの星《ほし》が輝《かがや》いて、人々《ひとびと》にそれを知《し》らせた。そのことを忘《わす》れないために、クリスマスツリーに星《ほし》を飾《かざ》るのさ。つまり、導《みちび》きのシンボルってことなんだ。……あんたも、何《なに》かをさがしているんだろ？　あんたのさがしものが見《み》つかることを祈《いの》ってるよ。」

「もみの木《き》さん……。」

「おっと。これ以上《いじょう》しんみりするのはごめんだ。ほら、アンデルセンを忘《わす》れずに連《つ》れてってくれよ。こいつに残《のこ》られたら、うっとうしいからさ。」

「……わかった。ほら、アンデルセンさん。行《い》きますよ！」

「やだよ。ぼくはずっとここでクリスマスツリーになってるんだ。ぐす。で、クリスマスが終《お》わって役目《やくめ》をはたしたら、いさぎよく燃《も》やされてやるんだ！」

「何言《なにい》ってんですか、もう！　ほら、行《い》きますよ！」

すっかりすねているアンデルセンの手《て》を引《ひ》っぱって、ひなたは暖炉《だんろ》の扉《とびら》に向《む》かった。最後《さいご》に、1度《ど》だけうしろをふりかえった。

もみの木《き》は窓《まど》の外《そと》を見《み》ていた。美《うつく》しい飾《かざ》りをまとっていても、どこか物悲《ものがな》しさを感《かん》じるそのすがたは、ひなたの目《め》に焼《や》きついた。

忘《わす》れないから。

約束《やくそく》の言葉《ことば》をつぶやき、ひなたはふたたび前《まえ》を向《む》き、扉《とびら》を開《ひら》いた。

＊

ひなたが暖炉《だんろ》の扉《とびら》を開《ひら》いたとき、暴食城《ぼうしょくじょう》のとある部屋《へや》の中《なか》では、天邪鬼《あまのじゃく》あめのが金《きん》のロウソク立《た》てを見《み》ていた。

そのロウソク立《た》ては、3本《ぼん》に枝分《えだわ》かれしており、それぞれの先《さき》に太《ふと》くて黒《くろ》いロウソクがさしてあった。だが、2本《ほん》のロウソクはすでに火《ひ》が消《き》えており、最後《さいご》のロウソクの火《ひ》もいま、ふっとかき消《き》えた。

じわりと、部屋《へや》の中《なか》に薄暗《うすぐら》さが広《ひろ》がる中《なか》、あめのはけらけらと笑《わら》い声《ごえ》をあげた。

「あらまあ、すごいわ！　アンデルセンたちもあの部屋《へや》を抜《ぬ》けだしたのね。もっと手間取《てまど》ると思《おも》ったのに、なかなかやるじゃないの。やっぱり、ひなたの存在《そんざい》が大《おお》きかったみたいね。アンデルセンだけじゃこうはいかないだろうから。」

アンデルセンたちの捕獲《ほかく》に失敗《しっぱい》したというのに、なぜかあめのは楽《たの》しげだった。

まだ細《ほそ》い煙《けむり》をあげているロウソクを手《て》に取《と》ると、あめのはしゃがみこんだ。床《ゆか》にはグライモンたちにさらわれた少年《しょうねん》、鳥崎守《とりさきまもる》が縛《しば》られて転《ころ》がっていた。

あめのは邪悪《じゃあく》な笑《え》みを浮《う》かべながら、守《まもる》にささやきかけた。

「ほら、見《み》てよ、守《まもる》。またロウソクの火《ひ》が消《き》えたのよ。救助隊《きゅうじょたい》のみんなは、あんたのためにずいぶんがんばっているようね。うれしいでしょう、かわいそうな囚《とら》われ

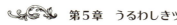

の王子《おうじ》さま？　ふふふ、もうじきよ、守《まもる》。あの生意気《なまいき》な3人組《にんぐみ》は、じきにこの部屋《へや》にたどりつく。それが罠《わな》とも知《し》らないで。ああ、楽《たの》しみねえ。種明《たねあ》かしをしたときの、あいつらの絶望《ぜつぼう》した顔《かお》を見《み》るのが待《ま》ち遠《どお》しいわ！」

高笑《たかわら》いをしはじめたあめのを見《み》つめ、守《まもる》はぎゅっと唇《くちびる》を噛《か》んだ。あめのとグライモンの計画《けいかく》を、守《まもる》は知《し》っていた。ふたりが話《はな》しているとき、そばにいたからだ。いま、ものごとはふたりの計画《けいかく》どおりに進《すす》んでいる。このままではだめだ。ストーリーマスターたち、それにあの3人《にん》の子《こ》どもたちは、自分《じぶん》を助《たす》けるために全力《ぜんりょく》を尽《つ》くしてくれているという。それなら、自分《じぶん》も全力《ぜんりょく》で何《なに》かしなくては。

ストーリーマスターたちが乗《の》りこんでくるまで、魔王《まおう》グライモンはこの部屋《へや》で食事《しょくじ》をしていた。戦《たたか》いのための力《ちから》をつけようと、皿《さら》を飲《の》みこむような勢《いきお》いで、大量《たいりょう》の料理《りょうり》をむさぼっていたのだ。

そのがっつきのおかげで、床《ゆか》にはさまざまなものが散《ち》らばった。骨《ほね》、牡蠣《かき》の殻《から》、パンやクッキーのかけら、べとべとしたバターのかたまりや油《あぶら》のしずく、そして小《ちい》さな小《ちい》さな果物用《くだものよう》のナイフ。

守《まもる》はとっさにそのナイフを拾《ひろ》い、隠《かく》し持《も》っておくことにした。そうして縛《しば》られ、床《ゆか》に転《ころ》がされたときから、縄《なわ》を切《き》る作業《さぎょう》に取《と》りかかったのだ。

体《からだ》の自由《じゆう》をほとんど奪《うば》われている状態《じょうたい》では、ナイフをかすかに動《うご》かすことしかできなかった。だが、守《まもる》は辛抱強《しんぼうづよ》くそれをつづけた。そのかいあって、少《すこ》し前《まえ》から縄《なわ》はゆるんできている。

あとは、チャンスがあればよかった。

あめのが完全《かんぜん》に自分《じぶん》から目《め》をそらし、別《べつ》のことに集中《しゅうちゅう》しはじめたときこそ、自分《じぶん》が「かわいそうな囚《とら》われの王子《おうじ》さま」ではないことを思《おも》い知《し》らせてやる。

反撃《はんげき》のチャンスを、守《まもる》は心《こころ》から待《ま》ち望《のぞ》んでいた。

第《だい》6章《しょう》

合流《ごうりゅう》と再会《さいかい》、そして結末《けつまつ》へ

story 6

現《あらわ》れたドアを開《ひら》き、宗介《そうすけ》は白《しろ》い広間《ひろま》からばっと飛《と》びだした。

出《で》た先《さき》は、長《なが》い長《なが》い廊下《ろうか》だった。いくつも部屋《へや》があるのだろう。ずらりと、大小《だいしょう》さまざまなドアが廊下《ろうか》に沿《そ》うようにして並《なら》んでいる。

だが、ふりかえったところ、宗介《そうすけ》がいまくぐったはずのリンゴ形《がた》のドアは消《き》えていた。かわりに、宗介《そうすけ》の手《て》には小《ちい》さな赤《あか》いリンゴが1つ、にぎられていた。

「なんだ、これ？　……まさか、ドアがリンゴになった？」

ちょっと薄気味悪《うすきみわる》いものを感《かん》じたが、リンゴはルビーのように美《うつく》しく、なぜか手《て》放《ばな》す気《き》にはなれなかった。だから、とりあえず持《も》っておくことにして、宗介《そうすけ》はふたたび周囲《しゅうい》に目《め》をくばった。

何《なに》はともあれ、暴食城《ぼうしょくじょう》の中《なか》というのはまちがいなさそうだった。例《れい》の胸《むね》が悪《わる》くなるような甘《あま》い匂《にお》いがただよっていたし、かなり大《おお》きな物音《ものおと》やわめき声《ごえ》がどこからともなく聞《き》こえてくる。

「きっとイッテンやストーリーマスターたちがグライモンと戦《たたか》っているんだ。……おれ、どうしたらいいんだろう？」

みんなのところに戻《もど》る？　だが、魔王《まおう》と戦《たたか》うなんてこと、できるだろうか？　むしろ、足手《あしで》まといになりそうだ。

「そ、そうだ。葵《あおい》やひなねえも、このドアのどれかの部屋《へや》にいるかも。まずはあのふたりをさがそう。……きっと、葵《あおい》たちもやばい目《め》にあってるはずだ。」

そう思《おも》った次《つぎ》の瞬間《しゅんかん》、宗介《そうすけ》の両隣《りょうどなり》のドアが同時《どうじ》に開《ひら》き、葵《あおい》、ひなた、そしてアンデルセンが転《ころ》がり出《で》てきた。

「葵《あおい》！　ひなねえ！」

「あ、そうたん！　よかった！　無事《ぶじ》だったんだね！」

「ひなねえも平気《へいき》だったんですね！　よかった。みんながわたしみたいにひどい目《め》にあってたら、どうしようって思《おも》ってたの。」

無事《ぶじ》をよろこびあう子《こ》どもたちの横《よこ》で、アンデルセンはひとり、「ぼくもいるってこと、忘《わす》れないでほしいな。」と、ぶつぶつつぶやいていた。

と、ぐあああっと、ひときわ大《おお》きな咆吼《ほうこう》が轟《とどろ》いた。子《こ》どもたちはぎくりとし、

アンデルセンはぴゃっと飛《と》びあがった。再会《さいかい》の喜《よろこ》びはしゅっと消《き》え、切羽詰《せっぱつ》まった

気持《きも》ちが高《たか》まった。

葵《あおい》が早口《はやくち》で言《い》った。

「みんな無事《ぶじ》だったわけだし、何《なに》があったか、くわしく話《はな》すのはあとにしよ。宗介《そうすけ》

は最初《さいしょ》にここに出《で》られたんだよね？　いま、どういう状況《じょうきょう》か、わかる？」

「えっと、イッテンたちがグライモンと戦《たたか》っているみたいなんだ。……おれたち、

イッテンたちのところに戻《もど》って、いっしょに戦《たたか》ったほうがいいかな？」

「ナンセンスだ！」

大声《おおごえ》で言《い》ったのはアンデルセンだった。

鼻先《はなさき》を赤《あか》く染《そ》めながら、アンデルセンは力《ちから》をこめて言葉《ことば》をつづけた。

「だめだよ！　きみたちはまだ子《こ》どもなんだ。それに、グライモンと因縁《いんねん》があるの

は、ストーリーマスターとイッテンなんだからね。ここはまかせるべきだよ。」

「で、でも……。」

「そのかわり、きみたちにしかできないことをやっておくれよ。……守君《まもるくん》を見《み》つけるんだ。」

はっと、子《こ》どもたちは息《いき》をのんだ。そうかと、葵《あおい》がうなずいた。

「グライモンはいま、イッテンたちと戦《たたか》っているから、ほかのことにはかまっている余裕《よゆう》なんてない。戦《たたか》いがつづいている間《あいだ》、わたしたちは自由《じゆう》にこの城《しろ》を動《うご》き回《まわ》れるはず。そう言《い》いたいんですね？」

「そのとおり。きみたちが守君《まもるくん》を見《み》つけられれば、イッテンたちは戦《たたか》いをやめて、世界《せかい》の図書館《としょかん》に帰《かえ》ることもできる。どうだい？」

いいアイディアだと、子《こ》どもたちは思《おも》った。よくよく考《かんが》えてみれば、イッテンはこのために自分《じぶん》たちのあとを追《お》わせたのかもしれない。

「いいと思《おも》う！」

「あたしも賛成《さんせい》！」

「よし、さがそう！　とりあえず、ここにあるドアをかたっぱしから調《しら》べていこう。」

「そうだね。」

子《こ》どもたちは勇《いさ》み立《た》ちながら歩《ある》きだそうとした。

だが、アンデルセンは動《うご》かなかった。

相棒《あいぼう》のひなたはすぐに気《き》づき、アンデルセンのほうをふりかえった。

「アンデルセンさん？」

「……ぼくはいっしょには行《い》かない。イッテンたちのところに戻《もど》るよ。」

「えっ！　それって……戦《たたか》いに行《い》くってことですか？」

「うん。これでもストーリーマスターのひとりだからね。」

青《あお》ざめた顔《かお》をしながらも、アンデルセンはほほえんだ。

「正直《しょうじき》、ぼくは戦《たたか》いとかは苦手《にがて》なんだけどねえ。でも、やるよ。グライモンはさんざんぼくの物語《ものがたり》を食《く》い荒《あ》らしてくれたからね。さっきの『もみの木《き》』のことといい、一矢報《いっしむく》いてやらなくちゃ。『雪《ゆき》の女王《じょおう》』の吹雪《ふぶき》をお見舞《みま》いしてやろうかな。マッチの幻《まぼろし》で、目《め》をまどわしてやるのもいいかもしれない。とにかく、ブックもあることだし、ぼくにしかできない戦《たたか》い方《かた》をしてみせる。……それに、きみたちのために時間《じかん》かせぎができるなら、ちょっとでも戦力《せんりょく》になりたいからね。だから、ぼくは戻《もど》る。」

「アンデルセンさん！」

ひなたは感極《かんきわ》まって、両手《りょうて》をあわせてアンデルセンを見《み》つめた。

「いま、すっごくかっこいいです！」

「やっぱりかい？　うん、ぼくも自分《じぶん》でそう思《おも》うけど、相棒《あいぼう》のひなた君《くん》にそう言《い》ってもらえると、勇気百倍《ゆうきひゃくばい》の気分《きぶん》だ！」

実際《じっさい》、アンデルセンの青《あお》ざめた頬《ほお》に血《ち》の気《け》が少《すこ》し戻《もど》ったようだった。

よしと、アンデルセンは自分《じぶん》をはげますようにうなずきながら、子《こ》どもたちに順番《じゅんばん》に目《め》を向《む》けた。

「きみたちもくれぐれも気《き》をつけて。手《て》に負《お》えないと思《おも》ったら、迷《まよ》わず逃《に》げるんだ。逃《に》げるのは恥《はじ》じゃない。生《い》き残《のこ》るのが大事《だいじ》なんだ。いいね？」

「わ、わかった。」

「アンデルセンさんも気《き》をつけてください。」

「もちろんだとも。じゃあ、ぼ、ぼくは行《い》く！」

アンデルセンはぎくしゃくしながらも、騒《さわ》ぎが聞《き》こえてくるほうに走《はし》り去《さ》っていった。そのうしろすがたに、ひなたは胸《むね》がつまり、なんだか涙《なみだ》がわいてきた。

「アンデルセンさんも……やっぱりストーリーマスターだったんだなあ。あたし、なんか感動《かんどう》しちゃった。」

涙《なみだ》ぐんでいるひなたを、葵《あおい》が急《せ》かした。

「感動《かんどう》するのはあとにして、ひなねえ。時間《じかん》を無駄《むだ》にできないんだから。」

「そ、そうだね。ごめん。」

「……なあ、葵《あおい》。イッテンたちがグライモンを倒《たお》す、ってこともあるんじゃないか？」

「そうなるかどうか、わからないでしょ？　いまは最悪《さいあく》の事態《じたい》を考《かんが》えて行動《こうどう》しといたほうがいいわ。」

「最悪《さいあく》の事態《じたい》……。」

それはイッテンたちが負《ま》けて、全員《ぜんいん》がこの城《しろ》に囚《とら》われてしまうことだ。そうなる前《まえ》に、守《まもる》を見《み》つけださなければ。

3人《にん》の気持《きも》ちが一《ひと》つになった、まさにそのときだった。

ひなたのポケットから、金《きん》の星《ほし》が転《ころ》がり落《お》ち、りんと、鈴《すず》のような音《おと》を立《た》てた。

「あ、いけない。落《お》ちちゃった。」

「ひなねえ、その星《ほし》、何《なに》？」

「導《みちび》きの星《ほし》だよ。さがしものが見《み》つかるといいねって、さっきもらったの。これで守君《まもるくん》が見《み》つけられたら、最高《さいこう》なんだけどねえ。」

冗談《じょうだん》めかして言《い》いながら、ひなたは星《ほし》を拾《ひろ》いあげ、高《たか》くかかげてみせた。

すると、星《ほし》がきらきらと光《ひか》りだした。薄暗《うすぐら》かった廊下《ろうか》が、金《きん》の光《ひかり》でみるみる満《み》たされていった。

あっと、葵《あおい》が叫《さけ》びながら、壁《かべ》を指差《ゆびさ》した。

光《ひかり》に照《て》らしだされるようにして、それまで何《なに》もなかった壁《かべ》に、黒々《くろぐろ》とした影《かげ》が現《あらわ》れたのだ。

影《かげ》はゆっくりと形《かたち》を整《ととの》えていき、やがて大《おお》きな黒《くろ》い扉《とびら》となった。不気味《ぶきみ》な扉《とびら》だった。鎖《くさり》の模様《もよう》が一面《いちめん》に彫《ほ》りこまれ、泣《な》いている子《こ》どもの顔《かお》も浮《う》かびあがっている。その子《こ》どもの顔《かお》は、守《まもる》にそっくりだった。

ここだ！　この扉《とびら》の向《む》こうに、守《まもる》がいるのだ！

瞬間的《しゅんかんてき》に、３人《にん》は悟《さと》った。

だが、中《なか》に入《はい》りたくても、この扉《とびら》には取《と》っ手《て》がなかった。

「なんとかこじ開《あ》けられないかな？」

「無理《むり》かも。ほら、すき間《ま》も全然《ぜんぜん》ないし。」

「くそ！　なんで取《と》っ手《て》がついてないんだよ！」

宗介《そうすけ》の怒《いか》りの声《こえ》に、葵《あおい》がまた「あっ！」と叫《さけ》んだ。

「もしかしたら……これが使《つか》えるかも。」

そう言《い》って、葵《あおい》はポケットからドアノッカーを取《と》りだした。

「これ、さっきスクルージさんっていう物語《ものがたり》の登場人物《とうじょうじんぶつ》からもらったものなの。扉《とびら》を開《あ》けるものだって言《い》ってた。……わたしの役《やく》に立《た》つだろうって。」

確信《かくしん》めいたものを感《かん》じながら、葵《あおい》はドアノッカーを黒《くろ》い扉《とびら》に押《お》しつけた。

はたして、ドアノッカーはピタリと扉《とびら》にはりついたではないか。

「よし！」

いちばん行動力《こうどうりょく》のあるひなたが、さっそくドアノッカーを引《ひ》っぱった。

が、びくともしなかった。

「カギがかかっているみたい。あおっち、カギはもらわなかったの？」

「ううん、もらわなかった。」

「うそ。どうしよう。……ねえ、そうたん。そうたんは何《なに》かもらったものってない？」

ひなたに聞《き》かれ、宗介《そうすけ》ははっとした。

閉《と》じこめられた世界《せかい》で、ひなたは星《ほし》をもらい、葵《あおい》もドアノッカーを手《て》に入《い》れたという。つまり、戦利品《せんりひん》だ。ああ、自分《じぶん》も手《て》に入《い》れたものがあるではないか。

「おれはこれなんだけど……。」

宗介《そうすけ》が取《と》りだしたリンゴを、ひなたと葵《あおい》はまじまじと見《み》つめた。

「……リンゴ。」

「まさか、これがカギとか？　いや、ないない。そんなの、ありえないわよ。」

「いや、でも、ダメ元《もと》で試《ため》してみたらどうかな？」

「でも、ひなねえ、このリンゴがカギだとして、これがはまる鍵穴《かぎあな》なんて……。」

ここで、3人《にん》はドアノッカーをふりかえった。

人間《にんげん》の顔《かお》の形《かたち》をしたドアノッカー。こわい表情《ひょうじょう》で、かっと口《くち》を開《あ》けている。その口《くち》はかなり大《おお》きかった。小《ちい》さなリンゴがすっぽりはまりそうなサイズだ。

そんなばかなと思《おも》いつつ、宗介《そうすけ》はリンゴをドアノッカーの口《くち》に押《お》しこんでみた。

ガチャリ。

大《おお》きくて鈍《にぶ》い音《おと》が響《ひび》いた。

開《ひら》いた！

3人《にん》が歓声《かんせい》をあげかけたときだ。

わめき声《ごえ》と悲鳴《ひめい》、がしゃんと、何《なに》かが割《わ》れるような物音《ものおと》が、扉《とびら》の向《む》こうから聞《き》こえてきた。

そして、甲高《かんだか》く鋭《するど》い声《こえ》も聞《き》こえた。

「守《まもる》！　何《なに》するの！」

守《まもる》という名前《なまえ》に、３人《にん》は我《われ》に返《かえ》った。

ひなたが大《おお》あわてでドアノッカーを引《ひ》っぱった。

今度《こんど》は扉《とびら》は簡単《かんたん》に開《ひら》いた。

そこは薄暗《うすぐら》い大《おお》きな部屋《へや》で、床一面《ゆかいちめん》に食《た》べものの残骸《ざんがい》や皿《さら》などが散《ち》らばっていた。そして、そのきたない床《ゆか》の上《うえ》で、なんと守《まもる》が天邪鬼《あまのじゃく》のあめのを組《く》みふせていた。あめのは顔《かお》を真《ま》っ赤《か》にして暴《あば》れ、守《まもる》を押《お》しのけようとしているが、守《まもる》がはがいじめにしているのでうまくいかない。

思《おも》ってもいなかった光景《こうけい》に、ひなたも葵《あおい》も宗介《そうすけ》も呆然《ぼうぜん》としてしまった。

一方《いっぽう》、３人《にん》に気《き》づくなり、守《まもる》は必死《ひっし》の形相《ぎょうそう》で呼《よ》びかけてきた。

「手《て》を貸《か》して！　早《はや》く！」

「あ、ああ、そうだよね！」

「つかまえろ！」

3人《にん》は駆《か》けより、あめのに飛《と》びついた。宗介《そうすけ》はあめのの肩《かた》をおさえ、ひなたは足《あし》をつかみ、葵《あおい》はとっさにお腹《なか》の上《うえ》にのった。逃《に》げられないようにしなければと、みんな必死《ひっし》だった。

3人《にん》があめのを押《お》さえるのと入《い》れ替《か》わるようにして、ぱっと守《まもる》が手《て》を離《はな》した。

「いいぞ！　そのまま押《お》さえてて！　いま、縄《なわ》で縛《しば》るから！」

「わかった！」

「急《いそ》いで、守君《まもるくん》！」

おさえつけられ、あめのは苦《くる》しそうにあえぎながら、ぎらついた目《め》を子《こ》どもたちに向《む》けてきた。

「やめて！　だめ！　ぐぶっ！」

叫《さけ》ぶあめのの口《くち》に、守《まもる》がいきなりそばにあったナプキンを押《お》しこんだ。口《くち》をふさがれ、あめのは「うーうー！」と、うなるばかりとなった。

肩《かた》で息《いき》をしながら、守《まもる》は言《い》った。

「しゃべらせちゃだめだ。あめのは言葉《ことば》で人《ひと》を操《あやつ》ってくるんだ。」

そのあと、守《まもる》は手早《てばや》くあめのの体《からだ》を縛《しば》りあげた。文字《もじ》どおり、ぐるぐる巻《ま》きにしたのである。

もうだいじょうぶだろうと、宗介《そうすけ》たちはあめのから手《て》を離《はな》し、それから守《まもる》と向《む》きあった。守《まもる》はすごくうれしそうな、照《て》れくさそうな笑《え》みを浮《う》かべていた。

「また会《あ》えて、本当《ほんとう》にうれしいよ。葵《あおい》さん。宗介君《そうすけくん》。ひなたさん。」

名前《なまえ》を呼《よ》ばれ、3人《にん》は驚《おどろ》いた。守《まもる》と会《あ》うのはこれが2度目《どめ》で、まだ名乗《なの》ったことはないというのに。

とまどっている3人《にん》に、守《まもる》は理由《りゆう》を話《はな》した。

「もちろん、きみたちのことは知《し》ってるよ。グライモンたちがきみたちのことを話《はな》していたからね。ぼくなんかのために、また来《き》てくれるなんて……。ありがとう。ほんと、ありがとう。」

お礼《れい》を言《い》われて、宗介《そうすけ》たちはどうしたらいいかわからなかった。自分《じぶん》たちは何《なに》もしていないという気持《きも》ちが強《つよ》かったのだ。

「いや、おれたちは、そんなに活躍《かつやく》してないっていうか……。」

「うん。あめのをつかまえたのは、守君《まもるくん》だったし……。」

「そうそう。いったい、どうやったの？」

たいしたことじゃないよと、守《まもる》は言《い》った。

「落《お》ちていたナイフを使《つか》って、縄《なわ》を切《き》ったんだ。で、隙《すき》を見《み》て、あめのの頭《あたま》をそこのロウソク立《た》てでなぐった。一発《いっぱつ》で気絶《きぜつ》させられたらよかったんだけど、そうできなくて、取《と》っ組《く》み合《あ》いになっちゃってね。きみたちが来《き》てくれなかったら、たぶん、負《ま》けていた。おかげで助《たす》かったよ。ほんとにすごいよ、きみたち。」

「いや、いちばんすごいのは守君《まもるくん》でしょ。」

「うん。ふつうはそんな冷静《れいせい》になれないって。」

「そうかな？　……やっぱり、ぼくはふつうじゃないのかな。まわりの人《ひと》とずれているって、よく言《い》われる。だから、いつもひとりで……。でも、きみたちとは仲間《なかま》になれたらいいなって……。そういうこと、ちょっと思《おも》ってもいいかな？」

おずおずと言《い》う守《まもる》の肩《かた》を、ばしっと、ひなたが元気《げんき》よくたたいた。

「もちろん、もうとっくに仲間《なかま》だよ！　ね、そうたん、あおっち？」

「そうそう。世界《せかい》の図書館《としょかん》に選《えら》ばれたメンバーってことで、なんかかっこいいよな、おれたち！」

「ったく。宗介《そうすけ》はすぐそういうこと言《い》うんだから。まあ、ふつうじゃない共通点《きょうつうてん》があるってことで、仲間《なかま》というのがいちばん合《あ》ってるわよね。」

うなずきあう3人《にん》に、守《まもる》は泣《な》き笑《わら》いのような表情《ひょうじょう》を浮《う》かべ、もう一度《いちど》「ありがとう。」と小《ちい》さく言《い》った。いろいろな思《おも》いがつまった一言《ひとこと》だった。

なんだかほっこりした雰囲気《ふんいき》が広《ひろ》がったときだ。

今度《こんど》はずずんと床《ゆか》がゆれ、「ギャオオオン！」という猫《ねこ》の悲鳴《ひめい》が聞《き》こえてきた。

全員《ぜんいん》、はっと顔《かお》をひきつらせた。

「やばっ！　いまの、イッテンの声《こえ》だよな？」

「いやな悲鳴《ひめい》だったわね。かなりまずそう。」

「ああ、どうする？　あたしたち、どうしたらいいかな？」

おろおろする宗介《そうすけ》たちに、守《まもる》がいち早《はや》く言《い》った。

「こっちはあめのをつかまえたんだ。これって、すごいことだよ。このままイッテンたちのところに連《つ》れていこう。グライモンはすごく強欲《ごうよく》だけど、すごく臆病《おくびょう》でもある。あめのを奪《うば》われたと知《し》ったら、絶対《ぜったい》に弱気《よわき》になるはずだ。」

「あめのを人質《ひとじち》として使《つか》うってことね。いいわね、それ！」

「うん。グライモンがどこにいるか、知《し》ってる、葵《あおい》さん？」

「えっと、わたしたちが最後《さいご》に見《み》たときは、グライモンは大《おお》きな広間《ひろま》にいたわ。シャンデリアがつりさがっているところ。」

「大広間《おおひろま》か。それなら、こっちだよ。ぼくが案内《あんない》するから、ついてきて。つかまっている間《あいだ》に、この城《しろ》のことはかなり把握《はあく》できたんだ。」

守《まもる》の案内《あんない》のもと、宗介《そうすけ》たちは暴《あば》れるあめのを引《ひ》きずりながら進《すす》みだした。

城《しろ》の中《なか》はひどく入《い》り組《く》んでいて、ぐちゃぐちゃな構造《こうぞう》だった。長《なが》い廊下《ろうか》がやっと終《お》わったと思《おも》いきや、上《うえ》に行《い》くしかない階段《かいだん》が現《あらわ》れたり、滑《すべ》り台《だい》みたいなスロープをおりなくてはならなかったり。ドアを開《あ》けると、床《ゆか》がない空間《くうかん》が現《あらわ》れ、向《む》こうにあるドアまで吊《つ》り橋《ばし》を渡《わた》らなければならないところもあった。

運動音痴《うんどうおんち》の葵《あおい》は何度《なんど》もしりごみした。そのたびに、守《まもる》がいらだたしげに急《せ》かした。

「ほら、早《はや》く！　ぐずぐずしてるひまはないんだから。」

「わ、わかってるわよ！」

そうしてかなりの時間《じかん》と労力《ろうりょく》をかけて、あの大広間《おおひろま》に戻《もど》ったのである。

大広間《おおひろま》はめちゃくちゃになっていた。テーブルはひっくり返《かえ》され、床《ゆか》に落《お》ちたごちそうや果物《くだもの》は踏《ふ》み荒《あ》らされていた。あちこちに飾《かざ》られていたリースやリボンは引《ひ》きちぎられ、プレゼントの箱《はこ》はほとんどがつぶされている。

そして、グライモンがいた。

グライモンの体《からだ》は大《おお》きくふくれ、灰色《はいいろ》と薄紫色《うすむらさきいろ》の鱗《うろこ》におおわれた竜《りゅう》のようになっていた。顔《かお》は変《か》わっていなかったが、だらだらとよだれをたらし、目《め》を光《ひか》らせているすがたは、ぞっとするほど恐《おそ》ろしかった。

そんなグライモンに向《む》かい合《あ》っているのは、イッテンだ。そばにはだれもいなかった。ストーリーマスターたちは、戦《たたか》いでひとり、またひとりと倒《たお》れていったのだろう。

見《み》れば、あちこちに白目《しろめ》をむいて気絶《きぜつ》しているストーリーマスターたちがいた。彼《かれ》らの体《からだ》には、べっとりとした粘液《ねんえき》がはりついていた。中《なか》には、蜘蛛《くも》の巣《す》にはりついてしまった羽虫《はむし》のように、壁《かべ》にはりつけられている者《もの》もいる。

グライモンのよだれを吐《は》きかけられたのだと、宗介《そうすけ》たちは察《さっ》した。

アンデルセンも気絶《きぜつ》しており、ひなたは思《おも》わず手《て》で口《くち》をおおった。だが、ショックを受《う》ける一方《いっぽう》で、冷静《れいせい》に思《おも》った。「アンデルセンさんのことだから、きっと、戦《たたか》いに参加《さんか》して、すぐにやられちゃったんだろうな。」と。

とにかく、いま、立《た》っているのはイッテンだけだった。美《うつく》しかった白《しろ》い毛並《けな》みはもしゃもしゃで、傷《きず》だらけになっていたが、その目《め》は闘志《とうし》に燃《も》えていた。

グライモンがいまいましそうにうなった。

「しつこいぞ！　そろそろ退《しりぞ》け、守護者《しゅごしゃ》よ。ここは予《よ》の暴食城《ぼうしょくじょう》、予《よ》の領域《りょういき》だ！　たとえ、すべてのストーリーマスターがここに集《あつ》まり、攻撃《こうげき》してきたとしても、予《よ》の勝利《しょうり》は少《すこ》しもゆるがぬ！　それがまだわからぬか！」

「わかっているとも、魔王《まおう》グライモン。」

イッテンがうなり返《かえ》した。

「じゃからこそ、ここで引《ひ》くわけにはいかぬ。貴様《きさま》にかじられてきた物語《ものがたり》の痛《いた》みを、少《すこ》しは味《あじ》わってもらいたいからの。……じゃが、そろそろ潮時《しおどき》のようじゃ。我《われ》らの頼《たの》もしい仲間《なかま》が、無事《ぶじ》に役目《やくめ》をはたしてきてくれたからの。」

ちらっと、イッテンが宗介《そうすけ》たちのほうに目線《めせん》を送《おく》ってきた。それにつられて、グライモンもこちらを見《み》た。

宗介《そうすけ》たちにつかまっているあめのを見《み》るなり、グライモンの目《め》が激《はげ》しくゆれた。

「あめの……。なんと役立《やくた》たずな！　何度《なんど》も予《よ》の足《あし》を引《ひ》っぱるようなまねをしおって！　貴様《きさま》も貴様《きさま》だ、イッテン！　人質《ひとじち》などを取《と》って恥《は》ずかしくはないのか！」

「あいにく、わしは使《つか》える手段《しゅだん》はなんでも使《つか》う主義《しゅぎ》での。」

しれっと言《い》い返《かえ》したあと、イッテンはぐっと目《め》に力《ちから》をこめた。

「さあ、あめのを返《かえ》してほしくば、この城《しろ》を明《あ》け渡《わた》せ！」

「ほう？　暴食城《ぼうしょくじょう》がほしいのか？　要求《ようきゅう》はそれだけか？」

「降参《こうさん》し、おとなしく封印《ふういん》されろと、言《い》いたいところじゃがな。そんなことを言《い》っても、貴様《きさま》は従《したが》わんだろう。だから、暴食城《ぼうしょくじょう》をもらうのじゃ。根城《ねじろ》を失《うしな》えば、貴様《きさま》も当分《とうぶん》は悪事《あくじ》ができなくなろうからな。」

長《なが》い間《あいだ》、グライモンは悔《くや》しそうな顔《かお》で歯《は》ぎしりをしていた。

が、ふいにやけになったように笑《わら》いだした。

「いいだろう！　この暴食城《ぼうしょくじょう》にもあきていたところだ。よろこんでくれてやる。その天邪鬼《あまのじゃく》もつけてやろう。予《よ》は貪欲《どんよく》だが、役立《やくた》たずの相棒《あいぼう》など、さすがにいらぬわ！」

憎々《にくにく》しげにあめのを睨《にら》みつけてから、グライモンはぱっと巨体《きょたい》をネズミのように小《ちい》さく縮《ちぢ》め、壁《かべ》に空《あ》いた割《わ》れ目《め》に逃《に》げこんでいった。

「やったー！」

子《こ》どもたちは歓声《かんせい》をあげた。

グライモンを撃退《げきたい》した。暴食城《ぼうしょくじょう》を勝《か》ち取《と》り、しばらく悪事《あくじ》ができないように弱体化《じゃくたいか》させられた。守《まもる》も取《と》り戻《もど》したし、天邪鬼《あまのじゃく》あめのはつかまえてある。

文句《もんく》なしに自分《じぶん》たちの勝利《しょうり》だ。

このときだ。力《ちから》が尽《つ》きたかのように、イッテンがどうっと倒《たお》れてしまった。

子《こ》どもたちはあわててイッテンに駆《か》けよった。

「イッテン！」

「ひどい。ぼろぼろじゃないの。早《はや》く手当《てあ》てしないと。」

「だ、だいじょうぶじゃ。傷《きず》はそう深《ふか》くない。それより、少《すこ》し息《いき》があがってしまっての。何《なに》しろ、こんなに大暴《おおあば》れしたのは、ひさしぶりじゃったから。」

ぜえぜえと息《いき》をつきながらも、イッテンは満足《まんぞく》げだった。

「うむ。痛手《いたで》はこうむったが、なかなかの勝利《しょうり》じゃ。それもこれも、おぬしらのおかげじゃな。子《こ》どもの想像力《そうぞうりょく》は、暴食城《ぼうしょくじょう》では大《おお》きな力《ちから》になるはずと思《おも》っていたが、うむ、わしが見《み》こんだとおりじゃったわい。おお、守《まもる》。おぬしの無事《ぶじ》なすがたを見《み》られて、これほどうれしいことはないぞ。」

「ああ、イッテン。ぼく、ほんとに迷惑《めいわく》をかけちゃって……。ごめんなさい！」

　顔《かお》をくしゃくしゃにして謝《あやま》る守《まもる》に、イッテンはやさしくほほえんだ。それから、床《ゆか》に転《ころ》がされているあめのに目《め》を向《む》けた。

「天邪鬼《あまのじゃく》あめのを生《い》け捕《ど》りにしたとは、たいしたものじゃ。よくやったぞ、子《こ》どもたち。」

「ううん。おれたちじゃないよ。守君《まもるくん》がほとんどひとりでやったんだ。」

「本当《ほんとう》か、守《まもる》？　囚《とら》われの身《み》でありながら、お手柄《てがら》じゃったのぅ。」

「たまたまうまくいっただけだよ。……それより、イッテン。グライモンたちが話《はな》しているのを聞《き》いたんだけど、イッテンの力《ちから》であめのを封印《ふういん》することができるんだよね？　だったら、いますぐこいつを封印《ふういん》したほうがいいと思《おも》う。グライモンとまた手《て》を組《く》まれる前《まえ》に、あめのだけでもなんとかしておかないと。」

「ふむ。しかし、あめのにはいろいろ聞《き》いておきたいこともあるのじゃ。」

「知《し》りたいことなら、ぼくがあらかた知《し》っているよ。こいつらの計画《けいかく》をほとんど聞《き》いていたんだから。だから、お願《ねが》いだよ。さっさと、あめのを封《ふう》じてしまってよ。」

考《かんが》えこむイッテンに、守《まもる》は熱心《ねっしん》に言《い》った。その目《め》にはあせりと、「どうして言《い》うことを聞《き》いてくれないんだ！」といういらだちが浮《う》かんでいた。

宗介《そうすけ》と葵《あおい》が、「まあまあ。もう少《すこ》しイッテンを休《やす》ませてあげようよ。」となだめても、守《まもる》は「あめのをなんとかしてほしい。」と、くり返《かえ》すばかり。つかまっている間《あいだ》、よほど苦《にが》い思《おも》いをさせられたのか、あめのを睨《にら》む目《め》は毒々《どくどく》しかった。

さて、この間《あいだ》、ひなただけはずっと黙《だま》っていた。さっきから、かりかりと、心《こころ》をひっかかれるような違和感《いわかん》を覚《おぼ》えていたのだ。

何《なに》かがおかしい。何《なに》かが変《へん》だ。

でも、それが何《なに》かは、わからない。

もどかしくて、頭《あたま》の中《なか》がぐちゃぐちゃしてしまう。もっとすっきりさせないとだめだと、ひなたは首《くび》をぐるりと回《まわ》した。そうしたところ、まだ気絶《きぜつ》したままのアンデルセンが目《め》に入《はい》ってきた。

あっと、ひなたはあめののほうをふりかえった。

やっと違和感《いわかん》の正体《しょうたい》がわかった。

さっきから、このあめのは一度《いちど》もアンデルセンのほうを見《み》ないのだ。アンデルセンのことを相当恨《そうとううら》みに思《おも》っているはずなのに。怒《いか》りや憎《にく》しみのかわりに、大粒《おおつぶ》の涙《なみだ》を浮《う》かべて、イッテンと守《まもる》のやりとりを食《く》い入《い》るように見《み》つめている。

「わかったわかった。では、封印《ふういん》を先《さき》にすませてしまうとしよう。」

守《まもる》の言葉《ことば》に根負《こんま》けして、ついにイッテンは立《た》ちあがり、あめのに近《ちか》づこうとした。

だが、ひなたがそれをさえぎった。

「だめ！」

「ひなた？　どうしたのじゃ？」

「イッテン……。天邪鬼《あまのじゃく》って、人《ひと》がいやがることばかりするんだよね？　そんなやつが……涙《なみだ》なんか流《なが》すかな？」

はっとしたようにイッテンはあめのを見《み》た。それから守《まもる》をふりかえり、そして……。

かっと、いきなり口《くち》を大《おお》きく開《ひら》くなり、がぶっと守《まもる》をくわえこみ、一瞬《いっしゅん》にして丸《まる》呑《の》みにしてしまったのである。

突然《とつぜん》のことに、宗介《そうすけ》と葵《あおい》は悲鳴《ひめい》をあげた。

「わあああああっ！　何《なに》すんだよ、イッテン！」

「うそでしょ！　なんで食《た》べたの！　ぺっ！　ぺっして！　守君《まもるくん》を出《だ》して！」

真《ま》っ青《さお》になって、ばしばし自分《じぶん》をたたいてくる子《こ》どもたちを、イッテンはうるさそうにふりはらった。

「安心《あんしん》せい。守《まもる》はほら、ここにおるぞい。」

ぽかんとしている3人《にん》の前《まえ》で、イッテンは爪《つめ》をきゅっと出《だ》し、あめのの縄《なわ》をずばっと断《た》ち切《き》った。自由《じゆう》になるなり、あめのは自分《じぶん》の口《くち》からナプキンを引《ひ》っぱりだし、なんとも言《い》えない目《め》でイッテンを見《み》た。

「イッテン……。」

あめのの口《くち》から出《で》てきたのは、守《まもる》の声《こえ》だった。

次《つぎ》の瞬間《しゅんかん》、あめのは守《まもる》のすがたとなったのだ。

「え、うそ！」

「守君《まもるくん》？」

「あめのが化《ば》け……ううん、ちがうのね。最初《さいしょ》から入《い》れ替《か》わっていたってことね！」

そうだよと、守《まもる》は体《からだ》をさすりながらうなずいた。

「ぼく、隙《すき》を見《み》て反撃《はんげき》しようと思《おも》ったんだけど、あいつはそのことを読《よ》んでいたみたいで……。ぼくに術《じゅつ》をかけて、見《み》た目《め》を変《か》えたんだ。きみたちが部屋《へや》に入《はい》ってきたとき、組《く》みふせられていたのはぼくだったんだよ。なんとか本当《ほんとう》のことを言《い》いたかったけど、口《くち》をふさがれてたし、だれにも気《き》づいてもらえなくて……。」

「ご、ごめん、守君《まもるくん》。」

「まさか、入《い》れ替《か》わっていたなんて、思《おも》わなかったから……。」

「ごめんね。つらかったよね。……あたし、乱暴《らんぼう》に引《ひ》っぱっちゃったし。」

謝《あやま》る宗介《そうすけ》たちに、いいんだと、守《まもる》は小《ちい》さく笑《わら》ってみせた。

「しかたないよ。ぼくがきみたちだったら、やっぱりだまされていたと思《おも》うし。……それに、ひなたさんは最終的《さいしゅうてき》には気《き》づいてくれたじゃないか。すごいよ。よく見破《みやぶ》れたね？」

「えっと、あめのの感《かん》じが前《まえ》とちがっていたから。たまたまだよ。たまたま。」

「ふん。わしは当然《とうぜん》見破《みやぶ》っていたぞ。わしの目《め》をごまかせる者《もの》などおらんからの。」

一瞬《いっしゅん》はだまされかけたがなと、イッテンは付《つ》け足《た》すように言《い》った。

「じゃが、ひなたの助言《じょげん》は大《おお》きかったの。おかげで、あめのをあらためて見《み》ることができた。ぴんと、ひげが動《うご》いたのよ。あ、こいつは天邪鬼《あまのじゃく》ではないとな。」

「……ありがとう。ぼくを見《み》つけてくれて。」

「なに。そもそも、いちばんの目的《もくてき》はおぬしの救出《きゅうしゅつ》だったからの。……無事《ぶじ》でよかった、守《まもる》よ。」

しみとおるような声《こえ》でイッテンは言《い》い、宗介《そうすけ》たちもうんうんと心《こころ》からうなずいた。守《まもる》の目《め》に涙《なみだ》が浮《う》かんだ。

「……ありがと。本当《ほんとう》にありがと。あいつらにつかまって……すごくこわかったんだ。」

「無理もない。じゃが、おぬしはもうだいじょうぶじゃ。」

それでもなおふるえている守《まもる》に、宗介《そうすけ》たちはそっと近《ちか》づいた。「そばにいるよ。だいじょうぶだよ。」と、守《まもる》に伝《つた》えたかったから。

3人《にん》の無言《むごん》のやさしさは春《はる》の木漏《こも》れ日《び》のように、守《まもる》をあたためたようだ。ようやく守《まもる》は涙《なみだ》をぬぐった。

「うん。もう平気《へいき》だよ。……そういえば、あめのは？　イッテンが食《た》べたから、退治《たいじ》できたってこと？」

「いや、まだ生《い》きておる。」

イッテンの言葉《ことば》に、守《まもる》はまた青《あお》ざめ、ほかの3人《にん》もぎょっとした。

「え、そうなの？」

「うむ。このまま、わしの胃袋《いぶくろ》に閉《と》じこめておく。消化《しょうか》することもできるが、それをやろうとすると、わしへの負担《ふたん》が大《おお》きすぎるのじゃ。何《なに》せ、やつは毒気《どくけ》のかたまりみたいなもんじゃからの。下手《へた》すると、半年《はんとし》は腹《はら》をくだしてしまう。」

「……それはやだね。」

「うむ。じゃから、当分《とうぶん》はこのままにしておく。さて、とりあえずここを出《で》るぞい。倒《たお》れているストーリーマスターたちに、わしの毛《け》を1本《ぽん》ずつ、つけてやってくれい。」

「わかった。」

子《こ》どもたちはイッテンの純白《じゅんぱく》の毛《け》をもらいうけ、ストーリーマスターたちの体《からだ》に1本《ぽん》ずつくっつけた。

そうして最後《さいご》のひとりに毛《け》をつけおわったとたん、全員《ぜんいん》が世界《せかい》の図書館《としょかん》へと戻《もど》ったのである。

みんなの帰《かえ》りを待《ま》ちわびていたストーリーマスターたちは、歓声《かんせい》をあげてイッテンたちを迎《むか》え、守《まもる》の無事《ぶじ》をよろこび、けがした者《もの》たちの手当《てあ》てにとりかかった。そして、間《ま》をあけず、そのまま大宴会《だいえんかい》へとなだれこんだのだ。

大広間《おおひろま》が開放《かいほう》され、さまざまなごちそうが次々《つぎつぎ》と運《はこ》ばれてきた。

宗介《そうすけ》たち4人《にん》は、ごちそうに舌《した》つづみを打《う》ちながら、いろいろなストーリーマスターたちと話《はなし》をした。

だが、さすがに疲《つか》れて、だんだんとまぶたが重《おも》くなってきた。走《はし》り回《まわ》ったし、緊張《きんちょう》したし、お腹《なか》もいっぱいになったしと、眠気《ねむけ》の波《なみ》が押《お》しよせてきたのだ。

と、守《まもる》が口《くち》を開《ひら》いた。

「あのさ、どうしてもきみたちに言《い》いたいことがあるんだ。聞《き》いてくれない？」

「いいわよ。」

「なにぃ？」

あくびをしながら、葵《あおい》とひなたはうなずいた。宗介《そうすけ》も、とろんとした目《め》をしながら守《まもる》のほうを見《み》た。

3人《にん》の視線《しせん》を受《う》けながら、守《まもる》は勇気《ゆうき》をふりしぼるように言《い》った。

「あめのはぼくの心《こころ》を読《よ》んだんだ。……暴食城《ぼうしょくじょう》で、ぼくに化《ば》けたあめのがきみたちに言《い》った言葉《ことば》は、ぼくが言《い》いたかった言葉《ことば》なんだ。きみたちに感謝《かんしゃ》してる。それに……できたら、な、仲間《なかま》になれたらいいなって。このことは、どうしても自分《じぶん》の口《くち》で伝《つた》えたくて。」

顔《かお》を真《ま》っ赤《か》にしながら言《い》い終《お》えた守《まもる》の肩《かた》を、ひなたがぱしっとたたいた。

「もちろんだよ、守君《まもるくん》！」

「そうそう。おれたち、もう仲間《なかま》だって。」

「頭脳派《ずのうは》が増《ふ》えてくれれば、わたしとしてもありがたいしね。」

4人《にん》はお互《たが》いの顔《かお》を見《み》て、にっこり笑《わら》いあった。そして……。

そのまま全員《ぜんいん》、眠《ねむ》りの中《なか》に落《お》ちていったのだ。

はっと気《き》づいたとき、守《まもる》は自分《じぶん》の部屋《へや》の中《なか》にいた。

グライモンたちにつかまっていた間《あいだ》、焼《や》けつくように恋《こい》しかった自分《じぶん》の部屋《へや》であり、我《わ》が家《や》だ。

戻《もど》ってこられた。ああ、いますぐ両親《りょうしん》のもとに駆《か》けつけて、飛《と》びつきたい。

そんな衝動《しょうどう》をちょっとだけ抑《おさ》え、守《まもる》はしみじみと自分《じぶん》の身《み》に起《お》きたことを思《おも》い返《かえ》した。無事《ぶじ》に戻《もど》ってこられたこともうれしかったが、もう1つ、別《べつ》の喜《よろこ》びがあった。

「ぼくに……仲間《なかま》ができたんだ。」

宗介《そうすけ》。葵《あおい》。ひなた。

3人《にん》とも、全然性格《ぜんぜんせいかく》がちがうけれど、世界《せかい》の図書館《としょかん》に選《えら》ばれたという絆《きずな》で結《むす》ばれている。

その輪《わ》の中《なか》に、3人《にん》は守《まもる》を入《い》れてくれたのだ。それがとてもうれしい。

「あの子《こ》たちも、きっとそれぞれの家《いえ》に戻《もど》ったんだろうな。……今度会《こんどあ》ったら、連絡先《れんらくさき》を教《おし》えてもらおう。」

そうだ。また自分《じぶん》たちは会《あ》えるだろう。だって、また世界《せかい》の図書館《としょかん》から呼《よ》ばれることがあるだろうから。

そう確信《かくしん》しながら、守《まもる》は今度《こんど》こそ部屋《へや》を出《で》て、両親《りょうしん》の部屋《へや》へと向《む》かった。

＊

守《まもる》の考《かんが》えは正《ただ》しかった。

数日後《すうじつご》、4人《にん》の子《こ》どもたちのもとに、それぞれ封筒《ふうとう》が届《とど》いたのだ。

美《うつく》しいライム色《いろ》の封筒《ふうとう》の中《なか》には、「特別図書館員見習《とくべつとしょかんいんみなら》い証《しょう》」というカードが入《はい》っており、「これを使《つか》えば、いつでも世界《せかい》の図書《としょ》館《かん》に入《はい》れるぞ。」と、猫《ねこ》の足跡《あしあと》付《つ》きの手紙《てがみ》がそえてあった。

amano jaku

あめののひとりごと

ああ、もう！　猫《ねこ》の胃袋《いぶくろ》の中《なか》って、思《おも》っていた以上《いじょう》に居心地悪《いごこちわる》いわね。臭《くさ》くてべとついていて、超最悪《ちょうさいあく》！　まあ、消化《しょうか》されないだけましだけど。うん。そこも計画《けいかく》どおりだったわ。

ふふふ。とても面倒《めんどう》くさかったけれど、やっとここまで来《こ》られた。イッテンの胃袋《いぶくろ》に入《はい》ることがわたしの目的《もくてき》だったなんて、あいつら思《おも》いもしていないでしょうね。

さあ、見《み》てなさいよ。次《つぎ》で決《き》めてやる。わたしの長年《ながねん》の願《ねが》いをかなえてみせるんだから。

ストーリーマスターたちは、わたしたちをやっつけられたと、安心《あんしん》しきっているでしょうから、ますます好都合《こうつごう》だわ。敵《てき》の寝首《ねくび》をかくって、最高《さいこう》だしね。

おまけ

勘弁《かんべん》しろですわグライモンさま

あめのとグライモンの暴食城《ぼうしょくじょう》の日常《にちじょう》 1

おまけ

見《み》てるだけで胸《むね》やけですわグライモンさま

あめのとグライモンの暴食城《ぼうしょくじょう》の日常《にちじょう》②

作／廣嶋玲子　漫画／江口夏実

— 作 —

廣嶋 玲子

ひろしまれいこ／神奈川県生まれ。「水妖の森」で第４回ジュニア冒険小説大賞受賞、『狐霊の檻』（小峰書店）で第 34 回うつのみやこども賞受賞。代表作に「ふしぎ駄菓子屋　銭天堂」（偕成社）、「十年屋」（静山社）、「妖怪の子預かります」（東京創元社）、「怪奇漢方桃印」（講談社）などのシリーズがある。

「３歳か４歳のクリスマスに、４枚のアイシングクッキーをもらいました。クリスマスツリーなどの愛らしいデザインで、あっという間に食べてしまったあとで、もっと大切に食べればよかったと、後悔しました。来年もサンタさんがくれますようにと願って、はやうん十年……。願い叶わず、です。」

— 絵 —

江口 夏実

えぐちなつみ／東京都生まれ。「非日常的な何気ない話」で第 57 回ちばてつや賞一般部門佳作を受賞。2011 年より「モーニング」で連載していた『鬼灯の冷徹』（講談社）が第 52 回星雲賞コミック部門受賞。現在『出禁のモグラ』（講談社）を「モーニング」にて連載中。

「小学生の頃クリスマスの朝にメダルゲームの玩具をもらいました。欲しかったものとは違ったのですが、結局毎日、何時間も遊ぶほど気に入っていました。」

お手紙のあてさきはこちら

〒112-8001
東京都文京区音羽 2-12-21
講談社 こども事業部
ふしぎな図書館とクリスマス大決戦 係

いただいたお手紙・おはがきは個人情報を含め、
著者にお渡しいたしますのでご了承ください。

この作品の感想や著者へのメッセージ、本や図書館にまつわるエピソード、またグライモンに食べてほしい名作……などがあったら、右のQRコードから送ってくださいね！
今後の作品の参考にさせていただきます。いただいた個人情報は著者に渡すことがありますので、ご了承ください。

ふしぎな図書館《としょかん》とクリスマス大決戦《だいけっせん》
ストーリーマスターズ⑥
2024年11月19日　第1刷発行

作　廣嶋玲子《ひろしまれいこ》
絵　江口夏実《えぐちなつみ》
装幀　小林朋子
発行者　安永尚人
発行所　株式会社　講談社
〒112-8001 東京都文京区音羽 2-12-21
電話　編集 03-5395-3592　販売 03-5395-3625　業務 03-5395-3615
KODANSHA
印刷所　大日本印刷株式会社
製本所　大口製本印刷株式会社
データ制作　講談社デジタル製作

N.D.C.913 158p 19cm

ISBN978-4-06-536907-4

この作品は、書き下ろしです。定価はカバーに表示してあります。

宮之みやこ
Illust. 雲屋ゆきお
私のことは忘れてください、国王陛下！
forget about me, your myster the King!
～内緒で子供を生んだら、一途な父親に息子ごと溺愛されているようです!?～

リア
実家で虐げられる
“無魔法”の男爵令嬢。
フィリップ
リアの息子。
ウィルと同じ宝石眼を持つ
天真爛漫な男の子。
CHARACTERS

カトリーヌ・
ウィロピー
リアの姉。
“無魔法”のリアを馬鹿にし、
虐げている。
ウィル
死にかけていたところを
リアに助けられる。
本当の名は
ウィリアム・カイル・ルミナシア。
アデーレ
魔女であり、
薬作りの名人。
リアに薬作りを伝授する。

数年ぶりに見るウィルは、
まるで地上に降り立った
神の子のように、
力強さと優雅さに
満ちあふれていた。
「わぁっ！ おうしゃま、
きれいなおめめ！
きらきら！」

私のことは忘れてください、国王陛下!

～内緒で子供を生んだら、一途な父親に息子ごと溺愛されているようです!?～

forget about me,
your myster the King!

宮之みやこ

Illust. 雲屋ゆきお

forget about me,
your myster the King!

目次

■プロローグ■

朝日が差し込み始めた部屋の中。

破瓜《はか》の血が染まったシーツに触れながら、私は拳を天高く突き上げた。

「……やった……！　これで私は自由よ！」

その声に、隣で寝ていた銀髪の男性――ウィルがもぞりと動く。

「ん……」

しまった。

いくらウィルが朝に弱いとはいえ、こんな大きな声を出したら目が覚めてしまう！　彼が起きる前に逃げなきゃいけないのに！

私は大急ぎで床に脱ぎ散らされた服をかき集めた。

そして、体のあちこちに赤い花が咲いているのに気づいて頬が赤くなる。

――そう。昨夜、私はウィルに「どうか私に一晩のお情けをください！」と頼み込んで、願いを叶えてもらったのだ。

その一晩は想像以上にすごくて、その激しさを物語るように今も下腹部のあたりが重だるい。……なんてついつい思い出してしまって、顔が赤くなる。

い、今はそんなことを考えている場合ではないわ！

そもそも、彼に一晩の情けをもらったのもすべて計画のためだし……！　急がなくちゃ！

まだ寝ているウィルを見ると、彼はまだ夢の中にいるようだった。

月の光を集めたような銀髪が、寝乱れてくしゃくしゃになっている。

その顔は人間のものとは思えないほど整っていて、すらりと通った鼻筋に、ほどよい薄さの唇は彫刻のよう。今はまぶたの下に隠されているけれど、長いまつげに彩られた大きな瞳もハッとするほど美しい。特に、一見すると青なのに、光に照らされると七色に光る瞳は飽きずに一生見ていられるほどだ。

それでいてまだ少年っぽいあどけなさも残っていて、「リディア」と名前を呼びながら微笑《ほほえ》む彼の笑顔を思い出して、私の胸がとくんと鼓動を打った。

……ちなみにリディアっていうのは私の偽名ね。本名は「リア」なんだけれど、訳あってみんなの前では「リディア」で通しているの。

でも、この美しい男性に見惚《みと》れている場合じゃない。

目的も達成したことだし、彼が起きる前にさっさと出ていかなければ！

私は静かに、それでいて素早く服を着ると、机の上に置きっぱなしになっていた目元だけを隠す仮面を手に取った。

普段、私はこの仮面をつけてウィルに会っている。さすがに昨夜は仮面を取ったけど、蝋燭《ろうそく》のひとつも灯《とも》らない暗闇の中だったし、恐らく今でも私の顔を知らないだろう。

……でも、それでいい。

彼が私の正体を知ったところで、どうにもならないもの。

昨日彼が何度も囁《ささや》いた「愛している」という言葉を思い出して心がズキリと痛んだけれど、
私はそれを振り払うようにぎゅっと唇を結んだ。

「……ウィル、ごめんね。そして本当にありがとう。あなたのことは一生忘れない」

それから、まだ寝ている彼のこめかみに静かに口づけを落とす。

最後だもの。これくらいなら許されるよね……？

立ち上がると、私はそっと部屋から出ていった。


――なぜ私がこんなことをしたのかというと、話は数か月前にさかのぼる。

■第一章■

「リア！　ちゃんと掃除はしたの⁉　隅に埃《ほこり》が落ちているじゃない！」

「リア！　昨日の舞踏会のせいでとても疲れたわ！　足を揉《も》んでちょうだい！」

朝からぎゃーぎゃーぎゃーぎゃーぎゃー騒ぐお継母《かあ》さまとお姉さまの声に、私は無表情でうなずいた。

「わかりました」

箒《ほうき》でササッと隅の埃を掃き、それが済むと今度はソファに座っているカトリーヌお姉さまの足を揉み始める。

「昨日も大変だったのよぉ」

私に足を揉んでもらいながら、カトリーヌお姉さまが大げさにのけぞってみせた。

「パトリックさまとヴァレリーさまがわたしを取り合って、あわや喧嘩になってしまうところだったの。わたしのために争わないでほしいのに……でもしょうがないわよね。わたしの魔法が美しすぎるのがいけないんですって！」

ヨヨヨ、とお姉さまが泣き真似をしながら体をくねらせる。

すると、目の前にパッとピンク色の花が咲いた。これはお姉さまが使える、花を咲かせる魔法だ。

「わたしもリアみたいに〝無魔法〟だったら、こんな争いに巻き込まれなかったのにな〜」

言いながら、お姉さまは私を見てクスッと笑った。

……もちろん私はわかっている。

これは自虐に見せかけた私への自慢なのだ。

お姉さまと違って舞踏会に行けない私に対して。そして〝無魔法のリア〟に対して。

ここ、ウィロピー男爵家にはふたりの娘がいる。

カトリーヌ・ウィロピー。今年十七歳。お継母さまが産んだ、私と半分だけ血の繋《つな》がった姉。

そしてリア・ウィロピー。今年十六歳。私だ。

元々我が家には私しか子供がいなかったのだけれど、私が七歳の時、母が病気で他界。

するとお父さまは、すぐさま我が家にお継母さまと、お継母さまが産んだカトリーヌお姉さまを連れてきたの。

カトリーヌお姉さまは私よりひとつ年上。つまりお父さまは、私が生まれる前からお継母さまと不倫をしていたってことなのよ。

そして男爵夫人となったお継母さまは元平民だった。娘のカトリーヌお姉さまも平民。

そのせいなのか、それとも他に理由があるのか、ふたりはとにかく私のことが気に入らない

ようだった。

物置に閉じ込めたり、食事を抜いてみたり、使用人みたいにこき使ったり……。

まぁ継子《まま こ》いじめはよくある話よね。

でもそれをお父さまは見て見ぬふりだった。

元々家にほとんどいないお父さまのことはあまり好きではなかった。その上、不倫したあげくお継母さまたちから助けてくれなかったせいで、一気に嫌いになったのは言うまでもない。

とはいえ私はか弱いタイプではなかったし、見かねたウィロピー男爵家の使用人たちが味方になってくれたから、うまいことやり過ごしてきたと思う。彼らには本当に感謝してもしきれないわ。

お姉さまの足を揉みながら、私はさりげなく言った。

「これが終わりましたら、私は豚小屋で豚たちのお世話をしてきます」

私の答えに、カトリーヌお姉さまがバカにしたように笑う。

「ふふっ。それがいいわ。だってリアには豚がお似合いだもの。ねぇお母さま？」

「まったく汚らしいこと。豚小屋に寄った後は本邸には来ないでちょうだい！　臭いが移るわ！」

「はいお継母さま」

私は淡々と頭を下げた。

それから足揉みを終わらせ、静かに居間から退出する。

………よし！　今日も森に行く時間を手にいれたわ！

ドアを閉めたところで、私は小さくグッと拳を握った。

それからスキップしだす。

ふふふ。あのふたり、私が「豚小屋に行く」って言えばそれ以降は決して近づいてこないのよね。豚さんの臭いが嫌なんですって。

そりゃまぁ確かに豚さんは生き物だししょうがないけれど、それでもお継母さまたちが思っているよりはずっと綺麗なんだけどね……。

まぁ、私にとっては都合がいいわ。

私は準備を済ませると、すぐさま豚小屋に向かった。

それからせっせと豚さんたちに餌をあげているお世話係のドニおじさんに声をかけた。

「ドニおじさん！　今日もお願いしてもいい？」

気づいたおじさんが、欠けた歯を見せながらにっこりと笑う。

「おうとも！　任せてくれお嬢さま。あのケバい奴らが来たら、肥料でもまいて追い払っときやすぜ！　まぁまず来ないでしょうけど！」

「ありがとう！　助かるわ！」

「それじゃ、今日も森に行くんで？」

「ええ！　アデーレおばあちゃんのところに！　確か、うちでも風邪薬が不足していたよね？」

「ああ、あと、ビルの奴がこの間捻挫しちまって」

「大変！　じゃあ捻挫に効く貼り薬も作ってくるわね！」

「ありがとうごぜぇますお嬢さま！　それじゃアデーレさんによろしく！」

ひらひらと手を振るドニおじさんに見送られながら、私は足首まで隠れるローブをまとってウィロピー男爵家の敷地を出た。

それから誰もいないのを確認して、小声で囁く。

「うさぎさん、今日も力を貸してくれる？」

そう言った途端、あたりにポゥ……といくつもの光が浮かび始めた。

光は、ちょうど手のひらに乗るくらいのふわふわの白い玉だ。他にふたつ、ピンクと水色のもある。

かと思うと、そこにぴょこんと小さな長い、うさぎのような耳がそれぞれ生えてくる。そしてふわふわの丸い胴体に、黒真珠のような丸くてつぶらなおめめが浮かび上がった。

――彼らは私にだけ見える精霊だ。

確かに私はカトリーヌお姉さまの言う通り〝無魔法〟なのだけれど、その代わりこの可愛い精霊たちと会話ができるのだ。

もちろん、このことはお継母さまやお姉さま、それにお父さまには内緒だった。

そもそも、お姉さまたちには精霊が見えていないようだったし。

『リア！　オハヨー！』

ほわわん、と白い子の声が頭の中に響いてくる。

『キョウハ、ナニスル？』

『マタ、カミ、イロカエル？』

ほわわん、と今度は水色の子とピンクの子が言った。

「うん。お願いしてもいい？」

『『マカセテ！』』

次の瞬間、ぽわわん、という音とともに、私のピンクブロンドは亜麻色に変わった。

まずは第一段階完了ね。

「ありがとう」

私が精霊たちのふわふわほっぺにキスをすると、精霊たちがふるるんっと揺れた。なぜか、対価としてこれが一番喜ばれるのだ。

それからローブについていたフードを頭にすっぽりとかぶせる。

仕上げにごそごそと鞄から取り出したのは、木製の仮面だ。

それは貴族たちが仮面舞踏会でよくつける、目元が隠れる仮面。

といっても私が持っているのは華美なものではなく、木を黒く塗っただけの簡単なものだけれど。

私はそれをつけると、男爵領にある森に向かってまっすぐ進んでいった。

◆

「おばあちゃんこんにちは！　今日は何をお手伝いすればいい？」

男爵領の森の奥深く。

狩人以外はまず足を踏み入れないであろう奥地に、その家はあった。

家といっても、本当に屋根と必要最低限の設備がついた素朴な小屋だ。

そこには、私の師匠であるアデーレおばあちゃんが住んでいた。

「まったくあんたも懲りないねぇ。毎日毎日こんな辺鄙《へんぴ》なところまで来て、一体何が楽しいんだい？」

私をぎろりと鋭い目で睨《にら》みながら、おばあちゃんが不機嫌丸出しで言う。


——私たちの出会いは、私が十歳の時だった。

当時の私はお継母さまとお姉さまのいびりにまだ慣れていなくて、よく森の中で泣いていたの。

その日は、亡きお母さまの形見を壊された日だった。とにかく悲しくて、泣いても泣いても涙が止まらなくて、気が付けばいつもより森の奥深くに入ってきてしまっていた。

こんなに森の奥深くに来たら、もう帰れないかも。

でも、帰れなくてもいいかも……。

そう思った時に、大きな木のそばでうずくまっているおばあちゃんを見つけた。

大きく曲がった背に、すっかり白くなってしまったグレイヘア。そして長いローブ。

その時のおばあちゃんは、ただ休んでいるわけではなさそうだった。おばあちゃんの右手首には薔薇のようなあざがあって、その手で足首を押さえていたんだけれど、顔は痛みに歪《ゆが》んでいた。だから私はとっさに駆け寄ったのだ。

「おばあちゃん、大丈夫？」

「なんだねあんたは……！　どこの子かは知らんが、とっとと帰りな！　あたしは魔女だ！取って喰っちまうぞ！」

おばあちゃんは怒鳴りながらぎろりと私を睨んだ。このあたりではほとんど見ない赤い瞳に私は一瞬ビクッと震えた。

でも、よく見るとおばあちゃんは痛みに顔をしかめ、あちこちに脂汗が浮かんでいる。押さえている足首は真っ赤に腫れ上がっているし、きっとすごく痛いんだろうな……。

そのことに気づいて、私はひるみかけた心を奮い立たせた。

「おばあちゃん、私の背に乗って！　家まで連れていってあげる！」

「冗談はよしな。老婆がどれくらい重いと思っているんだい。あんたのちっこい体にゃ無理だよ！」

「大丈夫だよ！　うさぎさんたちが力を貸してくれるから！」

「うさぎ……？」

おばあちゃんが眉をひそめる横で、ポゥッとうさぎさんたちが浮かび上がる。途端に、おばあちゃんがハッとしたように目を見開いた。

「驚いたね!?　これ、あんたが呼び出したのかい!?」

「おばあちゃん、うさぎさんたちが見えるの？　私以外で見える人、初めて！」

「言っただろう。あたしは魔女だ。それより、これはうさぎではなく精霊だよ！　あんた、まさか精霊を使役《しえき》しているのかい!?」

「使役っていうか……力を貸してもらっているだけだよ。私はなんの魔法も使えない〝無魔法〟だから」

「〝無魔法〟ねぇ……。ちょっとやそっとの魔法が使えるより、精霊と話せる方が何百倍もすごいんだけどね。あたしですら精霊たちの声は聞こえないのに」

「そうなの？　……それより、おばあちゃんが乗らないならうさぎさんたちに運んでもらうね」

私がそう言った途端、おばあちゃんの体がふわりと浮き上がり始めた。

「うわっ！」

焦るおばあちゃんが、精霊たちの力で私の背中まで運ばれてくる。

「全部うさぎさんたちにお願いしてもいいんだけど、ふわふわしていると怖いから私がおぶった方がいいと思うの。しっかりつかまっててくれる？」

「……わかったよ」

おばあちゃんは大きなため息をついた。ようやく諦めてくれたらしい。

そこで私は、おばあちゃんに案内されるままおばあちゃんの家まで送り届けたのだった。


――その日から六年。

十六歳になった私は、時間さえあればアデーレおばあちゃんの家に通っていた。

机の上に仮面を置き、そばにあったできたてほやほや回復薬の小瓶を取り上げながら言う。

「そりゃあ楽しいよ。だってここならお継母さまやお姉さまにこき使われることもない上に、お薬だって作れるんだもの」

アデーレおばあちゃんは魔女だけあって、薬作りの名人だ。

たくさんの薬草はもちろん、色々な鉱石、それからコウモリの爪やらヘビの抜け殻やら、不思議な材料をたくさん使ってとってもよく効くお薬を作るのだ。

最初に会った日だってそう。

おばあちゃんは家につくなり小瓶を取り出して、中に入った緑の薬を足首に塗ったの。そしたら、見る見るうちに足首の腫れがひいていったのよ。

その魔法みたいな薬を見て、私は一瞬で魅了されてしまったというわけだった。

「ハッ」

おばあちゃんが鼻で笑う。

「そりゃあここに、あんたのいじわるな継母や異母姉はいないかもしれないが、その代わりにあたしにこき使われているだろうに。ほら、今煮込んでいる薬に、乾燥させた月見草を入れな！」

「はーい」

返事をして、私は脚立《きゃたつ》を手に取った。

おばあちゃんの家の中は壁一面が棚で、そこにびっしりと小瓶が並んでいる。瓶の中はもちろんたくさんの薬の材料だ。

月見草はその中でも一番高い棚の上にあるから、脚立が必要なのだ。

「おばあちゃんはいいのよ。だっておばあちゃん、口は悪いけれど優しいじゃない」

目当ての瓶を取り出しながら言う。

――そう、おばあちゃんは優しいのだ。

私が『薬を作ってみたい！』と言えば悪態をつきながら全部教えてくれるし、貴重な材料も文句を言いつつも惜しみなく使わせてくれる。それでいて失敗しても鼻で笑うだけで、怒りすらしないのだ。

おかげで私も、おばあちゃん並み……とはいかなくても、かなり薬作りがうまくなった。

「へっ！　そんなおべっかを使っても無駄無駄。それよりあんたは村でも町でも、さっさと男爵家以外のどこかへ旅立つべきなんだ。あたしと一緒にいたら、あんたまで村人たちに悪口を言われるだろう」

「そんなことないわ。むしろ逆よ」

大きな薬鍋に月見草を入れて、これまた大きなスプーンでぐるぐるかき回しながら私は言う。

「村の人たちはおばあちゃんを怖がっているけれど、同時にすっごく感謝しているのよ。私が薬を持っていくたびに、大喜びしてくれるんだから」

おばあちゃんはいつも、自分で使うわけでもないのに大量の薬を作っていた。

それはおばあちゃんの趣味だったんだけど、私はその薬を見てもったいないなって思ったの。

だっていっぱいあるのに、誰にも使ってもらえないなんて。

だからある日、おばあちゃんに「これ売っていい？」って聞いてから、近くの村に行って薬を売ってみたの。

そしたらこれが大当たり。

最初は幼い子供（私のことね）を見て施しのつもりで薬を買ったおばさんが、その夜に回復薬のすごさに気づいて、三日三晩、村の入り口で私を待ち構えていたくらいなんだもの。

『あんた、この薬はどこで手にいれたんだい⁉　もっとあたしたちに売っておくれ！』

『俺もだ！　俺の家にも売ってくれ！』

『こんなに安くて良質な回復薬、見たことがない！』

それ以来、おばあちゃんの薬は村に持っていくたび即完売の大人気商品になってしまったのだ。

「ふん。調子のいい奴らだね。最初はあんたの薬を安く買い叩こうとしたくせに。もっと値段を釣り上げてやろうかね」

「しょうがないわよ。初めて会う子供が持ってきた怪しい薬なんて、買ってくれるだけ親切じゃない。それに、今はちゃんと適正価格で買ってくれているし。――それより、今日の分はこの籠の中で全部？　持っていっちゃうわね」

いくつもの小瓶が入った籠を持って、私は外に出ようとした。そこにおばあちゃんから声がかかる。

「リ・デ・ィ・ア！　忘れ物だよ！」

言って、おばあちゃんがポンと仮面を投げてきた。

「あ、しまった！」

「あんたは昔から本当にそそっかしいねぇ。正体がバレちまったら困るのはあんただろう！」

「ごめんなさい。気を付けるわ」

謝りながら私は仮面をつけた。


『――村のみんなには、正体を隠した方がいい』

定期的に薬を売りに行くことが決まった十歳の時、おばあちゃんはそう言った。

『もしあんたがウィロピー男爵の娘だとバレたら、村の奴らは気にしないが、あんたの継母と異母姉が放っておかないだろう？　間違いなく家に連れ戻されて、永遠に薬を作らされ続けるよ。断言する』

確かにそれは一理あると思って、その日から私は変装を始めたのだ。

『ほら、精霊たちに頼んで髪の色も変えてもらいな』

まずはストロベリーブロンドの髪を精霊の魔法で亜麻色に。

『それからこれもつけるんだ』

言ってぽんと渡されたのは木の仮面だ。

なぜかこの世界、瞳の色だけは魔法の力でも変えられないから、顔はフードと仮面で隠すことにしたの。

『それから名前も本名を使っちゃいけない。偽名を使いな。何かいい名はないのかね？』

『うーん……。……じゃあ本名がリアだから、リディアとか？』

『…………近すぎる気がしなくもないが、まぁいいか』

変装し始めた私を見て村の人たちはびっくりしていたけれど、すぐに何か事情があると察してくれたみたい。

すぐにみんな、私のことを「魔女っ子リディア」と呼んで可愛がってくれた。

そうやって私が薬を売っているうちに、気が付けば十六歳になっていたんだけどね。

おばあちゃん？

おばあちゃんは何回か聞いたんだけど、そのたびに「あたしゃ永遠の二十七歳だよ！」って言い張っているわ。

「さーて、今日はどれくらいで帰れるかな」

アデーレおばあちゃんの薬は本当に人気だから、村についたら大体すぐに売り切れちゃうのが常だ。

たまに、薬欲しさに村の入り口で待ち伏せしている人だっているくらい。

過去には私の後をつけて家を特定しようとした人もいるけど、精霊たちが教えてくれたから事なきを得た。

まぁ、たとえ私が気づかなかったとしても問題はないんだけれどね。

だってアデーレおばあちゃんの小屋には魔法がかかっていて、招かれた人や許された人以外、決してたどり着けないようになっているから。

そんなことを思いながら、森を歩いている時だった。

「…………ん？　あそこに人が倒れている？」

森と村の境目には、大きな川が一本横たわっている。

その川にかかっている橋を渡ると村にたどり着けるんだけれど、その川岸に人間が倒れているのが見えたのだ。

私はあわてて駆け寄った。

「大丈夫ですか⁉」

川岸にうつぶせで倒れていたのは、全身ずぶぬれの若い男の人だ。

銀色の髪をしたその人は、旅人のようなマントを着ていた。

ぐったりとして目をつぶっているが、それでも驚くほど整っていて、かつ品のある顔立ちをしている。

着ている服だって旅人風だが、その材質はかなりいい。

私を含め村人たちが着ているのはほとんど麻でできた服なんだけれど、彼が着ている服は綿や絹でできていた。お姉さまたち――つまり、貴族と一緒だ。

そして彼の腰から下は、まだ川の中に浸かっている。春とはいえ、川の水はまだまだ冷たい。

何より私が驚いたのは――その男の人が、わき腹からどす黒い血を流していたことだ。

ただの血じゃない。

すぐに私はそう感じた。だって、普通の血なら赤いだけなんだけれど、川に流れていく彼の血は、どこか紫がかっていたの。

すぐに私はピンと来た。

これは毒が混ざっている！

「うさぎさん！　この人を川の中から引き上げて！」

『『ワカッタ！』』

精霊たちが男の人を引き上げている間に、私は急いで売り物の小瓶を開けた。

そしてまず最初に解毒薬を、その次に回復薬をドバドバと傷口にかけていく。

「お願い、効いて……！」

男の人に入った毒が何かはわからない。けれど解毒薬のおかげか、少しずつではあるものの、血から紫の色が抜けていく。そして回復薬のおかげで流血も止まり始めた。

ただし、傷口はまだ痛々しく開いたままで、とてもじゃないけれど安心したとはいえない状態だった。

「どうしよう……」

私は悩んだ。

この男の人をこのままここに放っておくわけにいかない。

かといって、村にも連れていけなかった。

村の人たちに毒の知識はないだろうし、貴族の服を着た訳アリの男性なんてきっとみんな持て余すだけだもの。

「ここはやっぱり……連れて帰るしかないよね……！」

私は覚悟を決めた。

もしかしたらおばあちゃんに怒られるかも。ううん、もしかしたらじゃない。絶対に怒られる。

でもこの人を見殺しにすることは私にはできなかった。

「うさぎさん。この人をおばあちゃんの家まで連れていこうと思うの。一緒に怒られてくれる？」

私が聞くと、精霊たちがほがらかに答えた。

『イイヨ！』

『オバーチャン、オコル、ウサギ、タノシイ！』

『ミンナデイッショニ、オコラレル！』

それからぽわわんという音とともに男の人の体が浮き上がった。

そのまま私の背中に、男の人の体が預けられる。

といっても精霊たちが半分浮かせてくれているから、私は全然重みを感じないんだけれどね。

「よーし。じゃあみんなで一緒に怒られに行きますか！」

私は男の人をおぶったまま、おばあちゃんの家へと向かったのだった。

◆

「まっったくあんたは！　犬や猫じゃないんだから、なんでもほいほいと拾ってくるんじゃあないよ！　ましてや人間の男だなんて！」

案の定、小屋には飛び切りの雷が落ちた。

「ごめんなさい！　だって、放っておけなくて……！」

ベッドに寝ている男の人を横目に、私が肩をすくめる。

「ありゃあどう見てもどこぞのお貴族さまだろう！　死にかけているが、髪も肌も明らかにいいもんを食ってきた人間だ。服だって見てごらんこの艶を！　こんな高級な生地、あんたの継母ですら着れないもんだよ！」

「おばあちゃんの言う通りです！」

それからぼそりと言う。

「……でもそこまで高い生地だとは見抜けなかったわ。おばあちゃん、よく知っているのね」

「ちゃんと人の話をお聞き！」

またぴしゃりと雷が落ちる。

「はいっ！」

「はぁまったく……。めんどくさいことになっちまったねぇ……。今から放り出すわけにもいかないし……はぁあ」

ぼやくおばあちゃんに、私は恐る恐る聞いてみた。

「ねぇ、あの……とっさに解毒薬と回復薬をかけてみたんだけれど、これで治る？」

私の問いに、おばあちゃんは首を振った。

「いや、あたしが見たところ、これはただの毒じゃない。魔法毒だね」

「魔法毒……」

それは、おばあちゃんに教わったことがある。

魔法毒は自然界にある物で作った毒じゃなく、邪悪な魔法も加わった毒のことだ。

難しい魔法を必要とする分、効果も強力で、解毒も大変なのだという。

おばあちゃんが男性のわき腹を見ながら言う。

「矢傷か。どうやらこの男は、誰かに命を狙われているようだね。それも魔法毒を使ってまでの」

魔法毒は、実は作ること自体が大きな禁忌《きんき》となっている。

もし作っていることが発覚したら、即牢獄行きになる。

つまりこの男性を狙った人は、その危険を犯してまで、彼を殺そうとしているということだ。

「おばあちゃん、この人は助かる？　それに、この人を狙った人はまだ近くにいるのかな……」

「こやつは恐らく、川上から流れてきたんだろうな。見ろ、矢傷だけでなくあばらまで折れている。ここにたどり着くまでに何かにぶつかった証拠だよ。それから殺そうとした奴は近くにいるかもしれんし、いないかもしれん。どのみち、この小屋や周辺には招かれない限り入れないから安全だろうが、こいつが治るかどうかはリア。お前さん次第だね」

「私……？」

おばあちゃんに言われて私は目を丸くした。

「ああ。言っただろう、この男に使われたのは魔法毒だ。ということは、この毒を治せるのも魔法薬だけなんだ。リアがこの男を拾ったんだから、責任持ってリアが治してやんな！」

「わ、わかったわ！」

魔法毒の真逆に位置する存在――それが魔法薬だ。

私はおばあちゃんと違って自ら魔法は使えない代わりに、精霊たちが力を貸してくれる。

私は前に作った回復薬を持ってくると、精霊たちにお願いした。

「うさぎさん……私に力を貸して！」

『『イイヨ！』』

すぐさま、私の体の中に精霊たちの魔力が流れ込んでくる。

最初はふわりと体が軽くなったかと思うと、次の瞬間、燃えるように体がカッと熱くなった。

これが精霊さんたちの魔力……！　熱くて、体の中で溶岩がぐるぐると渦を巻いているみたい……！

その魔力を暴発させないよう、体の中に液体として流すイメージをしながら、私は自分の作った回復薬と向き合った。

そしてゆっくり、ゆっくりと精霊たちからもらった魔力を流し込み始める。

途端に緑色の液体がパァアッと光り始め、白い魔力と混ざり合って、どんどん色が変わっていく。

そうしてしばらくした後……目の前には真っ白に変わった魔法薬ができあがっていた。

私はふぅ、と息をついた。見ていたおばあちゃんもうなずいている。

「うん。上出来だ。早くあの男に飲ませてやりな」

「わかったわ！」

私はできあがった魔法薬を掴《つか》むと、すぐに男の人の元に駆け寄った。

「それから仮面！　念のためつけときな！」

「あっ、はい！」

おばあちゃんが投げた仮面を受け取って、あわててつける。

私は男の人の頭を抱えると、スプーンを使って少しずつ少しずつ、意識のない彼に魔法薬を飲ませていく。

効いてくれるといいんだけれど……！

魔法薬自体は今までも何度か作ったことはあるけれど、人に使うのはこれが初めてだったから自信がなかったのよ。

やがて……。

「………う……」

薬を少しずつ飲ませていくうちに、男の人は苦しげではあるものの、うっすらと目を開けたのだ。

開かれた瞳を見て、思わず私は息を呑んだ。

う、わ……！　なんて綺麗なの……！

――その人の瞳は、七色に光っていた。

ダイヤモンドとも、オパールとも違う。

まるでサファイアに、ルビーやトパーズ、エメラルドなど、色々な宝石を溶かして閉じ込めたような……不思議な輝きだった。

「っ……!?」

横ではおばあちゃんも、驚きに声を失っていた。

◆

……それにしてもこの人、しゃべらないな……！

ベッドに横たわったままの男の人を見ながら、私はごくりと唾を呑んだ。

彼は目を覚ましたものの、わずかに顔を動かしてあたりの様子を見ただけで、それ以外はぴくりとも動かなかったのだ。

目は確かに開かれているのだけれど、その顔は美しいと同時にどこか虚《うつ》ろで、半分死んでいるように見えた。

……これはなかなか傷が深そうだな……。それとも、毒の影響なのかな？

世の中には体の自由を奪う毒もたくさんあるから、そういう類のものだったのかもしれない。

そう思いながら、私は彼の頭の後ろにクッションを挟んだ。すぐさま、彼の瞳が「何をするんだ」と言わんばかりに険しく見開かれる。

まぁそうだよね。だって私、仮面をつけたままだし……。

おばあちゃんに言われたのだ。「念のため正体は隠しておきな」と。

実際、万が一ウィロピー男爵と繋がりがある人だったら私も困るしね……。

気まずく思いながらも、私はスプーンに薬を掬《すく》い取り、彼の口元に運んだ。

……が、いつまで経っても彼の口は開かれない。目の開き方からして、口元も動くはずなんだけれど……。

「あの……薬を飲んでほしいのだけど……」

困ったように言うと、ようやく彼の唇がうっすらと開かれた。

うんうん、そうだよね。もし私がこの人を殺したいのなら、最初から助けずに放置するだけで十分だもの。そのあたりは彼もきちんと理解しているらしい。

こくり、こくり……。

ペースはゆっくりではあるものの、回復薬が少しずつ彼の口の中に吸い込まれていく。

同時に銀色の長いまつげが、七色の瞳に影を作った。

伏せられた瞳は愁《うれ》いを帯びていて、薬を飲むというたったそれだけの動作であるにもかかわらず、彼の姿は絵画の一部のように美しかった。

………この人、改めて見ると本当にすごい美青年だな……。

男の人を綺麗なんて思ったのは初めてだ。

もちろんごつごつとした喉仏や、スッと通った高い鼻のように、男らしい部分もたくさんある。にもかかわらず、どうしても一番最初に「綺麗だな」という感想が出てきてしまう。

絵本に出てくる王子さまってこういう顔をしているのかな、なんて思ってしまうくらいだ。

一瞬、我がキャタニク王国の王子さまなんじゃ?とも考えてみたけれど、すぐにその考えは消えた。

だってキャタニクにいるふたりの王子さまは、どちらも金髪に青い瞳をしていると以前お姉さまから聞いたことがある。だから王子さまのはずはなかった。

「あの……名前は言える？　呼ぶ時に困るから、できたら名前を教えてもらえると嬉しいのだけど……」

そう聞くと、彼は眉間にしわを寄せながらもぼそりと答えてくれた。

「………ウィル」

少しかすれた声はどこか甘く、大層魅力的な声でもあった。

うわ……！　かっこいい人って声までかっこいいのね……！

なんて謎の感動をしてしまうくらい。

それから私は、少しでもウィルの警戒を解くためににこりと微笑んでみせた。

「ウィルね。私はリディアよ。こっちはアデーレおばあちゃん」

「ふん」

少し離れたところで見ていたおばあちゃんが不愉快そうに鼻を鳴らす。

まだ、彼をここに留め置くことに反対なのだ。

実はウィルが目覚めた直後も、おばあちゃんはこう言っていた。

『悪いことは言わない。今すぐこの男を追い出しな！　絶対めんどくさいことになるから！』

一度は受け入れようとしたおばあちゃんがなんで今になって反対しだしたかはわからないけれど、ここまで来てウィルを追い出せるはずもなかった。森に放り出して死なれたら寝覚めが悪いもの。

だから「ウィルは私が責任を持って看病するわ！」と言って、ようやく彼を留め置けることになったのだ。

思い出しながら、私はせっせと彼の看病を始めたのだった。

◆

「調子はどう？」

ひょこりと顔を覗《のぞ》かせれば、ウィルがベッドの上で腕を曲げ伸ばししているところだった。

彼はベッドに座るくらいならできるようになったものの、あばらが折れていることもあり、まだまだ回復に時間はかかりそうだ。

それに魔法毒は神経にまで影響を及ぼしているようで、腕もまだしびれてうまく動かせないらしい。

「ちょっと待っててね。今ちゃちゃちゃっとお昼ご飯作っちゃうから」

言うなり、私は実家から持ってきた卵を使って簡単なご飯を作り始めた。

「リディア。あたしゃオムレツにはキノコ派なんだ。それも入れとくれ」

「わかったわ」

私はおばあちゃんの要望通り、キノコをたっぷり入れたオムレツを作る。

ひと皿はおばあちゃんに、そしてもうひと皿を持って、私はウィルのいるベッドの横に座った。

「ウィルはキノコ平気？」

私が尋ねると、ウィルは警戒したように私を見る。

かと思うと、ぼそりと返事をした。

「……ああ、特に好き嫌いはない」

まだまだ警戒されているものの、最近はこうしてちゃんと返事をしてくれるようになってきた。

それを嬉しく思いながら、私はできたてほやほやのオムレツを乗せたスプーンを差し出した。

「よかった。それじゃどうぞ。あーんして」

「っ……！」

ウィルが、照れたように少し横を向く。

……まぁ成人男性があーんしてもらうことなんて普通はないもんね。

「照れている場合じゃないでしょう。ウィルの腕、まだ動かないんだから体力をつけないと。

ほら、早く」

私が急かすと、ウィルは照れながらもようやく口を開けてくれた。

その口の中に、ぽんとスプーンを入れる。

「うん！　上手にできました！」

「……子供ではないのだが……」

そう言って気まずそうな顔で照れるウィルは、大層可愛らしかった。

彼は黙っていると、美しすぎてどこか近寄りがたさすら感じる。けれどこういう風に照れている彼の顔はどこかあどけなく、そして可愛いのだ。

……もしかしたら年齢は私とそこまで変わらないのかな……？

十六歳の私より三、四歳は年上に見えるから……二十歳かそこらなのかもしれない。

そんな年齢で命を狙われるなんて……大変だ。

それに看病していて気づいたのだけれど、ウィルの体には今回だけではない、たくさんの傷があった。

鞭で打たれたような傷に、ひどいやけどの痕。それに、今回のような矢傷や剣でついた傷も……。

それはたとえ騎士だったとしても、あまりに多すぎる数で。

ウィルの背中を拭きながら、私は彼が置かれた環境を思ってぎゅっと口を結んだ。

◆

やがて魔法薬と看病のかいがあって、ウィルは少しずつ元気を取り戻していった。

手足のしびれが取れて自分で歩けるようになり、身の回りの世話も私の手なしでできるようになった。

すると途端に、おばあちゃんが口うるさく言い始めたのだ。

「治ったんならさっさとこの家から出ておいき！　あんたのせいであたしゃ体が痛くてしょうがないよ！」

まぁウィルが来てからというもの、おばあちゃんはずっと床に敷いた毛布の上で寝ていたから無理もないんだけれど……。

「まぁまぁおばあちゃん……。治ったといってもまだ万全というわけじゃないんだから」

とはいえ、ウィルが自分の家に帰るにしても、ここは馬もないし、帰るためには何日も歩かないといけないのだ。

そのための体力が彼にあるかどうかと言われると、まだ自信がない。

そもそも、まだあばらがくっついているかも怪しい。

私がおばあちゃんをなだめようとすると、当の本人であるウィルがスッと頭を下げた。

「わかった。ならしばらく、隣の敷地をお借りしてもいいだろうか」

――最近のウィルは警戒心がとけたのか、私たちに対してだいぶ態度がやわらかくなっていた。

そうすると、少しずつ彼の人となりが見えてくるようになる。

村の人たちとは全然違う丁寧な言葉遣いに、気品あふれる所作《しょさ》。

食事をする時だって、ひとつひとつの動きがとても洗練されていて、隅々まで磨き抜かれてきたのがわかる。

今のお辞儀だって、まるで絵画を見ているよう。

思わずほぅ……！と感嘆のため息が漏れてしまったくらいよ。

……うん。

わかっちゃいたけど、これはどこからどう見ても平民じゃないわね。王子ではないにしても、絶対どこかの高位貴族だ。

侯爵――いや下手すると公爵だったりして。

だったら彼のことを「ウィルさま」とお呼びするべきなのかもしれないが、そのあたりはあえて知らないふりをしていた。

彼が自分のことを多く語らないということは、きっと知られたくない何かがあるのだろう。

私は私で偽名な上に、常に仮面をつけて顔を隠しているしね……。

それよりも……。

私は眉間にしわを寄せた。

侯爵も公爵も、どちらもお継母さまとお姉さまの大好物（？）だ。

ウィルの存在がバレたらきっと、彼女たちはすぐさま乗り込んでくる。そしてウィルの実家に、ここぞとばかりに恩を売りつけるだろう。

しかもウィルはこんなに麗しいのだから、カトリーヌお姉さまだったらきっと婚約を迫るに違いない。

なら絶対に、実家に彼の存在がバレないようにしないと……！

私は気を引きしめると、ぐっと拳を握った。

そんな私の隣では、おばあちゃんがウィルの言葉に不愉快そうに眉をひそめている。

「隣の敷地って、どういうことだい？　そこで野宿でもしようってのか？」

おばあちゃんがそう言った直後だった。

ウィルがすたすたと外に出たかと思うと、空に向かって手を掲げたのだ。

そしてスッと手を振った次の瞬間、そばにあった木がスパパパンと切れて、一瞬にして見事な木材が出現していた。

「おぉ!?」

しかもそれだけじゃない。切り出された木材はふわふわと宙をただよい、ドンドンと地面に積み上がったかと思うと——あっという間におばあちゃんの家の隣に、小さな小屋が建ってしまったのだった。

「ほう。あんたの魔法かね」

「ああ。魔法は少し得意なんだ」

ウィルが淡々として言った。

すごい。一瞬で小屋を建ててしまったのにこの余裕っぷり！　どうやら彼は生まれがいいだけでなく、魔法の才能もあるらしい。

「アデーレ殿の邪魔はしない。帰る準備が整うまでの間だけ、ここに滞在してもいいだろうか」

確かにこれなら、おばあちゃんの邪魔はしていないことになる。

私がちらりと見ると、おばあちゃんもやれやれといった様子でため息をついていた。

「……仕方ないねぇ。帰る時にはちゃんと、そのデカブツを片づけていくんだよ」

「もちろんだ」

「よかったねウィル。これで落ち着いて治療できるね」

私が言うと、なぜかウィルが不思議そうにこちらを見た。

「…………リディアはどうして、私にこんなに優しくしてくれるんだ？」

「へっ？」

なんでって……考えたこともなかったな。

首をひねっていると、なおもウィルが続けた。

「私に優しくしたところで、なんの見返りもないだろう。私がここから離れたら行方だってわからなくなるのに」

「なんだ、そんなこと」

ウィルの言葉に私はあははっと笑った。

「そもそも、人に優しくするのに理由なんていらないでしょう？」

「それは……」

「人によっては見返りが欲しいのかもしれないけれど、私は興味ないかな。だから――」

言って、私はウィルに向かってにこっと微笑んだ。

「ここでだけは安心して過ごしてほしいな。私も、おばあちゃんも、うさぎさんたちも、ここにいる人はみんな、ウィルの笑顔が見たいだけだから。何があったかは知らないけれど……私たちはウィルの味方だよ」

私の言葉に、ウィルがハッと大きく目を見開いた。

……もしかして、今のちょっと大げさすぎた？

なんて考えていると、おばあちゃんがハンッ！と鼻を鳴らす。

「あたしゃさっさと帰ってほしいけどね！」

「もう、おばあちゃんたら！」

——こうしてウィルは、新たに彼の小屋で生活をするようになったのだった。

◆

「それにしてもウィルの瞳は、本当に綺麗ね」

洗濯物干しを手伝わされているウィルをじっと見つめながら私は言った。

太陽の光に照らされて、今日もウィルの七色の瞳がキラキラと光っている。

彼の瞳はどんな時でも美しいが、特に太陽の光を受けた時が一番綺麗に輝くのだ。

私は密かに、それを見るのが好きだった。

「世の中にこんな綺麗な瞳を持つ人がいるなんて」

「……まぁ、多くはないが、こういう人もいる」

でも彼はあまり瞳について触れられたくないらしい。私が瞳のことを話すと、いつも気まずそうに目を逸らすのだ。

「……これ、あんまり詮索するんじゃないよ」

そしてなぜかそれはおばあちゃんも一緒らしい。彼の瞳の話題になるといつも私が怒られるのだ。

「ごめんなさい、綺麗だったからつい」

言って私はあわてて立ち上がった。

いけないいけない。見惚れちゃってつい言っちゃったけれど、ウィルはそのことを嫌がっている。それに正体を隠しているのは私も同じなのだから、詮索にならないよう気を付けないと。

誤魔化すように、私は急いで今日の分の薬が入った籠を持ち上げる。

「村に薬、届けてきます！」

そう言って出かけようとした時だった。

「リディア！」

ウィルが私を呼び止めたのだ。

「どうしたの？」

振り向くと、そこにはなぜか気まずそうな顔をしたウィルが立っていた。

「いや……その…………くれぐれも周囲には気を付けるんだ。私は同行してやれないが……」

彼が私を心配していることに気が付いて、私は笑った。

「大丈夫よ。村にはもう何百回も行っているもの」

……お継母さまとお姉さまに遭遇しない限りはね。

「それはそうだが……でも森の中をひとりで歩くのだろう？　それは危ないのではないか？」

「ウィルったら、いつからそんなに心配性になったの？」

私は笑った。

最近のウィルは度々こうなのだ。

私がこの小屋から離れようとすると、なぜかいちいち理由をつけて引き留めようとしてくる。

「だが……私を狙った不埒者《ふらちもの》がいないという確証は？　もしかするとまだ様子をうかがっているかもしれないではないのか」

「大丈夫よ！　ウィルも知っているでしょう？　私には精霊がついているもの！」

そう言った途端、ポポポッという音がして、ムンッ！とほっぺを膨らませた精霊たちが周りに現れた。

「ほら」

言いながら指さして見せる。

ウィルは魔法が得意だけあって、おばあちゃんと同じで精霊たちが見えるようだったの。

初めて見せた時は、おばあちゃん以上にすごくびっくりしていたな。

「そうか……なら……まぁ……」

そう言いつつも、ウィルの顔は全然納得いってなさそうだった。

かと思うと、彼が真剣な顔でガッと私の手を掴む。

「だが、くれぐれも周囲には気を付けるんだ。薬を売ったらすぐに帰ってくると約束してくれ」

思いがけず切羽詰まった彼の顔が近くに来て、私はどきりとした。

「わ、わかった。約束する。売ったらすぐ帰ってくるわ」

「……よかった」

そう言った次の瞬間、なんと彼は安堵したようにふわりと微笑んだのだ。

その笑顔の、麗しさといったら……。

まるで冷たく地面を覆っていた厚い雪が溶けて、あたたかい春の陽光が差し込んできたようだった。そして太陽光に照らされた名残雪が、キラキラ、キラキラとダイヤモンドのように輝く――。

思わずそんな光景を想像したくらいだった。

すん…………………っごい威力ね！

初めて見る彼の笑顔に、私はカッ！と頬が熱くなるのを感じた。心臓がかつてないほどバクバクしている。

美青年の笑顔、尋常じゃない‼

そんな私たちを見ながら、おばあちゃんがぼそりとつぶやく。

「……まったく過保護だねぇ」

「そ、それじゃ行ってきます‼」

まだ暴れている心臓を押さえて、私はいつも以上に元気よく出発した。

……ふぅー危ない危ない。

小屋から少し離れた先で、ぱたぱたと手で顔をあおぎながら大きく息を吐く。

ただでさえウィルの顔面は、そこにいるだけでとてつもなく威力が高いのだ。その上あんな圧倒的破壊力の笑顔を至近距離で見せられたら……私の心臓が持たない！

仮面をつけていて本当によかった。顔が赤くなったの、バレてないよね？

手で、くい、と仮面を持ち上げてほっぺを確かめる。頬は少し――いや、だいぶあたたかくなっていた。

とはいえ……。

と私は冷静に考える。

自分でも言ってたけれど、ウィルはきっと彼を襲った暗殺者に私が遭遇しないか心配なんだろうな。

けれど彼がここに来てからもう二か月以上経つし、その間襲われることはおろか、村で不審者の話も聞いたことがない。だから大丈夫だと思うんだけれど……。

最近は夜、男爵家に帰る時も、「アデーレ殿の家に寝泊まりはできないのか？」ってやたら引き留めてくるしなぁ……。

家にはどうしても帰らないといけないから、と言うと、毎回とても寂しそうな顔をするのもやめてほしい。見るたびにすごく罪悪感に駆られるから……！

でも……。

そう思いながら、同時にウィルがそんな風に心配してくれることが、私にとっては結構嬉しかったりした。

あの七色の瞳がじっと私を見つめている時は、なんだか自分が少しだけ特別な女の子になったような気がして、心臓がドキドキてしまうのだ。

そこまで考えて私はハッとした。

うーーーんよくないよくない！

急いでべちべちと自分の頬を叩く。

私はあくまで命の恩人なだけ！　だから懐かれている！　彼は優しい人だから！

最初の頃は野良猫のように私たちを警戒していたウィルだけれど、警戒が解けてくると彼はとても優しくなった。

若干朝には弱かったけれど、こまごまとした手伝いはもちろん、危ない作業は率先して引き受けるし、私やおばあちゃんの体のこともすごく気にかけてくれる。

きっと、元々の彼は優しい人なんだと思う。

だから間違っても、勘違いしないようにしないと……！

そもそもウィルはいまだに私の顔も本名も知らないんだから、好きになるわけがない。

うっかり勘違いしてしまいそうになるあたり、美青年というのは罪だな……！

なおもべちべち自分の頬を叩きながら、私は村へと薬を売りに行ったのだった。

■第二章■

――そうしてさらに一か月が経ち、彼が来てから数か月が経とうとしていた。

その頃にはおばあちゃんもすっかり彼に慣れ、私にするように、彼に憎まれ口を叩くようになっていた。

ウィルもウィルでそんなおばあちゃんに慣れたらしく、軽々と受け流している。

ウィルと、おばあちゃんと、私と、精霊たち。

そこに流れる空気は平和で、穏やかで……。

だから私はすっかり忘れていたのだ。

――我が家には、とんでもない怪物たちがいることに。

「リア！　こちらにいらっしゃい！　おまえにいい話があるわ！」

その日、嬉々としたお継母さまの声に、今まさに森に出かけようとしていた私はぴたりと歩みを止めた。

ギギギギと音が出そうなほどゆっくり顔を向けると、お継母さまと、それからカトリーヌお姉さまがニヤニヤとした顔でこちらを見ている。

うわ……その顔、絶対にいい話じゃない……。

長年の経験で、私はすぐにそう悟った。

だってこのふたりは、私をいじめるのが何よりの生きがいなんだもの。

絶対にまた、面倒ごとを押し付けられるのが目に見えていた。

実際お継母さまとお姉さまは私をソファーの前に立たせると、こう言ったのだ。

「おまえの結婚が決まったのよ！」

……結婚？

その単語に私の眉間にしわが寄った。

この時点でもう、とてつもなく嫌な予感しかしない。

「お相手はギラマン伯爵よ！　やったじゃない！　男爵の娘が伯爵夫人になれるなんて！」

ギラマン伯爵……？

私は社交界には一切出させてもらえていない。だから、そのギラマン伯爵という人物がどんな人かも知らなかった。

……ただ、お継母さまとお姉さまの顔を見る限り、私にとってまともな人物でないことだけはわかる。

そんな私の無知がおもしろいのだろう。

お姉さまが、こらえきれないといったようにアハハッ！と笑いだす。

「やだ見てお母さま。リアったらきっと、ギラマン伯爵のことも知らないのよ」

「リア、おまえは本当に無知なのねぇ……」

お継母さまが私のことを軽蔑の目で見る。

……そりゃ社交界に一度も出たことありませんから……。

無言で抗議してみたが、当然通じるわけもない。

そこにカトリーヌお姉さまが進み出た。

「いいわ。わたしが教えてあげる。ギラマン伯爵はね……別名〝ユニコーン伯爵〟って呼ばれているのよ」

……ユニコーン伯爵？

「ユニコーンっていうと、あの幻獣の……？」

私の言葉に、お姉さまがギラギラと目を輝かせた。

「そう！　ギラマン伯爵はね、ユニコーンのように純潔の乙女がだぁーーーい好きなの！　それはもう好きで好きで仕方なくて、そのためにわざわざ大金を出して純潔の乙女を買うくらいなのよ！」

「それでリア、今回はあなたが選ばれたというわけ」

「えっ」

待って。

つまりそれは。

「それでね……」

ニヤッ……と顔を醜悪な笑みで歪めながら、カトリーヌお姉さまは続けた。

「ギラマン伯爵に買われた乙女は……それはそれは悲惨な初夜を過ごすそうよ……あのね……」

――その後に続いたお姉さまの言葉は、とてもじゃないが正気では聞いていられないほどの内容だった。

拷問だ。

それは初夜ではなく、拷問だと言われた方がまだ信じられるような話だった。

さすがの私も、お姉さまの口から語られた言葉にサーッと血の気が引く。

「あっでも心配しないで？　その代わり、娘を差し出した家には莫大な金額がもたらされるのよ！　初夜を終えた後は、伯爵が抱えている娼館に放り込まれるらしいから、衣食住には困らないのですって。よかったわね」

……それのどこが「よかった」なのだろう。

お継母さまがほくほくとした顔で言う。

「ここのところ家計が苦しかったけれど、ギラマン伯爵の支援金があればしばらくは安泰だわ。リア、おまえもようやく我が家の役に立てたじゃない」

「その話は……本当なのですか……？　お父さまは、なんと……？」

私はまだ、その話を信じたくなかった。

いくら長年お父さまが私を放置してきたとはいえ、そんなひどい伯爵の元に嫁がせるなんて……。

だって父親なんだよ？　いくらなんでも血の繋がった実の娘に、そんなことを？

けれどそんな私の気持ちを踏み潰すように、お継母さまが勝ち誇ったように言った。

「あらやだ。わたくしが嘘をつくはずないじゃない。見て。あなたとギラマン伯爵の結婚許可証よ。証人のところに、ちゃんとお父さまの名前が書いてあるでしょう？」

ぴらりと差し出された紙を、私はひったくるようにして受け取った。

そしてそこには、本当に書いてあったのだ。

お父さまの名前が、証人欄に。

そして花嫁の欄は私、リア・ウィロピーの名前が、花婿の欄にはギラマン伯爵の名前が。

……私、本当に売られたのね……。

手から紙が滑り落ちる。

絶望に、目の前が真っ暗になった気がした。

そんな私を見て、カトリーヌお姉さまはくすくすと楽しそうに笑っていた。

結婚許可証を拾い上げたお継母さまが言う。

「結婚は一か月後よ。式のためのドレスはあちらが用意してくださるらしいから、心してまちなさい。ちなみに逃げても無駄よ。ギラマン伯爵さまはお金持ちだから、おまえの行方を追う魔法石もお持ちだもの。そして逃げたらもっとひどい目に遭わせるっておっしゃってたわ。あーおもしろいわね」

お継母さまが、楽しそうにくすくす笑う。

私はもう、何も言えなかった。言う気にもなれなかった。

ただうつむいて、唇を噛むばかり。

「……あ、それから」

そこで、お継母さまが思い出したように赤い宝石のついたペンダントを取り出した。

それからペンダントを私の首にかける。

「……？」

何、これ。

お継母さまはそのまま微動だにせずに、私をじっと見つめている。それからフッと鼻で笑った。

「問題なさそうでよかったわ」

そこへ、興味津々といった様子でカトリーヌお姉さまが覗き込んでくる。

「お母さま、これなあに？　リアにあげるくらいならわたしにくださいな」

言って、私の首からペンダントを取り上げて自分の首にかけた。

「あっ！　……ってカトリーヌ！　あなた‼」

「え？」

お姉さまがペンダントを自分の首にかけた次の瞬間、赤かった宝石がみるみるうちにどす黒くなったのだ。

「えっ。な、何よこれ……」

「貸しなさい！」

怒ったお継母さまが、お姉さまの首からペンダントを取り上げた。

途端に、黒ずんだ宝石が赤く戻る。

「これはギラマン伯爵から預かった、ペンダントをつけた人が純潔かどうか見分けるための魔法石なのよ！　婚礼の時につけてくるよう言われたのに、まったくもう……！　どうしてだらしないリアが純潔で、あなたの方が純潔でなくなっているのよ⁉」

お継母さまの言葉に、お姉さまが「やばっ……」と言葉を漏らす。

「えぇっと、これはぁ……」

「こちらに来なさいカトリーヌ！　どういうことか説明してちょうだい！」

お継母さまに詰められるお姉さまを見ても、私はちっともすっきりしなかった。

騒いでいるふたりから、フラフラと離れる。

私が……恐ろしい伯爵に嫁ぐの？

しかもお継母さまたちの話によれば、拷問に等しい初夜を済ませた後はいずれギラマン伯爵が抱えている娼館に捨て置かれるのだという。

「どうしてそんな……ひどいことを……」

私はくっと唇を噛んだ。

そうして涙がこぼれそうになるのを、ぐっとこらえる。

「…………」

……泣くものか。

ぎりり、と手を握った。

……それに、あのふたりの……ううん、お父さまも含めて、あの三人の思い通りになどなってやるものか……！

これまで散々黙ってやられてきた。

でも、もうやられっぱなしの私じゃないのよ……！

私はにじみかけた涙をぐっと腕で拭《ぬぐ》うと、部屋に隠してあったマントと仮面を掴んで家を飛び出した。

向かう先は、おばあちゃんのいる森の小屋だった。

◆

「おばあちゃん……！」

珍しく夜に小屋にやってきた私を見て、おばあちゃんは目を丸くしていた。

「おや、どうしたのかね。あんたは跳ねっかえりだが、それでもこんな時間に夜遊びするような娘じゃないだろう？」

その声はいつも通り、私をからかいつつも優しくて。

「っ……！」

一度は引っ込みかけた涙が、おばあちゃんの声を聞いた瞬間またあふれ出てこようとする。

私は急いで唇を噛んでそれをこらえた。

私の異変に気づいたおばあちゃんが、ぽんぽん、と自分の座っていた長椅子を叩く。

「……とりあえずここに座りな。今日は特別に、はちみつミルクを用意してやろう。それからゆっくりおはなし。一体何が起きたんだい」

「おばあちゃん……っ！」

椅子に座り、おばあちゃんが作ってくれたはちみつミルクを飲むと、荒れていた気持ちが少しだけ落ち着いてくる。

魔法の蝋燭がゆらゆらと揺れる暗い室内で、私はさっきお継母さまたちから聞かされたことを話した。

「……ふぅーむ」

すべて聞いたおばあちゃんが、低く唸る。

「ギラマン伯爵っていうと、あたしも聞いたことがあるね。別名〝ユニコーン伯爵〟で、それはそれはひどい老いぼれ爺だと」

「……」

おばあちゃんは森の中から出てこないけれど、私よりずっとずっと物知りなのだ。

そしておばあちゃんが間違いないというのなら、きっと本当なのだろう。

私はぎりりと拳を握った。

「……私、逃げるわ。このまま黙って伯爵の貢ぎ物になるなんて絶対嫌」

「だけど、そのギラマン伯爵は行方を追う魔法石も持っているんだろう？　だとしたら女ひとりで、一体どこまで逃げられるというんだい？」

「それは……うさぎさんたちの力を借りて……」

「それで一生逃げ続けられるのかい？　ギラマン伯爵は恐ろしい執念の持ち主だと聞くよ。一度自分の獲物だと認識した乙女を、決して逃がしはしないと」

「……っ！　なら、どうすれば……！」

私がそう言った時だった。

おばあちゃんが、珍しくニヤリと笑ったのだ。

「なぁに。実は簡単な方法がある。ユニコーン伯爵が純潔にこだわるのなら――リアが純潔でなくなっちまえばいい」

純潔でなくなる。

その言葉に私はぴたりと動きを止めた。

「……えっ⁉」

じゅ、純潔でなくなるってさらっと言っているけど……純潔でなくなるって……つまりそういうことよね⁉

「あ、あの……それって……‼」

顔を真っ赤にしてあわてる私を見て、おばあちゃんはカッカッカッと笑った。

「それぐらいで照れるなんて、まだまだあんたも子供だねぇ。そんな大したことじゃないさ。男と一発寝ちまえば済む話なんだから」

い、一発⁉　寝ち⁉

おばあちゃんの口からとんでもない単語が飛び出てきて、私は目を白黒させた。

そこまで言って、おばあちゃんがまたいたずらっぽく笑う。

「ユニコーン伯爵が純潔の乙女にこだわるってんなら、あんたが純潔じゃなくなっちまえばいいのさ。そうすれば伯爵の〝対象外〟になるから追ってくることもなくなるだろう。そのためには、そばにちょうどいい男がいるじゃないか。……ああほら、噂をすれば」

「え……!?」

おばあちゃんが指さしたのは、小屋の扉だ。

図ったかのように、コンコンコン、とノックする音が聞こえる。

「鍵は開いてるよ。入っといで！」

おばあちゃんが返事をすると、すぐにその人——ウィルは入ってきた。

「う、ウィル！」

「夜分遅くにすまない。さっき、リディアの声が聞こえてきた気がして……ああ、やっぱりいたのか」

私を見つけて、ウィルがほっとしたように言った。

昼間に見るウィルと違って、今の彼を照らすのは部屋の中の蝋燭のみ。

薄暗い部屋の中で見る彼は昼間とは違う色香があり、さらにその中でも七色に光る瞳は、妖《あや》しいくらいに艶っぽかった。

『そばにちょうどいい男がいるじゃないか』

先ほどのおばあちゃんの言葉が頭の中に響いてきて、私の顔がカッと熱くなる。

「っ……！」

「どうしたんだリディア。君がこんな時間に森に来るのは初めてじゃないか？」

「そ、そ……そうかも、ね……！」

あああ‼

おばあちゃんがあんなことを言ったせいで、まともにウィルの顔が見れない！

だってさっきおばあちゃんが言ったのって……そういうことよね？

つまりウィルに――私の純潔を奪ってもらえってことよね？？？

「っっっ～～～‼」

考えれば考えるほど、ますます顔が熱くなる。

「大丈夫かリア。どこか具合でも悪いのか？」

私の異変に気づいたウィルが、ゆっくりとこちらに近づいてくる。

あわてて私は手を振った。

「だだっ、大丈夫！　なんでもないわ‼」

言えない！

今、あなたに純潔を奪ってもらうかどうか相談をしていたなんて、絶対に言えない‼

「そうか……？　ならいいが……何か心配ごとがあるのなら言ってくれ。リディアは私を助けてくれた命の恩人なんだ。困っているのなら、私も力になりたい」

言って、ウィルはその大きな手で私の両手をぎゅっと包み込んだ。

さらりと揺れる長めの銀髪に、私に向けられる力強い眼差《まなざ》し。

「っ……！」

どくん、と心臓が大きく跳ねる。

暗闇でも光る七色の瞳は、まっすぐ私を見ていた。……私だけを、見ていた。

そのことが、たまらなく嬉しくて。

ウィルはきっと、純粋に私を心配してくれているのだろう。

だというのに私は……！

私はウィルの視線を受け止めきれなくて、パッと目を逸らした。

「ほ……本当に大丈夫よ！　少し、薬のことで相談したかっただけだから……！　それよりもう帰るわ！　おやすみなさい！」

それから逃げるように急いで立ち上がる。

「リディア！」

心配したウィルが声をかけてくるが、私は聞こえないふりをした。

小屋の扉をくぐる直前、おばあちゃんが叫ぶ。

「リディア！　さっきの話、よく考えときな！」

「っ……‼」

そんなことをよく考えろと言われても！

むっ、無理よ‼

私は返事をせず、代わりにダッと家に向かって走りだした。

◆

——翌日。

私は目の下に隈《くま》を作ったまま、とぼとぼと森に向かって歩いていた。

……あれから一晩寝ずに考えたけれど、やっぱりウィルに「私の純潔を奪ってください！」なんてお願いするのは無理にもほどがある……。

正直、頼めばウィルは願いを叶えてくれる気がする。なぜなら昨日彼も言っていた通り、私はウィルの命の恩人だから。

でも、そんな理由で彼に無理強いをするのは、人としてよくない気がするのよ……。

純潔を奪ってもらうのは、ご飯を作ってください、薪を割ってくださいというお願いとは訳が違うのだから。

「うう……」

とぼとぼと小屋の扉を開けると、そこにはなぜかニヤニヤした顔のおばあちゃんが座っていた。

「どうだい、覚悟は決められたかね？」

「決められるわけないわ！　そ、そんな恥ずかしいこと……！」

「何を言っているんだい。たかが一度寝るだけだろう？」

「ねっ……寝るって！　朝からそんな……‼　おばあちゃんはその、もうちょっと恥じらいを持った方がいいと思うわ！」

顔を真っ赤にしながら言うと、おばあちゃんがフッと鼻で笑った。

「恥じらいでメシが食えるのなら苦労はしないよ。第一、恥じらったところでユニコーン伯爵はあんたを見逃してくれるのかね？　ええ？」

「うっ……」

そこを突かれると痛い。

「それとも、ウィルじゃなくて村の男にでも頼むかい？　あるいは酒場にいる、行きずりの男にでも？」

「それは絶対に嫌‼」

即座に私は返事をしていた。

ウィル以外の男に体を任せるなんて……想像しただけで鳥肌が立ってしまう。

「ほーら、頼める相手はウィルしかいないだろう。だったらさっさと腹をくくりな！」

「うう……！」

そう簡単にくくれるなら、どんなによかったことか。

黙り込む私を見て、おばあちゃんは大きなため息をついた。

「まったく、ウィルのどこが不満なんだい。あんな見目麗しい男、一生に一度会えるかすら怪しいのに」

「…………見目麗しいからこそだよ……。あの人を道具のように扱うなんて……」

——ウィルは私にとって、遠くで輝く月のような人なのだ。

こんな辺鄙な森の中でも、彼の姿は曇ることなく美しく輝き、見るたびに私の胸を震わせる。

彼が、本来なら私なんかが言葉を交わせるような人じゃないってことはわかっている。

私だけじゃない。この数か月見てきたら、誰だってわかるだろう。

彼のツヤツヤの髪と肌。立ち振る舞い、微笑み方。そのどれもが、嫌でも彼の育ちのよさを語っているのだから。

——決して手の届かない、私の美しい月。

そんな彼に、「伯爵と結婚したくないので私の純潔を奪ってください」なんて……。

まるで彼の体を道具のように利用しているだけじゃないか。

そんなことは、したくないのよ……！

「……へぇ？」

おばあちゃんがニヤニヤしながら私を見ている。おもしろがっているのだ。

私はオホン！とわざとらしく咳払いしてみせた。

「だからその……ウィルにお願いするにしてもそれは最終手段よ。もしかしたらまだ他の手立てもあるかもしれないじゃない。まだあと一か月もあるんだし！　他の方法を探すわ！」

――けれど、悪いことというのは重なるものだ。


その日、私が村で薬を売り終わって帰ってくると、小屋の中ではおばあちゃんと黙り込んだウィルが待っていた。

「ただいま……って、どうしたの？」

最近はいつも笑顔だったウィルの顔が、久しぶりに曇っている。

「何かよくないことでも起きたの……？　もしかして、ウィルを射《い》た人が近くに!?」

心配した私が駆け寄ると、ウィルはゆっくりと首を横に振った。

「違うんだ。……リディア、アデーレ殿、話がある」

「話……？」

心臓が、どくん、どくんと鳴る。

……なんだろう、嫌な予感がする。

「ああ……」

ウィルの顔は暗かった。

それから彼は、まるで話すのが嫌で仕方ない、というように、何度も何度も口を開きかけてはふたたび閉ざしていた。

じれたおばあちゃんが、飲みかけのお茶を乱暴に机に置く。

「なんだい、話があるならさっさとおし！　あたしゃ忙しいんだよ！」

そうせっつかれて、ウィルはようやく決心がついたらしい。

「…………実はつい先ほど、身内と連絡がついた。だから……もうすぐ家に帰るつもりだ」

その言葉を、私は黙って聞いていた。

……やっぱり。

うすうすそんな予感はしていた。

ウィルの怪我は、もうすっかりよくなっている。毒は抜け切り、折れたあばらもくっついたようで、最近は力仕事などはすべてウィルにお願いしているくらい。

それはつまり、ウィルがもう帰れるという証でもあった。

そのことに気づいていたけれど、少しでもこの時間が長く続いてほしくて、私はずっと見ないふりをしていた。

おばあちゃんが聞く。

「それで、いつ帰るんだい？」

「……明後日の朝、ここを経つ」

明後日の朝。

あまりにも短い期日に、私の体がびくりと震えた。

「あ……」

「そうかい。なら、気を付けて帰るんだね。せっかくここまで面倒を見たんだ。またほいほい死なれちゃあ努力が水の泡だよ」

憎まれ口を叩くおばあちゃんに、ウィルが困ったように言う。

「もちろんだ。あなたがたに助けていただいたこの命、決して無駄にはしない。本当に、心から感謝している」

「感謝しているってんならぜひとも形で見せてほしいもんだねぇ。たっぷりの金貨とか」

「それも考えてある。無事帰れた暁には、ここに山盛りの金銀財宝を運ばせよう」

ウィルの言葉に、珍しくおばあちゃんの方があわてた。

「お待ちよ！　冗談だよ冗談！　そんなものがあったって持て余すだけさ！」

「それでもお礼をさせてほしい。必ず持ってくる」

「よしてくれ！　第一あんたが一歩でもここを出ていった瞬間、この小屋は見つからなくなるよ！　そういう魔法をかけているんだ！」

おばあちゃんの言葉に、今度はウィルの顔に焦りが浮かんだ。

「それは困る……！　どうにか私にだけ、その魔法を解除してもらえないだろうか？」

「無理無理！　諦めるこったね！」

そんなふたりのやりとりを、私はどこか遠くにいるように、ぼうっと聞いていた。

いつか来るとは思っていたけれど、ウィルとの別れが、こんな急に来るとは思っていなかったのだ。

「リディア？」

ウィルに声をかけられて、私は弾かれたように顔を上げた。

……い、いけないいけない。

家に帰れるようになったのはとても喜ばしいこと！　ここは笑顔で見送らなきゃ。

「よ……よかったわねウィル！　ようやく帰れるんだもの。これで安全……よね？」

けれどそう言った途端、なぜかウィルの瞳がフッと暗くなった。

「安全……」

かと思うと、何事もなかったかのように笑みを浮かべる。

「そうだな。……私が、安全にするんだ」

？　安全にする……ってどういう意味だろう？

一瞬尋ねようかとも思ったけれど、あまり彼の事情を詮索しても迷惑になる気がして私は口をつぐんだ。

……だって、彼はもうすぐお別れする人なんだもの。

今になって彼のことを知っても……寂しさが募《つの》るだけだ。

私がうつむいていると、ウィルが歩み寄ってきた。

「リディア」

それから、彼が私の両手を取る。

「⁉」

——気づけば彼の顔が、すぐ近くにあった。

七色の瞳が、私の様子をうかがうように、じっと上目遣いで見つめてくる。

「リディアは……ずっとここにいるのか？」

一瞬キラキラとした瞳に吸い込まれそうになって、私はあわてて言った。

「い……いる！」

……〝ユニコーン伯爵〟への嫁ぎ問題をうまいこと解決できれば、だけど。

答えると、彼がほっとしたように笑った。

「そうか」

その顔が本当に嬉しそうだったものだから、不覚にも私の胸がどきりと跳ねてしまう。

「それではまたここに、お礼を持って帰ってくる。……少し時間はかかるかもしれないが、私のことを、待っていてくれるか？」

……そ、それじゃまるで、私に会いに来るみたいじゃない……！

心臓がバクバクしている。

わかっている。ウィルは助けたお礼をしに来るだけだ。勘違いしてはいけない。

私は何度も深呼吸して、暴れ回っている心臓をなんとかなだめようとした。

その間に、おばあちゃんがよいしょっと重い腰を上げる。

「それじゃあ明日は、ささやかながらパーティーでも開こうかね」

「そんな。わざわざ大丈夫だ。アデーレ殿たちはいつも通りに過ごしてほしい」

「ふん。勘違いするんじゃないよ」

おばあちゃんは鼻を鳴らした。

「誰もあんたの送別会だなんてひと言も言っていないだろう。あたしゃ自分のために慰労会を開くんだ。数か月間もこの老体《ろうたい》で、小娘だけじゃなくて坊主の世話までさせられたんだからね。たまったもんじゃないよ」

素直じゃないおばあちゃんの言葉に、ウィルがくすっと笑う。

「わかった。それでは私も準備を手伝おう」

「そうだね。それからリディア！　あんたもだよ！　豪華な料理を作って、たーんとあたしをもてなしておくれ！」

「料理は私なの⁉」

「もちろんだとも！　老婆をこき使う気かい⁉」

「はいはい、わかりましたよ」

私は仕方ないなぁ、と笑った。

胸に抱える痛みに、気づかないふりをしながら。

◆

まったくおばあちゃんは人使いが荒いんだから……！

私はため息をつきながら、家への道を歩いていた。

こうなったら、明日のために何かちゃんとしたご飯を作らないと。

男爵家の料理人なら、何かいい料理を知っているかな？

あとウィルはきっと長距離移動だろうから、長持ちする食料も持たせないとよね？　何日分必要になるのかな……。

そこまで考えて、足がぴたりと止まる。

『ドウシタノ、リア』

『ドウシタノ？』

『オナカ、イタイ？』

心配した精霊たちが、ぽわぽわと話しかけてくる。

「……ううん。本当にウィルが帰るんだなと思うと……寂しくて……」

今になってじわじわと、『ウィルが帰る』という事実が、実感となって押し寄せてくる。

「……っ」

途端にあふれそうになった涙をぐっとこらえて、私は顔を上げた。

急なことだったけれど、元々来た時だって急だったのだ。

それに、泣いても笑っても、ウィルがいるのは明日で最後になる。

なら……笑顔で見送ってあげたい。

泣いたりして、ウィルを困らせたくない。

私はパァンッと自分の両頬を叩いた。

「……よしっ！　私は私にできることをするわ！　そうと決まれば、うさぎさんたちも手伝ってくれる？」

『モチロンー！』

『イイヨ！』

『リアノタメナラー！』

「みんな、ありがとう！」

ふわふわの精霊たちを見ていると、少しだけ元気が出てくる気がする。

私は精霊たちと相談しながら、家へと急ぎ帰ったのだった。

◆

翌日。

その日は薬作りも薬売りもやめて、私たちは一日のんびりと過ごした。

ウィロピー男爵家の料理人直伝ご飯を作り、みんなで舌鼓を打ちながら色々な話をする。

色々な話といっても互いの家については触れられないから、好きな食べ物の話や薬草の話。得意な魔法の話など、当たり障りのないことばかりだ。

けれどウィルは博識で、食べ物ひとつとっても色々な料理を知っていたし、薬草の知識もおばあちゃんや私に負けないくらい詳しかった。

何より魔法の話は、私が今まで聞いたどんな話よりも刺激的だった。

お互い魔法に精通したウィルとおばあちゃんの口からは、私の聞いたことのない魔法がたくさん出てくる。

それは魔法が使えない私にとっても夢のような時間で――そしてそんな楽しい時間は、あっという間に過ぎてしまうのだ。

「リディア、これを開けておくれ。みんなで飲もう」

そう言っておばあちゃんが魔法でふわふわと浮かせたのは、見たことのない赤黒い瓶だ。

「これは何？　初めて見るわ」

聞くとおばあちゃんはいたずらっぽく笑った。

「ワインさ。リディアはおこちゃまだが、ワインぐらいは飲めるだろう？」

「飲んだことはないけれど……飲んでみたいわ！」

「じゃあ決まりだね。ウィルも付き合いな！」

「わかった」

すぐに、私はみんなのグラスにワインを注いで回った。

「乾杯！」

それからかけ声とともに、くっと一斉にグラスを傾ける。

……なるほど、これがワインなのね？

私はぺろりと唇を舐《な》めた。

正直、おいしいのかどうか、いまいちわからない。

ただ、特別嫌な味はしない。

私がごくごく飲んで「おかわり！」と叫ぶと、なぜかおばあちゃんは苦笑いした。

「おいおい。リディア、あんたは調子に乗るんじゃないよ。次の一杯で最後にしな」

「えぇ？　でも私、まだ全然飲めるよ？」

言いながらも、私はちょっとだけ体が火照《ほて》るのを感じていた。頭も、少しぽやぽやする。

なるほどこれがお酒なのね。

「あんたのためじゃないよ！　これは高い酒なんだ。一杯も飲ませてやったのを感謝しな！

ウィル、あんたもだよ！」

「おいしいお酒をありがとう。アデーレ殿」

ウィルはうなずいてあっさりとグラスを返している。

私は呆れたように言った。

「飲めって言ったりやめろって言ったり、本当におばあちゃんは自由なんだから。ねぇ、うさぎさんたち？」

『オサケ、オイシイ？』

『ボクタチモ、ノミタイ！』

『ノミタイ！　ノミタイ！』

ぴょんぴょん跳ねだした精霊たちを見て、私は目を丸くした。

「お酒が飲みたいの？　……ちょっとだけならいいのかな……？」

それからそっとグラスを差し出すと、ワッと精霊たちが群がってくる。そしてちいちゃな舌がグラスの中のワインに触れ――。

『『『ヴッ!!』』』

変な音を出したかと思うと、精霊たちはピューーッ！と四方に逃げていってしまった。

「あっはっは！　どうやらあいつらには刺激が強すぎたようだねぇ！」

それを見たおばあちゃんがゲラゲラと笑っている。

隣ではウィルが興味深そうに精霊たちを観察していた。

「精霊も酒が飲めるのか……！」

「くっくっく……！　こりゃあ傑作だ……！　ところでウィルや。あたしゃ喉が渇いたから、追加で井戸水を汲んできてくれないか」

「わかった」

「おばあちゃん、最後までお客さんをこき使うつもりね……」

けれどウィルが水を汲みに小屋から出ると、おばあちゃんの顔からスッ……と笑顔が消えた。

「…………ほら、今が最後のチャンスだよ。行ってきな！」

「えっ‼」

言われて私の顔が熱くなる。

もちろん、おばあちゃんが何を言っているのかすぐにわかった。だって私も今日一日ずっと考えていたんだもの。

――私の純潔の件を。

けれど想像しただけで、私の顔は赤くなってしまうのだ。

「や……やっぱり無理よ……！」

「まだウィルに失礼とか思っているのかい⁉　そんな甘ったれた考えはさっさと捨てちまいな！　それとも死ぬほどひどい目に遭いたいのかい⁉」

「そ、そうだけど、今からだなんて、急すぎる！　心の準備が！」

「心の準備を待っている暇なんかあるかい！　今を逃したらウィルは帰っちまうんだよ？」

それから、おばあちゃんがガシッと私の肩を掴んだ。

珍しく真剣な瞳が、まっすぐ私の目を見据える。

「いいかい？　あんたはウィルを利用するわけじゃない。あんたはあんたの気持ちのためにお願いするんだ！」

〝私の気持ちのために〟

それは、心の奥底に隠された願望を見抜いた言葉だった。

「断言してもいい。あんた、ここで黙ってウィルを見送ったら……一生後悔するよ！」

「うっ……」

「恥じらいなんか捨てちまいな！　それとも、あの伯爵にめちゃくちゃされたいのかい⁉　どうせめちゃくちゃにされるのならウィルに頼んでおいで！」

め、めちゃくちゃって……！

それにさっきからウィル、ウィルばっかり連呼して、本人に聞こえたらどうするの⁉

「ほらこれ避妊薬！　いいかい、抱かれる前に必ず飲むんだよ！」

ひっ、避妊薬⁉

押し付けられた小瓶を、私はあわあわしながら急いでポケットにしまい込む。

「うぅう……！」

わかってる。

迷っている暇はない。

どのみちウィルに頼まなければ、他の人に頼むしかないのだ。

でもウィル以外なんて、絶対に嫌……！

そこに、バケツを抱えたウィルが戻ってくる。

「？　どうしたんだ？」

ウィル……！

目を潤ませる私の前で、おばあちゃんがわざとらしく言った。

「あ～。どうやらあたしゃ、酔っぱらっちまったようだ～」

な、なんてひどい棒読み！　それで通じると思ってるのおばあちゃん⁉

「あー眠い眠い！　パーティーはここでお開きだよ！　続きをするならあんたたちで勝手にやってな！　ほら、さっさと出ていった出ていった！　あ、水はそこに置いときな！」

言いながら、おばあちゃんはどこにそんな力があったんだと思うほど強い力で、私とウィルをぐいぐいと外に向かって押していく。

「わ、わかったが、大丈夫なのか?」

さすがのウィルも戸惑っているようだが、それで止まるようなおばあちゃんじゃない。

「大丈夫さ！　はいおやすみ！　また明日！」

言うなり、バタン！と扉が閉められたのだった。

「……」

「……」

ふたりきりにされて、私とウィルはお互いそろそろと顔を見合せた。

「…………これで解散というのも味気がないから、最後に私の部屋で話をしていかないか?」

ウィルが困ったように笑う。……実際困っているのだろう。

「もちろん、変なことはしないから安心してほしい。君には指一本触れないよ」

「う、うん」

…………それは喜んでいいのか、悪いのか……。

「……じゃあ、お邪魔しようかな……」

そう答えると、ウィルはほっとしたようだった。

そのまま、まるで月の視線から逃げるように、ふたりでそそくさとウィルの住まう小屋へと入っていく。私のポケットの中には、おばあちゃんに握らされた避妊薬がしっかりと収まっていた。

うわ……なんだかドキドキする。
ウィルの小屋に足を踏み入れるのはこれが初めてではない。
彼が暮らす環境を整えるため、何度か物資を届けたことがあった。
でも……その時はまだお日さまがあったから。
けれど今は、先ほどウィルが灯した数本の蝋燭以外明かりはない。
そのせいで、まさか部屋がこんなに狭く感じるなんて……。
そして小屋には、食事をするための小さな机はあるものの、椅子は一脚しかない。
だからふたりで腰掛けるには、ベッドに座るしかないのだ。
「リディアはこっちに座るといい」
言って、ウィルが私にベッドのやわらかい部分を譲ってくれる。
「う、うん……」
座ると、ベッドは思いのほかふかふかで。そのことにも私はドキドキした。
そういえば彼のために、わざわざ村まで行って羊毛をもらってきたんだった。
ウィルは身長が高いから、ベッドもおばあちゃんのよりずっと大きく作って……。
こ、ここなら、ふたりで横になれそうね……？
……って、何を考えているの！　いやでも……！
お酒のせいか、うまく思考がまとまらない。

心臓がドクドクと鳴っていて、いつウィルに聞こえてもおかしくないくらいだった。

「こんなものしか用意できなくて申し訳ないが……」

そう言って差し出されたのは、水にレモン汁を入れただけのレモン水だ。

「あ、ありがとう！」

私はレモン水をひったくるように受け取ると、一気に飲み干した。

それを見たウィルが笑う。

「喉が渇いていたのか？」

「え、ええ！　お酒を飲んだからかな⁉」

ぱたぱたと手で顔をあおぐ。

そうでもしていないと、平常心ではいられなかった。

一方、私と違ってウィルは至って平静で、むしろ落ち着いてさえいた。

スッ……と、ウィルが私の隣に腰掛ける。

「リディア……」

「ひゃっ……はい！」

しまった。噛んだ。

けれどウィルは気づいていない。もしかしたら彼も、実はお酒が回っているのかもしれない。

なんとなくそうであってほしかった。

だって、私ひとりだけでこんなに動揺しているのって恥ずかしいじゃない……！

そう思っていると、ウィルが言った。

「急に帰ることになってしまったが……今まで、本当に世話になった」

七色に光る瞳が、まっすぐ私を見ていた。

「正直、矢を受けて川に流された時、今度こそダメかと思っていたんだ。それに……生きることそのものにも、疲れていた」

ウィルがぽつりぽつりと語っているのは……間違いない。今まで決して語られなかった、彼のことだった。

「じわじわと体が冷えていくのを感じながら、本当はもう死んでもいいと思っていた。ここで目をつぶり、呪われた生を終えようと……。けれどリディア、君やアデーレ殿がいてくれたおかげで、私はまたこの人生を生きてみようと思えたんだ」

「そんな大げさな……ちょっと看病しただけよ」

実際、私たちがやったことといえば治療と看病のみ。

彼に希望を与えるようなことは、特にしていないと思う。

「いや」

けれど、ウィルがゆっくりと首を振る。

「あんな風に、見知らぬ人に親切にしてもらったのは本当に久しぶりだったんだ。打算や下心……私に近づいてくる人間は、そういう一物《いちもつ》を抱えた人ばかりだったから」

……うすうすわかっていたけれど、高位貴族って大変なのね……。しかも、〝呪われた生〟だなんて。

改めてウィルがとてつもなく過酷な環境で過ごしてきたことがわかって、私はぎゅっと手を握った。

「初めてだったよ。こんな風に何も考えず、ただ純粋に『楽しい』という気持ちだけで笑えたのは」

「ウィル……」

そう言って寂しそうに微笑むウィルの横顔があまりにも切なくて——気づけば私は彼の頭を撫でていた。

そんな自分の行動に、私は自分で目を丸くする。

それはウィルも一緒だったみたいで、彼も驚きに大きく目を見開いている。

まずい。

どうにかしてウィルを励ませないかと思ったら、とっさに手が出た！

「あの……！　私は！　ウィルは全然呪われていないと思うわ！」

少しでも彼を慰めたくて、私は回らない頭で必死に言葉を続けた。

「だってウィルはお月さまみたいだもの！」

「お月さま……？」

「そう。お月さまよ。髪が月の光みたいにキラキラして、とっても綺麗なの。それに、綺麗だけじゃないわ。お月さまが帰り道を優しく照らしてくれるように、ウィルも私を優しく照らしてくれた。私はずっと仮面をかぶって顔も見せないような怪しい女なのに、ずっと優しくしてくれて……！　と、とにかく！　ウィルは呪われていないわ！　むしろ、祝福されていると思う！　私はウィルが生きていてくれて嬉しいもの！」

私はまくし立てた。

……お酒のせいかな。我ながらめちゃくちゃなことを言っているし、本当は言う予定じゃなかった言葉まで出てきてしまって顔が熱くなる。

でも仮面をかぶっているし暗闇だから、きっと見えていないはず……！

「…………ありがとう、リディア」

気づけば、ウィルが優しい微笑みを浮かべて私を見ていた。

それは泣きたくなるほど美しくて、優しくて。

……だからつい、ぽろりと口からこぼれてしまったのだ。

「ウィル、お願いがあるの」

「うん？」

優しく私を見る彼の前で、私は思いきり両手を振り上げる。

それから勢いよく手と頭をベッドにこすりつけた。

最後に一度だけ抱きしめてください！と言うために。

「どうか私に一晩のお情けをください！」

「……うん⁉」

……。

…………。

…………………やってしまった。

「り、リディア？　何を言って……⁉」

目の前ではウィルが、信じられないという瞳で私を見ている。

――当然だ。

ああぁ‼　私のバカ！　一晩のお情けを、なんて言うつもりはなかったのに！

なのに、なぜか気づいたら違う言葉が出てしまったのだ。

それも、最悪の形で。

「い、いや、あのっこれは言い間違いで――……」

そこまで言いかけて、私は唇をつぐんだ。

――ここまで来たのに、まだ自分の気持ちから逃げるつもりなの？

そう囁いたのは、他でもない自分自身だった。

……いいえ。

私はぎゅっと唇を結ぶ。

これは……言い間違いじゃないわ。

次の瞬間、私はバッ！と顔を上げていた。

「お願い、ウィル。なんでもお願いを聞いてくれるというのなら、どうか何も聞かず、今ここで私を抱いてください」

だっ、抱いて……って！

自分で言っておきながら、大胆な言葉に頬が熱くなる。

でも私は目を逸らさなかった。

薄暗い部屋の中で、ウィルが呆然としたように私を見ている。

それから――――。

「わかった」

ウィルは、静かにうなずいたのだ。

や……やった！　ウィルがうなずいてくれた！

安堵に、思わずほーっと息が漏れてしまう。

かと思った次の瞬間――私の唇にウィルの唇が押し付けられていた。

「んっ……!?」

初めて味わう、男の人のくちびる。

それは思っていたよりもずっとやわらかく、熱くて。

さっきまでレモン水を飲んでいたからかな。

ほのかなレモンの味がした。

その後ウィルは何度も何度も、私に口づけをした。

やがて頭がぽぅっとしてきた頃、不意に口の中にぬるりと何かが侵入してきた。

「んっんぅ……!?」

な、何これ!?

私がパニックを起こしている間にも、それは私の口内を蹂躙《じゅうりん》してくる。

そしてそのまま、ウィルは私をベッドに押し倒した。

やがて息も絶え絶えになったところで、ようやく私の唇は解放された。

「……っぷはっ……!」

なん……!?　なんだったの今のは……!?

状況についていけずに目をぐるぐるさせていると、私にのしかかったウィルがぺろりと自分の唇を舐めている。

口から覗く熟《う》れた赤い舌に、七色の瞳は濡れたように光っていて、ぞくりとするほどの色香をただよわせている。

ふるりと、私の心が震えた。

「……リディア、本当にいいのか？」

「い…………いい！」

ここまで来たら、もう引き返せない！

「わかった。……仮面を取っても？」

聞かれて私はびくりと震えた。

そうだよね……さすがにこんな時でも、仮面をつけているわけにはいかないよね。

「だい、じょうぶ……。その代わり、明かりは消してほしいの……！」

「わかった。全部消そう」

ウィルが言った瞬間、部屋の中の蝋燭が一斉に消えた。ウィルが魔法を使ったのだ。

「リディア……」

「ひゃいっ」

耳のすぐそばからウィルの声が聞こえる。

暗闇で何も見えない分、それは頭の中に直接響いてくるようで。

ドッドッドッ！とこれ以上ないくらい心臓が暴れていた。

かと思うと頭の後ろに手が回され……ずっと私の顔を隠していた仮面の紐が、はらりと解かれた。

「リディア……」

仮面を取りながら、ウィルがもう一度切なそうに私の名前を呼ぶ。

「リディア………愛しているんだ。君を、愛している……」

「っ⁉」

うん⁉

まさかの急にすごい言葉が出てきた⁉

あ……愛⁉　ウィルが、私を⁉

まったく予想していなかった言葉に、思わず目を見開いてしまう。

「本当は、もう一度ここに戻ってくるまで言わないつもりだった。けれど君を抱くなら、ちゃんと知ってほしいと思ったんだ。……リディア、愛している」

暗闇でも底光りするウィルの瞳は、真剣そのものだった。

それは決して、この場の雰囲気に流されて出た薄っぺらい言葉じゃないと、すぐにわかるくらいに。

「ど……どうして……⁉　私のどこが⁉」

自慢じゃないが、自分が誰かを、それもこんなに美しい男の人を魅了できるとは思えなかった。

私のどこに、好きになる要素があったの⁉

動揺していると、ウィルが私の耳元で囁く。

「全部だ。君の全部が、たまらなく愛おしいんだ……」

うっ！　そのかすれ声、腰に響くのでやめてください……！

ふるふるとこらえていると、さらにウィルが続ける。

「くるくる変わる表情も、楽しそうに笑う顔も……ずっと見ていたいと思った。初めてなんだ、誰かにずっとそばにいてほしいと思ったのは」

ウィル……。

「リディア。必ず迎えに来る。だからここで、私を待っていてくれないか？」

濡れたように光る瞳に見つめられて、私は困ったように微笑んだ。

……それは、約束できない……。

代わりに、私はぐっとウィルを引っ張って唇に唇を押し付けた。

「っ……！」

それからゆっくりと唇を離し、精いっぱいの勇気を振り絞って言う。

「……私も、ウィルを愛しているわ……」

それは、嘘偽りのない私の気持ち。

本当は告げないつもりだったけれど……どうしても伝えずには、いられなかった。

最初で最後の、愛の告白。

「リディア……！」

ウィルは泣きそうな表情をしていた。

「リディア、私もだ。君を、愛している……！」

囁きながら、ウィルがまた唇を押し付けてくる。

これから起こることを覚悟して、私はぎゅっと目をつぶった。

◆

——そうして話はプロローグに戻る、というわけだった。


「体が、重い……！」

ほとんど知識がないままウィルに頼んでしまったわけだけれど、純潔を失った翌日というのは、みんなこんなに体が重いものなの？

ウィルは始終ずっと優しくて、まるで宝物を扱うように私に触れてくれたのだけれど……それでも体が重いものは重いのだ。

「うっ！」

ウィルの小屋を出ると、飛び込んできた朝日が目に染みた。

それどころか、体にも染みる気がする。

私はよろよろしながら、そのままま っすぐおばあちゃんのいる小屋へと向かった。

………本当はこんな、「昨夜純潔を失いました！」と言わんばかりの状態で会いに行くのは嫌なんだけれど、今しかチャンスがないのだ。

「あの……おばあちゃん……」

ギィ……とドアを開けて呼びかける。

が、返事はない。

おばあちゃんも寝起きは悪いからな……！

「ねぇ……おばあちゃん……！」

おばあちゃんがいるであろうベッドに向かって呼びかけると、こんもりと盛り上がった山がもぞりと動いた。

「なんだい……朝から…………ってリア⁉」

私だと気づいて、おばあちゃんがぴょんと跳び上がる。……おばあちゃんそんな動きもできるんだ？

「あんた……なんでこんなところにいるんだい！　ウィルはどうしたんだい！」

「ウィルなら小屋で寝てる」

「寝てる……って……！　そばにいなくていいのかい⁉　起きたら出発なんだろう⁉」

「うん……いいの。もうウィルに会うつもりはないから」

「なんでだい⁉」

私はうつむいた。

「…………本当は私、ウィルに嘘をついたの」

「嘘……？」

「うん。ウィルに、『リディアは……ずっとここにいるのか？』って聞かれた時、『いる』って答えたわ。……でもあれは嘘。多分私は、もうここには来られない」

「……どうしてそう思うんだい」

聞かれて私は説明した。

「ウィルのおかげで、私は無事純潔を失ったわ。でも……それでユニコーン伯爵から逃れられてハイ解決とはならないと思うの。ユニコーン伯爵が私への興味を失っても、お継母さまは絶対にそれを許さない」

お継母さまは私の純潔を、大金と引き換えに嬉々として売り飛ばすような人なのだ。

純潔じゃなくなりました。

婚約も破棄されました。

大金ももらえなくなりました。

……そんなことを、黙って許すような人では、絶対にない。

「もしかしたら私……償《つぐな》いとして一生屋敷で奴隷のようにこき使われるかもしれない。だから私は男爵家から逃げなきゃいけないと思っている」

「あんた……そんなことを考えていたのかい……」

私はこくりとうなずいた。

それから、鞄をごそごそと探る。

チャリ……という音とともに取り出したのは、銀の鎖のついたペンダントだ。

ペンダントの先には、小さな石がついている。

それは一見するとサファイアのような色をしているのだが、角度を変えて光を当てると七色に輝くのだ。——まるで、ウィルの瞳のように。

「それは……？」

「これを私の代わりに、ウィルに渡してほしいの」

言って、私はペンダントをおばあちゃんにぐいっと押し付けた。

「この間うさぎさんたちにお願いして、ありったけ力を込めてもらったお守りよ。きっとウィルの道中を守ってくれるはずだから」

「構わないけど……あんたが自分で渡さなくていいのかい？」

聞かれて私は寂しそうに笑った。

「いいの。もう一度ウィルの顔を見たら……すがりついちゃうかもしれないから」

「っ……！　なら、すがりついておしまいよ！」

おばあちゃんがガシッと私の腕を握った。

今まで見たことないほど真剣な顔で、おばあちゃんが私に言う。

「あのクソッタレな男爵家を出るんだろう？　なら、そのままウィルについていっちまいなよ！」

「っ……できないわ！」

私はおばあちゃんの腕をぐいと押した。

「私がついていったら、ウィルの迷惑になる！　世の中には行方を追える魔法石だってあるのよ。もしお継母さまが、それを使って追いかけてきたら……！」

最悪、私だけが捕まるならまだいい。

でもウィルがそばにいたら……責任感の強い彼はきっと、私を助けようとするだろう。

「私の家の問題に、ウィルは巻き込めない！」

私は必死になって言った。

「そもそもウィルと私は不釣り合いだし、その上ウィルの助けになるならともかく、足手まといになるなんて絶対に嫌！　ウィルは私の純潔をもらってくれた。それだけで十分よ！」

私の気持ちが伝わったのだろう。

おばあちゃんはそれ以上、何も言えないようだった。

「……わかったよ。じゃああんたの代わりに、このペンダントを渡せばいいんだね？」

「うん。ありがとう、おばあちゃん」

私はぎゅっとおばあちゃんを抱きしめた。

しわしわで、でも誰よりもあたたかく優しい手が、ぎゅっと私を抱きしめ返す。

「本当に困った子だね。あんたが拾ってきた男の世話を、最後の最後にあたしに投げるなんてさ」

「……ごめんなさい」

「あんたが消えたこと、ウィルになんて説明すりゃいいんだい」

「……実家で大事な用事があるから、と」

私が言うと、おばあちゃんがハァと大きなため息をついて私から離れた。

「……あんた、それを言われるウィルの気持ちを考えたことがあるのかい？　自分との別れより、実家が大事だなんて」

「………その方が、ウィルも私に未練がなくなるでしょう？」

──私も愛していると囁いておきながら、大事なところでは実家を優先させる薄情な女。

そう思われた方がいいのだ。……その方が、私も楽になる。

私の言葉に、おばあちゃんはもう一度ハァと大きなため息をついた。

「で、何か最後に伝えることはあるかい？」

「………それなら、『ありがとう。お元気で』と」

「色気もへったくれもない言伝《ことづて》だね。けどいいよ、ウィルに伝えておくよ」

「ありがとう……」

「それで、あんたはこの後どうするんだい？」

「……実家に帰るわ。まずはお継母さまたちに、私が純潔じゃなくなったことを伝えないと」

「そうかい……。本当に、ウィルを見送る気はないんだね？」

聞かれて、私は答える代わりに静かにうなずいた。

「実家のことが片づいたら、またおばあちゃんのところに来るわ」

「その時を楽しみに待っているよ」

そう言ったおばあちゃんの声は、ちっとも楽しそうじゃなかった。

「うん。ありがとう。……それじゃ」

「ああ、行っといで」

ひらひらと、おばあちゃんが私に向かって手を振る。もう片方の手に、私が作ったペンダントを握りしめながら。

そのペンダントが太陽の光を受けてきらりと輝くのを見届けてから、私は実家に向かって走りだした。

おばあちゃんの小屋から離れ、そしてウィルがまだ寝ているであろう小屋の前を通り過ぎる。

ぐんぐん、ぐんぐんと、ウィルが遠ざかっていくのを感じた。

遠ざかって……そしてきっともう、二度と会えないだろう。

「はっ……はっ……」

息が切れるほどの全力で、私は走った。

そこに、ぽわん……といつもより控えめな音がする。精霊たちだ。

『……リア、ダイジョウブ？』

『ドコカ、イタイイタイ……？』

『ナミダ、デテル……』

私は走りながら泣いていた。

ぽろぽろ、ぽろぽろと、私の涙が宙に舞う。

『ボクタチニデキルコト、アル……？』

「ううん、大丈夫よ」

ぐいっ、と私は袖で涙を拭った。

「お別れだから、少し寂しいだけ。……でも、これが最後だから」

ぽろり、ぽろり。

まだこぼれ落ちる涙を私はもう一度拭う。

「もう私は、泣いたりしないから」

――だって胸の中に、こんなに素敵な思い出があるんだもの。

宝物に触れるように、ウィルが私を抱いてくれた一夜。

それを私は、決して忘れたりしない……。

◆

家につくと、私はおろおろする使用人たちを尻目に、そのまままっすぐお継母さまのいる寝室に向かった。

バン！と勢いよくドアを開けると、ベッドの上にはお継母さまひとりだった。

……お父さまがどこにいるのかは知らないけれど、ちょうどいいわ。

「お継母さま、話があります」

私の声に、お継母さまもようやく起きたらしい。

「うん……？　なんなのよこんな早くに……」

芋虫のようにもぞもぞと起き上がり、ぼさぼさの頭のまま目をこすっている。

私はスゥッと大きく息を吸い込んだ。

「……私、純潔の乙女じゃなくなりました‼」

それは部屋どころか、廊下にまで響き渡るような大声で。

「なっ⁉」

お継母さまがぎょっとした顔で私を見た。

「お、おまえ昨夜はどこに……！っていうか何を言っているの⁉」

かと思うと、寝巻のまま転がるようにして私のそばに駆け寄ってきたのだ。

「じゅっ、じゅっ、純潔……純潔じゃなくなったですって⁉⁉⁉」

「はい！　純潔ではありません！　疑うなら、あの魔法石を使ってみてください！」

「ヒッ……！　そ、そんな‼」

私の言葉に、お継母さまがまた転がるようにして机の方に駆けていく。

「どこ……！　どこなの！　……あった‼」

ガシャガシャと宝石箱をあさったかと思うと、この間と同じペンダントを握りしめてやってきた。

女性が純潔かどうか見分けられる、赤い魔法石だ。

「こっ！　ここここ、こ、これをつけなさい‼　今すぐによ‼」

お継母さまは動揺のあまりぶるぶると手が震えてしまって、私にネックレスをかけることもできないらしい。

「お望みのままに」

お継母さまの希望通り、私はネックレスを首にかけた。

――その途端、赤かった宝石がみるみるうちに黒ずんできたのだ。

「きっきゃあああああああ‼」

それが意味することに気づいたお継母さまが大絶叫する。

一方の私は、その色を見て眉をひそめていた。

……？　カトリーヌお姉さまの時より若干色が薄いわね……？

でも、黒ずんだことに変わりはない！　よかった！

昨夜は何がなんだかだったから、万が一まだ純潔だったらどうしようかと思ったけど……

ちゃんと純潔じゃなくなっている！

私は胸を張ると、堂々と言った。

「ほら、私の言った通りでしょう！　私の純潔は失われました！」

これで、ユニコーン伯爵の望む純潔の乙女は消えた。

つまり婚約破棄が決定したのだ。

あと男爵家に支払われる莫大な支援金も、全部消え去ったのだ！

晴れ晴れした気持ちで立っていると、叫び終わったらしいお継母さまが私を見る。

「なっ……！　なんてことを‼　この売女《ばいた》が‼」

言ってそのまま私めがけて手を振りかぶってこようとする。

おっと。

私はそれをひらりとよけた。叩かれるのはごめんよ。痛いもの。

「ぎゃあっ！」

私によけられたお継母さまは拳の勢いのまま、ぐしゃりと床に倒れる。

「おっおっおまえ‼　なんてことを‼」

お継母さまは見たことないほど醜い顔で叫んでいた。

その大声に、男爵家の使用人たちがどよめきながら集まり始めている。

中には寝巻のまま眠そうに目をこする、カトリーヌお姉さまの姿もあった。

「朝からなぁにぃ……？　うるさくて起きちゃったんだけどぉ……」

「かっかっカトリーヌ！　聞いてちょうだいこの売女が‼」

お継母さまが必死な顔でお姉さまにすがりついている。そして罪人を断罪するように、私を指さした。

「あの女が！　純潔を失ってしまったのよ‼」

「……えぇっ⁉」

お継母さまの言葉に、ようやくお姉さまは目を覚ましたらしい。

「ちょ、ちょっと！　大丈夫なのそれぇ⁉　ユニコーン伯爵から支援金、もらえる⁉」

「もらえないわよ‼」

悲鳴のような叫び声だった。

青ざめたお継母さまが自分の顔に鋭い爪を立て、今にも死にそうな顔で叫ぶ。

「それどころか、わたくしたちの方が慰謝料を取られるかもしれないわ‼　だって前金として半額、もらっちゃったんだもの！」

「ええっ⁉　それ返すだけじゃダメなの⁉」

お姉さまがあたふたとあわて始める。

一方のお継母さまは、もはや青ざめるを通り越して顔が土気色《つちけいろ》になっていた。

「無理よ……だって………もうほとんど使ってしまったんだもの……」

「嘘でしょ⁉　あれだけの額を⁉」

お姉さまも叫んだ。

「なんで⁉　すごい金額だったのに、なんでもう使っちゃったのよ‼」

「だ、だってしょうがないじゃない。元々借金があったんだし……それに！　カトリーヌだってバカスカお金を使ったでしょう！　新しい宝石に新しいドレス、そのお金はみんなそこから出したものなんですからね⁉」

「うっ……で、でもお母さまだっていっぱい使っていましたわよね⁉　最近お父さまに新しい愛人ができて放置されているからって、いい年して大きく胸なんか出しちゃって！」

「なっ⁉　なんてことを言うの⁉」

………なんか、このまま喧嘩が始まりそうな勢いね。

だったら私、部屋に戻って荷物でもまとめてこようかな……。

そう思って私が少し動いた瞬間だった。

ふたりの顔が、ぐりん！と同時に私の方を向いたのだ。

「「どこ行くのよ‼」」

「ひぇっ！」

それはまごうことなき、恐怖映像だった。

お継母さまがずんずんと近づいてきて、私の腕をぎゅっと掴む。

「痛っ……！」

「そもそもあんたのせいなのよ！　あんたが純潔を失ってくるから！」

「そうよ！　責任を取りなさい！」

反対側の腕を、お姉さまがぎゅっと掴む。

……こっちも爪が食い込んで痛い。それに、ふたりとも女性とは思えないすごい力だ。

「あああ‼　ちくしょうちくしょうちくしょう‼　こんなことなら結婚まで物置に閉じ込めておくんだった‼」

言いながら、お継母さまとお姉さまがずるずると私を引きずっていく。私は抵抗せず、引きずられるままついて行った。

……多分、このまま物置に閉じ込められるんだろうな。

そんな私の予想は当たっていたみたいで、ふたりは私を狭い物置にドン！と押し込むと、そのまま扉にガチャリと鍵をかけてしまったのだ。

「ふーっ。まぁ、こうなるよね」

ここまでは想定の範囲内だ。

さぁ、これからどう来る……？

私は扉にぴたりと耳をつけると、外の声を聞こうとした。

幸い、お継母さまもお姉さまも元々声が大きく、その上今は興奮してさらに大きな声になっていたから、ふたりの話している内容は丸聞こえだった。

「それで、どうするのお母さま⁉」

「こ、こうなったら……娼館よ！　リアを娼館に売り飛ばすしかないわ！」

娼館。

その言葉に、私は目を見開いた。

「娼館？　乙女じゃなくても平気なの？」

「平気よ！　リアは見てくれだけはいいもの。それに血筋も、こう見えてしっかり貴族なんだもの。きっと買い取ってくれるところはあるはずだわ。案外、高級娼館でもいけるかもしれないわね……！」

「あはは！　それ、素敵！　お母さま、どうせなら一番高値を付けてくれたところに売り飛ばしましょうよ！」

「いいわね！　そうと決まったら王都の娼館に連絡しなくっちゃ！」

「あはは！」「うふふ！」と、お継母さまたちは楽しそうに、まるで恋話《こいばな》に花を咲かせる乙女のように、私を娼館に売り飛ばす算段をつけている。

私は聞き耳を立てるのをやめ、ずるずるとその場に座り込んだ。

………そんな。

ユニコーン伯爵がダメになったとわかった途端、今度は私を娼婦として売り飛ばそうというの……？

お継母さまたちに対してこれっぽっちも期待していなかったけれど、だからっていくらなんでもひどすぎる……！

私はぎり、と奥歯を噛みしめた。

きっとお継母さまたちにとって、最後まで私は邪魔な〝継子〟でしかなかったんだろうな……。

ううん、人間ですらなかったかもしれない。

こき使い、自分たちの世話をさせ、そしてお金に困ったら簡単に売り飛ばせる便利な〝道具〟だ。

ウィロピー男爵の家族は三人。お父さまにお継母さまにカトリーヌお姉さま。

そこに私の名前はないのだ。

「……」

思い知らされた事実に、私は膝を抱えてうずくまる。

そうしてどのくらい経ったのだろう。

やがて静かだった物置の中、扉の向こうからコンコンコン……という控えめなノックがした。

それから聞こえてくる、複数人の声。

「あの……お嬢さま、大丈夫ですか？」

「すいやせん、鍵を開けてやりたいんですがあの性悪どもが持っていっちまったみたいで！」

ウィロピー男爵家の使用人たちだ。

「みんな……！」

私はすぐに立ち上がった。

扉の向こうでは、誰かがガチャガチャと鍵を破壊しようとしている音が聞こえる。

「うーんだめだ。意外としっかりしてるな、この鍵」

「俺、斧取ってきますよ！　それで破壊しましょう！」

「あいよ！　待っててくださいねお嬢さま、すぐに出してあげますから！」

「娼館のしみったれた親父が来る前に、こんな家から逃げ出しちまってくだせぇ！」

かと思うと、ジャラジャラと硬貨がぶつかり合うような音も聞こえてくる。

「聞こえます⁉　これ、みんながお嬢さまのために集めてくれたんです！　これがあればしばらくは生活できると思うんで！」

みんなの声を聞きながら私は手で顔を覆った。

そうしていないと、泣きだしてしまいそうだったからだ。

「みんな……本当にありがとう……‼　私、みんなに迷惑をかけてばかりだったのに……！」

「なーに水くさいこと言っているんですか！」

聞きなれた豪快な笑い声はドニおじさんだ。

「お嬢さまは、このウィロピー男爵家の唯一のお嬢さまなんですから、これくらい当然ですぜ！」

「そうだそうだ！　あの性悪どもとは違う、生粋《きっすい》のお嬢さまなんだ！」

「俺たちのお嬢さまには、幸せに生きていてほしいじゃないですかぃ」

優しい声に、私は胸がじんと熱くなった。

ここに私の家族はいないと思っていたけれど、そんなことはなかった。

こんなにも私を大事にしてくれる人がたくさんいたのだ。

だったら、落ち込んでいる暇はないよね……！

ううん、むしろ、怒りが湧いてきた。

身勝手すぎるお継母さまとお姉さまに、それから無責任なお父さまに。

私をバカにするのも、いい加減にしなさいよ！

「……みんなありがとう。でも、大丈夫よ」

私の言葉に、「えっ」という焦りの声が上がった。

「大丈夫って何がですか！　まさかこのままみすみす娼館に売り飛ばされる気ですかい⁉」

「あたしゃそんなの嫌ですよ！　断固反対です！　意地でもお嬢さまを逃がしてみせますからね⁉」

「ああもうじれったいな！　斧はまだなのか⁉　じゃあみんなで体当たりすればこの扉、吹っ飛ぶんじゃないか⁉」

荒々しい声に私はふふっと笑った。それから言う。

「そうじゃないわ。私今、すごーく怒っているの。今まで感じたことがないくらい。だからみんな、扉から離れていてくれない？　……ううん。全員、館の外に避難してほしいの」

「避難……ですか？」

予想外の言葉にみんながぽかんとしているのがわかる。

でも私は続けた。

「うん。避難。屋敷のみんなを全員、ひとり残らず避難させてほしいの。場所はそうね……正門前くらいがいいと思う。ひとり残らずよ？　お願いできる？」

「い……いいですけど……」

私が頼むと、みんなはすぐさま言った通りにしてくれた。

「……お嬢さま。屋敷の者たち、料理人や門番も含めて全員正門前に避難しました！　あとはどうすればいいんで？」

その声を聞いて私はにこりと笑う。

「ありがとう！　それじゃ、ドニおじさんも急いで避難してくれる？　……三分後に、私も出るから」

「？　わかりやした！」

タッタッタッ……とドニおじさんが駆けていく足音が聞こえる。

私はそこからきっちり三分待つと、すっくと立ち上がった。

「……よーし、それじゃ、うさぎさんたち！」

私が呼びかけると、すぐさまぽわわんと精霊たちが現れる。

『ハーイ！』

『ナニスル？　ナニスル？』

『リアノオネガイ、ゼンブキイチャウ！』

その声に私はニコッと笑った。

それからパンッ！と両手を合わせると、私は高らかに叫んだ。

「それじゃこの壁、吹っ飛ばしてくれる⁉」

『『マカセテー‼』』

ボォオオオン‼


——その日、男爵領に突如、景気のいい爆発音が響いた。

その音は神の裁きの如《ごと》き雷鳴のようにも、戦果の祝砲のようにも聞こえたと、後に目撃していたウィロピー男爵家の人々は言ったという——。


「わぁお！　いい眺め！」

目の前に現れた景色に、私は感嘆の声を上げた。

精霊たちは物置の壁に巨大な穴を空け——というよりも、男爵家の二階角をほぼすべて吹っ飛ばしており——私は変わらず物置の床に立っているのに、男爵家の敷地内が丸見えになっていた。

外から流れ込んでくる風が心地よい。

私はすっきりとした気持ちで、風に髪をなびかせていた。

「お嬢さまーーー‼　大丈夫ですかい⁉」

後ろから使用人のみんなの声が聞こえてくる。

その姿に私は振り向いた。

……よかった！　みんなを物置と反対側にある正門前に避難させていたから、誰も怪我はしていないはずだ。

「ありがとう！　私は大丈夫！　それよりごめん、この家、吹っ飛ばしちゃった」

私が謝ると、みんながやんややんやと返事をしてくれる。

「いいんですよ！　こんな家、吹っ飛ばしちまいましょう！」

「そうですよ！　おかげで掃除の手間が省けて助かります」

誰かの言葉に、みんながドッと笑う。

……ああ、みんな本当にいい人たちだなぁ……。

きっとこの後、後片づけをさせられるのは彼らなのに。

もしかしたらみんな、雇うお金がなくてクビになるかもしれないのに。

それでも彼らは、私のために笑顔を見せてくれるのだ。

……そんな人たちにはちゃんと〝お嬢さま〟らしく、お礼をしないとよね！

「みんな！　ごめんね！　代わりにこれを受け取ってほしいの！」

私は叫んで、精霊たちに合図をした。

すると、ボゴンッという音がしたかと思うと、大きく膨らんだ巨大な麻袋がふわふわ、ふわふわと宙をただよいながら正門前へと飛んでいった。

「……？　なんだ、ありゃあ」

気づいたみんなの前に、どさりと麻袋が落ちる。

その拍子に、カラン、と中身が少しこぼれ落ちた。

「っ……⁉　おい！　これ、中身全部金貨じゃないか‼」

「「「なんだって⁉」」」

——そう。麻袋の中身は全部金貨だ。

おばあちゃんに薬作りを教わってから、私は自分でもせっせと薬を作っていた。

そしてそれを、半月に一度来る行商人さんに頼んで、もっと大きな都で売ってもらっていたの。

意外にもそれが売れ行きがよく、また高値がついたものだから、行商人さんがたくさん売ってくれることになったのよ。

そうして六年間コツコツためたお金は、なんと豚一匹が丸々入ってしまうくらい巨大な麻袋いっぱいの金貨に化けたのだった。

「おっ！　お嬢さま！　このお金は一体⁉」

「それ、全員分の退職金！　みんなで仲良く分けてほしいの！　ただしお継母さまたちには見つからないようにね！」

お継母さまたちに見つかったら、間違いなく一瞬で没収されちゃうものね。

「みんならきっと、奪い合いにならずにちゃんと分けてくれるでしょう⁉」

「もちろんですとも！」

「がめついことをしようとしている奴がいたら、この俺が締め上げますぜ！」

「そうだそうだ！」

大金を前にしても目の色を変えないみんなを見て、私は微笑んだ。

……うん、これでみんなは大丈夫。

あとは私が出発するだけ。

それから声を張り上げる。

「みんな…………今まで本当にありがとう！　みんながいてくれたから、私は今日まで頑張ってこれたわ！」

「お嬢さま……！」

「私の家族は、ウィロピー男爵家じゃなかった。ここにいるみんなが、私を育ててくれた家族よ……！」

「うぅっ……お嬢さま……！」

別れを察して、泣きだしている人もいる。

もらい泣きをしそうになって、私はあわててズッと鼻をすすった。

「私は今日、ウィロピー男爵家を捨てます！　絶対幸せになるから、どうかみんなも元気でね！　今までありがとう！」

「おうともよ！　俺たちのことは心配しないでくだせぇ！」

「お嬢さまも、どうかお元気で……！」

「寂しくなったらいつでもあっしらを頼っておくんなまし！」

優しい、優しい、使用人のみんな。

彼らに見送られながら、私はふわりと男爵家から飛び立ったのだった。

◆

「おばあちゃん！」

その日の夕方、本来の色であるストロベリーブロンドの髪をなびかせながら、私はおばあちゃんの小屋の扉を開けた。

仮面も、ここに来る途中で森に投げ捨てた。素顔でここにやってくるのは、ウィルを見つけたあの日以来だ。

「なんだい、騒々しいね。その様子だと、うまく男爵家からは逃げられたのかい？」

「うん！　男爵家、吹き飛ばしてきた！」

私の言葉に、おばあちゃんが目を丸くする。

「吹き飛ばし……？　もしや、今朝の爆発音はリア、あんたかい⁉」

「そうよ！　とってもすっきりしたわ！　破壊って気持ちいいのね！」

晴れ晴れとした気持ちで答えると、おばあちゃんが笑いだす。

「あっはっはっは！　屋敷を吹き飛ばしたのかい⁉　それはいいね！　傑作だ！」

どうやらおばあちゃんもお気に召してくれたらしい。

明るい笑い声に釣られて私もふふ、と笑う。

それから、そっと尋ねた。

「ウィルは……ペンダントを受け取ってくれた？」

「ああ。しっかり受け取って出発してたよ。……朝のことをもう少し詳しく話そうかい？」

私は首を振った。

「ううん。無事に出発したのなら、十分よ」

私は、ウィルとはさよならすることを選んだのだ。

あとは、どうかペンダントが少しでも彼のことを守ってくれますようにと、祈ることしかできない。

私が黙っていると、おばあちゃんが口を開いた。

「それで、その格好を見るにお前さんももう旅立つのかい？」

おばあちゃんの言う通り、私は旅用のマントに、しばらくの間の路銀が入った鞄を斜めがけにしていた。

「うん。これだけあればしばらくは持つと思うの」

「これからどこに行くつもりなのかね」

聞かれてうーんと考える。

「とりあえず、手始めに一番近くの都に行くわ。その後のことはついてから考えようかなと思っているけれど、ウィロピー男爵領からとにかく離れるつもり。国の一番端まで行けば平気かな……」

兎にも角にもお継母さまたちと、それから念のためユニコーン伯爵からも離れたい。

私が答えると、おばあちゃんは「ふぅむ」と唸った。

「……リア。あんた、ルミナ語は話せるかね？」

「ルミナ語？　もちろんよ。だっておばあちゃんが教えてくれたでしょう？」

ルミナ語は、隣国ルミナシア王国で使われている言語だ。

ところどころ違いはあるものの、この国の言語ともかなり似ている。元々キャタニク王国が、ルミナシア王国から派生している国だったからという部分が大きいのだろう。

またおばあちゃんが持っている薬の本はルミナ語で記されたものが多く、それもあって薬作りを教えてもらっているうちに自然とルミナ語を覚えていた。

「だったらしょうがないねぇ……。不出来な娘のために、あたしもたまにはひと肌脱ぐかねぇ」

言いながら、おばあちゃんがよいしょっと大きな鞄を持ってくる。

「え……？　おばあちゃん、その鞄、もしかして……!?」

私は期待に満ちた瞳でおばあちゃんを見つめた。

──実は、ここにやってきたのはおばあちゃんにお別れを告げるためではない。

最後のお願いをしにやってきたのだ。

『おばあちゃん、どうか私と一緒に逃げてくれませんか』

って。

瞳を潤ませる私を見ながら、おばあちゃんがニッと笑う。

「あたしもあんたと一緒に、旅立つことにしようかね」

「おばあちゃん‼」

私は嬉しさのあまりおばあちゃんに勢いよく抱きついた。

まさか私がお願いする前に、おばあちゃんの方から言ってくれるなんて！

「よかった！　嬉しい！　いくら力のある魔女だからって、やっぱりおばあちゃんはもうおばあちゃんでしょう？　ひとり残していくのは心配だったの！」

「あたしをそこらの年寄り扱いしないでおくれ！　本当はここに残った方がよっぽど楽なんだからね。この年でせっせと長距離移動なんて、それこそ骨が折れちまうよ！」

「大丈夫！　おばあちゃんの荷物、全部私が持つわ！」

嬉しくて、嬉しくて。

ぎゅうぎゅうとおばあちゃんを抱きしめながら私は言った。

「それにおばあちゃんも私がおんぶしていくわ！」

「さすがにそこまでしてもらうほど老いぼれてないよ！」

私はあはは、と笑った。

今ならどれだけおばあちゃんに怒られても全然平気。

だって、これからもおばあちゃんと一緒にいられるのでしょう？　それだけで幸せな気持ちでいっぱいなんだもの。

「しかしあたしも行くとなると…………本当にウィルにはもう二度と会えないだろうねぇ」

「……そうね」

ウィルは、またここに来ると言っていた。

けれど私だけではなくおばあちゃんも離れるのなら、ここは文字通り無人となってしまう。

その上私が行くのは隣国ルミナシア王国。

本当にもう二度と、会うことはないだろう。

「……いいの。元々そのつもりだったから」

どうか、ペンダントが少しでもウィルを守ってくれますように。

どうか物語に出てくる王子さまのように、彼にふさわしい、高貴で美しくて優しいお姫さまと結婚して幸せになってくれますように……。

彼の妻になれる幸福な女性のことを考えるとズキリと胸が痛んだけれど、私はその気持ちに蓋をした。

——そしてどうか、彼が私のことを忘れてくれますように。

それから私は深呼吸して、暗い気持ちを吹き飛ばした。

「ほら、おぶさって！　一気にルミナシア王国まで行きましょう！」

「だから、おぶってもらわなくて平気だよ。元からあたしゃ足腰が強い方なんだ。こう見えて、あんたよりよっぽど長い距離を歩いてきたんだからね」

「そうなの？」

「ああ。なぜなら——あたしゃ、元々ルミナシア王国出身だからさ」

言って、おばあちゃんはニヤリと笑った。

「ええ⁉　そうだったの⁉」

なぜかルミナ語にやたら詳しいなとは思っていたけれど……まさかルミナシア王国の出身だったなんて⁉

「そうさ。あたしゃたったひとりで、ルミナシア王国からここまでやってきたんだ。まぁ、あんたと出会っちまうとは思っていなかったけどねぇ。何やらやたら精霊の気配が強い森があるなと思っていたら……これも何かのお導きかね」

「そうだったんだ……！　でもなんで……」

――なんでルミナシア王国から離れたの？

そう聞こうとして私は口をつぐんだ。

だって、私も今まさに生まれ育った国から旅立とうとしている最中だったから。

おばあちゃんにもきっと、おばあちゃんの事情があるのだろう。

そこまで考えて私はふふっと笑った。

「……この森に来る人たち、みんな訳アリだね」

実家にいられなくなった私に、出身国を離れたおばあちゃん。それに、暗殺されかけたウィル。

「本当にねぇ。しかもそろいもそろって身分不詳と来た。この森には何か、そういう人を引き寄せる何かがあるのかもしれないねぇ……」

言っておばあちゃんが森を見回した。

のどかな森には、いつもと同じように木々たちが静かに並び立っている。木の葉の隙間からは、優しくあたたかい陽の光が差し込み、サァ……という風に揺らされて木々がサワサワと葉の音を立てる。

それはまるで、私たちを見送ってくれているようだった。

何度も歩いた小道に、何度も通ったおばあちゃんの小屋。

大事な人と出会わせてくれた森に、その日、私たちは静かに別れを告げた。

◆

——それから私たちは、順調に旅路を歩んでいた。

お継母さまやギラマン伯爵が追ってくるかとも思ったんだけど、やっぱり純血にしか興味がなかったのかもしれない。実家からの追手に遭遇することはなかった。

まずウィロピー男爵領を抜け、王都に入る。そこでしばらく回復薬を売って当面の資金を稼いでから、今度はルミナシア王国に向かうため港町へと向かう。

道中、森からついてきた精霊がずっと力を貸してくれていたし、おばあちゃんも自分で魔法が使えるから、女ふたりとは思えないほど歩みは速かった。

一度、立ち寄った町で暴漢に襲われたんだけれど、それも精霊が男をぼこぼこにしてくれたんだよね……！

思い出しながら私は苦笑いした。

私たちは今、ルミナシア王国へと向かう船の上に乗っていた。

嗅いだことのない海の匂いに、少しべとつく風が頬を撫でている。

「私たち、どこに行っても生きていけそうね」

「そうだね。少なくともそんじょそこらの男にゃ負けないだろう。北極か砂漠あたりぐらいじゃないと…………いや、そこでも生きていけそうだな」

言ってはっはとおばあちゃんが豪快に笑う。

「北極と砂漠ってどんなところ？　おばあちゃんそこにも行ったことがあるの？」

「さすがに北極はないねぇ。だが砂漠なら、若い頃に行ったことがある。水が貴重だから水魔法が歓迎されてねぇ。水を売るだけで大儲けだ」

おもしろそうな話に、私は体をぐいっと乗り出した。

「へぇ！　すごい！　それに、おばあちゃんの若い頃ってどんな感じだったの？」

「それはもうとんでもなくいい女だったさ。モテてモテて、王さまにだって告白されちまうくらいさ。おかげで何度逃げるはめになったか」

自信たっぷりの言葉に、私はまた笑った。

「私もその頃のおばあちゃんに会ってみたかったわ！　ねぇきっと、豪華な贈り物とかもたくさんもらって──…………っう」

とその時、私は急に猛烈な気持ち悪さに襲われた。

「ごめん、私ちょっと…………うぉぇっ……！」

「船酔いかい？　ほら、この桶に吐きな！」

「ありがとう……」

「船は初めての人間にはきついからねぇ。無理はするでないよ」

「うん……！」

初めての船酔いは、その後も容赦なく私に襲いかかった。

最初はちょっと気持ち悪いな、くらいだったのに、船に乗っている間中、私は何度も何度も嘔吐するはめになったのだ。

「うぅっ……う……！」

夜中、甲板で吐き続ける私の背中をさすりながらおばあちゃんが困ったように言う。

「どうやらあんたはなかなか船酔いしやすい体質のようだねぇ。まぁ、船を降りたら治まるだろうから、もうちょっとの辛抱だよ」

「うん……！」

幸い、回復薬が私には効果があったらしく、衰弱するほどまでとはいかなかった。

だからおばあちゃんの言う通り、船を降りればすべて解決する――。

……と、思っていたのだけれど……。


「うぅうっ………おぇぇ……！」

なぜか私の嘔吐は、船を降りてからも止まらなかったのだ。

ルミナシア王国についてすぐに泊まった宿屋の中で、私は船上にいた時とまったく同じように桶を抱え、嘔吐を繰り返していた。

そんな私を、おばあちゃんが真剣な目でじっと見つめている。

「…………おかしいね。船を降りて一週間。とっくに船酔いなんか終わっているはずなのに」

それからハッ！としたように大きく目を見開いた。

ずかずかと歩いてきたおばあちゃんが、私の肩をがしりと掴む。

「あんた！　最後に月のものが来たのはいつだい⁉」

え……？　月のもの……？

朦朧《もうろう》とした意識の中で、必死に思い出してみる。

「最後はえっと……いつだっけ……？　まだウィルがいた頃だったと思う……」

定期的に来る体質なのだけれど、あんまりちゃんと記録していなかったから少しあいまいだ。

私の言葉に、おばあちゃんがさらにクワッ！と目を剥く。

「じゃあウィルと一晩過ごした時、ちゃんと避妊薬は飲んだかい⁉」

……。

…………。

……………………あ。

私の顔からサァーッと血の気が引いていく。

確かに、おばあちゃんから避妊薬を渡された記憶がある。

そしてそれをスカートのポケットに入れた記憶も。

でも……その後それを、どうしたっけ……⁉

ウィルに押し倒されて、服を全部脱いで……朝になってまた急いで着て、それから実家に帰って……。

あ、確かお継母さまに突撃する前に、一度水浴びをして服を着替えた気がする！

……ということは、避妊薬はその時脱いだスカートの中に入ったままだ。

思い出して私はきゅっと唇を結んだ。

「…………………飲んで、ないです」

小さく言葉を絞り出すと、おばあちゃんがハァーーーーーーッ‼と今まで聞いたこともないほど盛大なため息をついた。

「あんたって子は……‼」

眉間を押さえたおばあちゃんの手が、ぶるぶると震えている。

「ごめんなさい……！　あの時はとにかく必死で……！」

「あたしに謝ってどうするんだい！　……それに、その場で飲ませなかったあたしにも落ち度があるね……」

てっきりもっと怒られるかと思ったのだけれど……意外にもおばあちゃんは優しい。

「それより、産婆を呼んでくるからあんたは寝ていな！　まだ確定したわけじゃないからね！」

「わかったわ……！」

私は言われた通り、急いで布団の中に潜った。

言われてみれば、確かに体が少し熱っぽい気がするし、食欲もない。

てっきり慣れない長旅で体調でも崩したのかなと思ったのだけれど……まさかそういうことだったなんて……！

私は頭を抱えた。

やがて、おばあちゃんが見つけてきた産婆さんは部屋に入るなりすぐさま私の体をあちこち調べ始めた。

口の中を見たり、脈をとったり、その……とんでもないところを触られたり。

たっぷり調べられた後に、ふきふきと手を拭きながら産婆さんが言う。

「間違いないねぇ。赤ちゃん、お腹にいますよ。おめでとうございます」

「っ……！」

私もおばあちゃんも、どちらも口を開けたままひと言も発することができなかった。

——そして夜。

産婆さんが帰り、私とおばあちゃんのふたりだけになった部屋で、私たちは重い沈黙に包まれていた。

「…………………」

「…………………」

先ほどから、どちらもまったく口を開いていない。

……うう、気まずい。

やがてたっぷりの時間が経った後、長く重い沈黙を破るように、おばあちゃんが低い声で言った。

「…………それで、どうするんだい」

でも、私は何も答えられなかった。

私もどうすればいいのか全然わからなかったからだ。

「その子は間違いなくウィルの子なんだろう?」

「それは間違いないです……」

後にも先にも、経験したのはあの一夜だけ。

だったらお腹にいるのは、ウィルの子しかいない。

「ウィルの、子……」

そう考えた瞬間、どくんと私の胸が跳ねた。

……そうだ。

お腹にいるのは、他の誰でもない、ウィルの子なのだ。

どくん、どくん、と心臓が力強く脈打ち始める。

同時に、それまでの体調の悪さが嘘のように、目の前がパァァッと明るくなった。

それはずっと立ち込めていた霧がサァァッと晴れ渡り、明るく眩《まぶ》しい太陽の光が差し込んできたようだった。

「この子は、ウィルの子……！」

ウィルに会うことは、もう二度とないだろう。

ウィルのはにかんだ笑顔を見ることも、もうないだろう。

もちろん、私がウィルと一緒になれる未来など、あるわけがない。

………でも。


――ウィルの子供を育てることなら……できるかもしれないのだ。


「おばあちゃん、私……！」

私はおばあちゃんを見た。

私の真剣な瞳を見て、すぐにおばあちゃんは言いたいことを察したのだろう。

「やれやれ……困った子だね」

言いながらおばあちゃんがため息をついた。

「そんなに目をキラキラさせちまって……。『今ならまだ薬を使えば堕胎《だたい》もできるよ』なんて、言えなくなっちまうだろう」

言って、おばあちゃんがニヤリと笑う。

その顔は、呆れつつもすべてを受け入れていた。

私も微笑んだ。

「おばあちゃん、私……この子を産むわ」

それからそっと、お腹を両手で大事そうに包む。

「父親のいない子になっちゃうけれど……その代わり、大事に大事に育てるわ。父親がいない分も、たっくさん愛するって約束する」

ごめんね、ウィル。

あなたは頼みを聞いてくれただけなのに、勝手にこんなことをして。

でもあなたに迷惑はかけないし、ウィルの分まできっとこの子を幸せにするから……！

私がぎゅっとお腹を抱えていると、おばあちゃんはまたハァーッと大きくため息をついた。

「本当にしょうがない子だねぇ……。ま、あんたみたいな母親だけだとちぃーと心もとないから、あたしも面倒を見てやろうかねぇ……」

「おばあちゃん……！」

私はパッと顔を輝かせた。つまり、おばあちゃんも一緒にこの子を育ててくれるということだ。

「おばあちゃんがそばにいてくれるなら、何も怖いものなしよ！」

「はんっ。調子に乗るでないよ。育てる代わりに、老婆のねちっこ～い愛情を注いでやるから覚悟しな！」

「それはなんだか、すごく濃そうね」

私は笑った。おばあちゃんも笑った。

それからおばあちゃんが言う。

「だが、そうなるとどうするかね。本当はもっとド田舎の森奥にでも引きこもるつもりだったんだが、あんたの出産もあるし、生まれた子のことを考えるとある程度は人のいるところに拠点を構えた方がいいんでないかい？」

そう。当初の予定ではおばあちゃんの言う通り、ド田舎の森奥に引きこもるつもりだったのだ。それこそウィロピー男爵領でかつて過ごした森のような。

でも子供が生まれるのなら話は変わってくる。

出産を任せられる産婆さんが近くにいないといけないし、生まれた後も、子供のことを考えるなら森に引きこもって外部に接触させないのはあまりいいことではない気がしたの。

「かといって都は危ないし……」

おばあちゃんの言葉に私はうなずいた。

ルミナシア王国には、世界各国の貴族たちが観光にやってくる。それに催しなどで招待された時にも、貴族たちが都に立ち寄ったりするだろう。

そうなると、高位貴族であろうウィルと鉢合わせる可能性はゼロではなかった。

「人がいて、でも貴族たちが来るようなことはない、ほどほどの田舎かねぇ……」

「景色が綺麗なところもダメよ。避暑地になるようなところも貴族が来るかもしれないわ」

「ふぅむ……だとすると……あそこしかないかね？」

「あそこ？」

私はおばあちゃんを見た。

おばあちゃんは私に向かって、パチッと片目をつぶって見せた。

◆

やがて私たちがたどり着いたのは、ルミナシア王国の端にある小さな田舎村だった。

石と木で作られた家々がぽつぽつと点在し、村の中心に向かってゆるやかな小道が曲がりくねっている。

小さな村ながらも道は整備され、長い間雨風に晒《さら》されたであろう石畳からはところどころ草が顔を覗かせていた。

遠くにはゆるやかな丘が連なり、草花が風に揺れている。空にはいく筋もの雲が浮かび、あたたかな陽光がやさしく村全体を包み込んでいた。

のどかな雰囲気は、どこかウィロピー男爵領にも通じるものがある。

村の地を踏みしめた私は、胸いっぱいに新鮮な空気を吸い込んだ。

「いいところ！　ここがおばあちゃんの故郷なの？」

――そう。実はここピナーナク村は、何を隠そうアデーレおばあちゃんの生まれ故郷であるらしい。

私たちがやってきた港町からそう遠くなく、またちょうどいい田舎にあるということでおばあちゃんが渋々ながら教えてくれたのだ。

「そうだよ。ったく、ここは本当に変わらないねぇ。昔と何も変わらないまんま、まるで時代に取り残されているようだ」

おばあちゃんが毒を吐く。

どうやら渋々来ただけで、故郷のことはあまり好きじゃないようだ。

「そう？　静かで穏やかで……男爵領と似ていて私は好きよ。それに、あっちに羊や豚も歩いていたし」

「まぁ退屈な村だが、穏やかさだけは評価できるところかもしれないねぇ」

「それで、私たちはこれからどこに寝泊まりするの？」

「こっちだよ。ついてきな」

おばあちゃんに連れられてたどり着いたのは、村の端っこにあるこぢんまりとした二階建ての家だ。

「汚れちゃいるが……まぁ掃除すれば使えるさね」

おばあちゃんがヒュッと指を振ると、家についていた鍵がシュンと跡形もなく消える。

ギィイイイ……と扉を開けながら、おばあちゃんがニヤリと笑った。

「さぁリア。今日からここが、あたしたちの家だよ」

■第三章■

――それから数年後。

「フィル！　フィル！　どこに行ったの⁉」

血相を変えて、私は家から飛び出した。

ついさっきまで私の横で精霊たちと遊んでいた、三歳になったばかりの息子フィリップ――通称フィル――が、数秒目を離した間にこつぜんと姿を消したのだ。

一緒にいたはずの精霊たちもいなくなっていたから、十中八九精霊たちの仕業《しわざ》に違いないんだけど……。

「フィーールーーー‼　どーーーこーーー⁉」

私が大声を出して叫ぶと、通りすがりにやってきたトーマスおじさんが言った。

「フィル坊なら、そこでハンナんちの羊に跨《また》がっていたぜ」

「なんですって⁉　トーマスおじさんありがとう‼」

言いながら私は即座に駆けだした。

「おう、気にすんな。それにしてもリアちゃんも、あんなすごい子供を持っちまうと大変だなぁ……」

最後のつぶやきは聞こえないふりをした。

全速力でハンナさんの家に向かうと、ザッ！と羊がいる庭に飛び出す。

そこには――。

「たかぁい、たかぁい！」

羊の背の上で、まだまだ小さくて丸い体をぽよん、ぽよんと風船のように跳躍させている息子のフィルがいたのだ。手を鳥のように左右に広げ、大きな目をこれ以上ないくらいキラキラさせている。

ぽよん、と弾むたびに、ほっぺのお肉もぽよんと弾んでいる。

その周りには精霊たちがおり、大喜びでフィルに魔法をかけていた。

「……うさぎさんたち？」

私が低い声を発しながら近づくと、気づいたうさぎさんたちがピョッ！と跳び上がった。

『『ヤバッ！』』

「ヤバ！　じゃないのよヤバ！　じゃ！」

フィルはまだ三歳よ⁉

黙って連れ出して、あまつさえこんなことをさせるなんて……！

悪魔の形相でゆら～りと立ちふさがる私の前で、うさぎさんたちがプルプルと震えている。

けれどフィルは、私に気づくとパァッ！と顔を輝かせた。

「あっ！　ままぁ！」

なんて言いながら、軽い身のこなしで羊から飛び降りて（多分精霊たちが力を貸している）、とてとてと駆け寄ってくる。

短い足が一生懸命に地面を蹴り、風にあおられたふわふわの銀髪が揺れる。

そしてフィルは、見ているこちらが幸せになってしまうような満面の笑みを浮かべてこう言ったのだ。

「ままぁ！　あいたかったよぉ！」

うっ……‼

その愛らしさに私は胸を撃ち抜かれていた。

さっきまでの怒りが、一瞬で鎮火してしまう。

私が胸に飛び込んでくるフィルをよいしょっと抱き上げると、ウィルは「きゃあー♪」と楽しそうな声を上げた。

「ぼくねぇ、やっぱりままといるのがしゅき！」

なんて言いながら、フィルは幸せそうな表情で私の肩にぷにぷにのほっぺを乗せた。

くぅうっ………！

こんな可愛いことされたら、怒る気もどこかへ吹っ飛んでしまうわ……！

……とはいえ、親の務めとして危ないことはしないように注意しないと……。

私はなんとか眉を吊り上げると、フィルに向かって「めっ！」をした。

「フィル。またうさぎさんたちにワガママを言ったんでしょう。でもひとりで家を出るのは危ないから、もうしないって約束してくれる？」

精霊たちがそばについているとはいえ、何が起こるのか誰もわからないのだ。

とにかく私の目の届くところにいてもらわないと！

「はぁい……」

にゅうっ、と不満そうにフィルの下唇が突き出される。

フィルは精いっぱい不満を表しているつもりなのだけれど……それがまた、とてつもなく可愛くて。

私は笑わないよう、必死にふるふると肩を震わせてこらえていた。

そこへ、遠くからおばあちゃんの声が響く。

「リア！　フィル！　まーたおさぼりかい⁉　今日の分はまだ作り終わっちゃいないんだ！さっさと帰ってきな！」

「はーい！」

おばあちゃんに返事をしてから、私はまたフィルの方を向いた。

「ほら、ばぁばも呼んでるし、家に帰ろう？　家に帰ったら、バタークッキーを焼いてあげるから」

途端に、不満げにしていたフィルの瞳がキラキラと輝きだす。

「くっちー⁉」

ウィルはまだ、一部の言葉がおぼつかない。発音もまだうまくできないみたいで、〝クッキー〟を〝くっちー〟と呼んでいた。

ふふふ、と微笑みながら私はうなずく。

「そう。〝くっちー〟よ。食べる?」

「たべりゅ！　ぼく、くっちー、だいすち‼」

「じゃあみんなでおうちに帰りましょ」

「うん！　ばぁばー！　まっててね！　ぼくがかえりまちよー！」

私に抱っこされながら、フィルが上機嫌で叫んだ。

その拍子に落っことしそうになって、私はあわててぎゅっとフィルを抱える。

『クッチー♪　クッチー♪』

『リアノクッチー♪』

『リアノクッチー、ダイスチ！』

……いつのまにか精霊たちにも、すっかりフィルの言葉遣いが移っている。

それを聞きながら私は笑った。

――ここ、ピナーナク村は、おばあちゃんの故郷といっても既におばあちゃんを知っている人はほとんどいなかった。唯一村長の家にいるおおばばさまがおばあちゃんのことを知っていたくらいで、あとはみんな初対面も同然。

けれど私が妊婦だったのと、私たちが薬屋を開いて安価で高品質な薬を売ったことで、村のみんなが私たちを優しく受け入れてくれたのだ。

おばあちゃんはことあるごとに『退屈すぎて死ぬ』とか『あたしの魅力が埋もれちまう』とかぼやいていたけど、それを言うなら男爵領の森にいた時の方がよっぽど埋もれていたと思うのよね……。

優しい村の人たちに囲まれて、やがて私は無事にフィルを産み落とした。

月の光を集めたようなやわらかい銀髪に、赤子の頃から整った顔。

――何より、瞳があの人にそっくりだった。

太陽に照らされて、七色に光る宝石のような瞳。

その瞳を見た瞬間、知らず私の目から涙がこぼれていた。

ああ……ウィルの瞳だ。ウィルの瞳が、ここにある……って。

顔はどちらかというと私に似ているんだけれどね。

でも瞳だけは間違いなく、ウィルの瞳だった。

だから私はこの子に、〝フィリップ〟と名付けた。

略称で読んだ時に、フィルとウィルで、少し似た響きになると思ったのよ。

そしてフィルは決してウィルではない。それでも、少しでも父子としての繋がりを求めたかったの。

フィルは、私とおばあちゃんの元で、村のみんなに見守られながらすくすくと育った。

フィルは物怖じしない人懐っこい子で、驚くべきことに生まれた時から精霊たちも見えているようだった。さすがウィルの子供。おばあちゃんいわく、魔法の力もすごいみたい。

だから魔力のない私の代わりに、おばあちゃんがフィルに魔法を教える約束になっている。

つまりアデーレおばあちゃんがフィルのおばあちゃんであり、かつお師匠さまってことね。

そして精霊たちも、自分のことが見えるフィルのことが可愛くて可愛くてたまらないようで、最近は私よりフィルにべったりなんだよね……。

「くっちー♪　おいちい♪」

『クッチー♪　クッチー♪』

『オイチイ♪　オイチイ♪』

『クッチー♪　オイチイ♪』

フィルと精霊たちの合唱を聞きながら私はまた笑う。

……夢にも思っていなかった。まさか私に、こんな幸せがやってくるなんて。

もちろんおばあちゃんと一緒にいるだけでもきっと楽しく、幸せだったと思う。

でもなんていうのかな……。フィルが生まれたことで、私の世界はさらに輝きだしたのだ。

たとえば「歩く」とか「コップから水を飲む」とか、そういう今まで当たり前にしていた動作でも、フィルがしているのを見るだけでとてつもなく感動してしまうようになったの。

フィルを抱っこして見る夕焼けが、涙が出てしまいそうなほど綺麗だと感じたり。

暗闇に響くフィルの安らかな寝息の音に、幸せすぎて胸がいっぱいになってしまったり。

……もしかして私、情緒不安定になっている？

なんて心配してしまうほど。

ここに来て私は思ったわ。

富なんかいらない。地位もいらない。

ただどうか、私の大好きな人たちが、少しでも健やかに、日々を楽しく生きていけますように……と。

……少し大げさだったかな？

でもそれが、嘘偽りのない私の気持ちだった。

「おばあちゃん。こっちは作り終わったわ。あとは何が残っている？」

補充の回復薬を作り終わり、私がおばあちゃんに声をかけた時だった。

「こんにちは。リア、いるかい？」

私たちが営む薬屋に、お客さんが入ってきたのよ。

「デレク！　いらっしゃい。今日は何が欲しいの？」

「父さん用の痛み止めと、効果の強い回復薬が欲しいんだけどあるかな」

優しく人のよい笑顔を浮かべた茶髪の青年は、デレクという。

デレクは今年二十四歳になる村長の息子なのだけれど、偉ぶったところがなく謙虚で、村の中でも屈指の人気を誇っていたりする。

「わぁーい！　でれくだぁ！」

クッキーを食べていたはずのフィルが、デレクの声にニコニコしながら飛び出していく。

デレクはうちの薬屋に来る時もいつも腰が低くて、そしていつもおいしいお土産を持ってきてくれるからフィルもよく懐いているの。

「痛み止めと強めの回復薬ね。両方あるからすぐに出すわ」

言いながら、私が棚からふたつの薬を取ってくる。

「それからこれ、君たちに。母さん特製のアップルパイだ」

デレクが抱えていたバスケットの包みを開けた。

途端に、バターの濃厚な匂いと甘い香りがふわりと店の中に広がった。

「わぁい！　あっぷるぱい！」

デレクの言葉にフィルが顔を輝かせた。それは私も一緒だった。

「嬉しい！　デレクのお母さんのアップルパイ、とってもおいしいのよね」

林檎とバターをたっぷり使ったパイは、サクサクの食感と中のしっとりした林檎の組み合わせがたまらなく美味なお菓子だ。

フィルも私も大好物なの。

ほくほく顔で私が受け取ると、なぜかデレクが少し頬を赤らめた。

「……君に喜んでもらえて嬉しいよ。あの、よければ今度、フィルも連れて一緒にみんなでピクニックに行かない？　母さんがおいしいサンドイッチを作ってくれるって」

「みんなで？　いいよ。おばあちゃん、いつがいい？」

私は後ろにいるおばあちゃんに声をかけた。

が、おばあちゃんはなぜかしらーっとした顔で、しっしっ、と言うようにぱたぱたと手を振っている。

「あたしゃ行かないよ。あんたたちだけで行ってきな」

「そう？」

変なおばあちゃん。おばあちゃんも、デレクのお母さんが作るご飯大好きなはずなのに……。

その日の夜、フィルが寝た後に家の片づけをしていると、おばあちゃんに声をかけられた。

「リア」

その顔は、何やらもの言いたげだ。

……私何か怒られるようなことしたっけ……？

考えながら聞き返す。

「何？」

「あんた……デレクのことをどう思っているのかね？」

デレク……って村長の息子のデレクよね。

「いい人よね。親切で」

それに、フィルも懐いている。

けれど私の回答はお気に召さなかったらしい。おばあちゃんの眉間にしわが寄る。

「いい人っていうのは、どういう意味のいい人かね？　〝どうでもいい人〟なのか、それとも〝男性としていい人〟なのか」

「変なことを聞くのね」

私は笑った。

「どうでもいい人……なわけではないけれど、男性としていいっていうのはつまり……異性として好きかどうかということでしょう？」

「そうだよ。あんたはそういう気持ち、あるのかね？」

「ないに決まっているじゃない」

聞かれて私はきっぱりと答えた。

「私は今フィルのことしか考えられないもの。恋愛する気なんてこれっぽっちもないわ」

「そうかい。……でも、向こうはそうじゃないみたいだが？」

「えぇ……？　まさか、デレクは私を女性として見ているってこと？」

「ああ」

おばあちゃんがうなずいたのを見て、今度は私が眉間にしわを寄せた。

「それは……ないんじゃないかな。だって私、未婚の母よ？　それに対してデレクは村長の息子じゃない」

小さな村でも、村長は村長だ。

村の誰かと結婚するにしても、未婚の母である私はないだろう。

「そうかねぇ……。あんたを見るあの熱っぽい瞳は、完全に恋する男のそれだけどねぇ……」

「だとしたら困るわ……。私はそういう気、さっぱりないもの」

私が肩をすくめると、おばあちゃんは探るようにじっと私の顔を見つめた。

「フィルに父親を作ってやる気もないということかい？　絶対に父親が必要とは言わないが、男手はあった方が何かと便利だろう？」

「うーん……」

確かに、おばあちゃんの言うことは一理ある。

防犯面では精霊たちがいてくれるから心配はしていないけれど……フィルが大きくなった時

に、後ろ盾となってくれる男性がいた方がいいのかな、と思う時はあるもの。

……でも。

「………それでも結婚はいいかな……。それより、明日も早いんだから早く寝よ寝よ！　夜更かしはお肌の大敵って、いつもおばあちゃんが言っているじゃない」

「……」

私が誤魔化したのを、おばあちゃんもきっとわかっている。それでも何も聞かないでいてくれるのがありがたかった。

「……わかったよ。それじゃさっさと寝ることにしようかね。はいおやすみ」

「おやすみおばあちゃん。よい夢を」

片づけを終わらせて、私はフィルの隣にもぐり込んだ。

ぷくりと膨れたまあるいほっぺに、寝汗でしっとりと湿ったおでこ。

スゥ……スゥ……と聞こえる寝息は穏やかで、その隣ではフィルにくっついた精霊たちがピーップピーッと寝息を立てている。……ちなみに精霊も寝るの、フィルが生まれてから初めて知ったわ。

私はフィルの愛しい寝顔を見つめてから、ゆっくりと目をつぶった。

………先ほどおばあちゃんに聞かれて、私は本当の理由を言えなかった。

ウィルの将来を考えると、父親がいた方がいいのはわかっている。

デレクだったら町の学校にフィルを送り出すくらいの財力もあるだろう。

でも…………我ながら女々しいのだけれど、ウィル以外の人の妻になるのは嫌だったの。

たとえば、みんなでピクニックに行くくらいなら全然いいのよ。

でも、ウィル以外の男性とふたりでデートをしたり、ウィル以外の男性と生活やベッドをともにしたりっていうのは、全然考えられない。

だったら必要に迫られたその時が来るまでは、私はフィルとおばあちゃんと、それから精霊たちとの生活を楽しんでいたいのだ。

だからデレク……もし私に好意を寄せているのならごめんね……。

そう思いながら、私は眠りについた。

◆

そんな平和な日々を送っていたある日。

突然この小さな村をも賑わせる大ニュースが飛び込んできた。

「リア、いるかい⁉」

薬屋に響くのはデレクの弾んだ声。

見れば、いつも穏やかな彼が珍しく顔を紅潮させている。

「どうしたの？」

私が尋ねると、デレクは興奮したようにしゃべりだした。

「実はこの村にも、国王陛下がやってくるんだよ！」

「国王陛下……」

…………って言われても、正直ピンと来なかった。

元々キャタニク王国の王さまですら、雲の上の存在。その上私はルミナシア王国に来てからまだ数年しか経っていないから、正直全然馴染みがない。

「ああ、ごめん。そういえばリアはこの国の出身じゃなかったね。実は――」

そう言ってデレクは、何も知らない私に一から説明してくれた。


――いわく、この国にはふたりの王子がいたのだという。

ひとりは、亡くなった前王妃が産んだ第一王子。

そしてもうひとりは、新王妃が産んだ第二王子。

第一王子は非常に優秀で、文武両道の完全無欠。まさに王子の名に恥じない、堂々たる王子なのだという。

一方の第二王子は、優秀ではあるもののいささか体が弱かった。しょっちゅう体調を崩しては寝込むことが多く、そのため次の王には第一王子が適任だともっぱら噂されていたのだという。

それは王も同じで、誰もが第一王子が王になるのだと思っていた。

しかし、ひとりだけそうは思っていない者がいた。

それが新王妃として迎えられたエスメラルダだ。

エスメラルダは、何がなんでも自分の息子である第二王子を王位につけたかった。

そのため、エスメラルダは王の目を盗んで、何度も何度も第一王子の命を狙い、暗殺未遂を繰り返していたのだという。その上、エスメラルダは王にも毒を盛って傀儡《かいらい》にしていた――。

「っていってもまぁ、それが判明したのはつい最近なんだけどね。第一王子はずっと命の危険に晒されていたんだけど、この前ついにエスメラルダが手を下した証拠を手にいれたんだ！」

デレクが興奮したように続ける。

「それで悪徳王妃ことエスメラルダは僻地《へきち》の修道院送りにされて、王はこれを機に退位。晴れて第一王子が、新たな国王になったんだよ！」

「……あ、確かにそんな話を聞いた気がするわ……」

少し前に、新王が即位した！って村中で話題になっていた。

私はあんまり興味がなくて、それよりお祝いに配られたお菓子をフィルに食べさせてあげよう！ってことしか考えていなかったからちゃんと聞いていなかったんだけれど……。

「それで、どうしてその話題の国王陛下が、こんな村にやってくることになったの？」

ピナーナク村は、観光になるような景色も、特産物もない、本当にのどかな村なのだ。

私が尋ねると、そこでデレクも不思議そうな顔になった。

「実は僕も、その点がよくわからないんだよね。表向きには国王陛下のお披露目を兼ねた視察が全国各地で開かれるらしいんだけれど、歴代の王でそんなことをした人はひとりもいなかったから」

「そうなの……」

てっきりこの国の習わしなのかと思ったけれど、そういうわけでもないみたいね。

「それで、当日は父さん主導のもと、この村でも歓迎のお祭りと式典をやることになったんだ。その時、父さんと一緒に僕も挨拶することになってね。……それで相談なんだけど」

秘密を打ち明けるように、デレクが小声で私に囁く。

「リアも、僕の隣で国王陛下を見てみるかい？　父さんに頼めば、多分同席させてくれるよ。もちろんフィルも一緒だ」

私はぎょっとした。

「私が国王陛下のそばに!?」

「うん。一生に一度、あるかないかの機会だと思う」

デレクは興奮しているようだった。

きっと、またとない絶好の機会として、親切心で私を誘ってくれているんだろうな……。デレクは親切な人だから。

　でも。

「ううん、私はやめておくわ。国王陛下の近くに行くなんて、とてもじゃないけど恐れ多すぎて。私はこの国の出身じゃないし」

　私が苦笑しながら言うと、デレクの両眉が下がった。

「そうかい？　国王陛下はそんなこと気にされる方じゃないと思うけど……リアはキャタニク王国出身だっけ。国王陛下は語学が堪能な方で、キャタニク語も話せるはずだよ」

「国王陛下が気にしなくても私が気にするの」

　それに、デレクの隣だなんて。

　そういうのは妻や婚約者が立つ場所だろう。

「そうか……それは残念だ……」

　断ると、デレクが露骨にしょんぼりとした顔をした。

「僕は当日どうしてもその式典に参加しなければいけない。であれば、リアと一緒にお祭りには参加できないね……」

「仕方ないわ。あなたは村長の息子だもの。国王陛下がどんな人だったか、後で教えて」

「リアは見に行かないのかい？　当日は国王陛下のパレードが開催される予定だよ」

「お祭りは行くけど……パレードはどうかな。見れたら見るかもしれない。フィルがぐずるかもしれないし、あまり期待していないの」

言いながら、私は早くも別のことを考え始めていた。

お祭りが開かれるなら、色々な屋台が出てくるはずだ。

フィルの好きなチュロスが売っているといいな……！　あの揚げ菓子、サクサクでとってもおいしいんだもの。

「そうか。じゃあ残念だけど、もし会場で会えたら会おう」

「うん。開催準備、大変だと思うけど頑張ってね！　もし手伝えることがあったらなんでも言って」

「ありがとう、リア」

そう言ってデレクは、今日の買い物を済ませると薬屋から出ていった。

お祭りかぁ……。

その後、デレクから聞いた話をおばあちゃんたちに話すと、案の定フィルはすぐに行きたがった。

「おまちゅり！　おまちゅり！」

「おまちゅり、当日はママと一緒に行こうね。おばあちゃんはどうする？」

「あたしゃ遠慮しとく。人混みなんて考えただけでゾッとするね」

「だと思った。おばあちゃんは人混み嫌いだものね。それじゃ、私とフィルのふたりで行ってくるわね」

「ああ、気を付けといで。………あと」

そこで、おばあちゃんは何かを言おうとした。

「ん？」

「………いや、やっぱりなんでもないよ」

けれど、おばあちゃんは何も言わなかった。

？　どうしたんだろう？

不思議に思いながらも、私はそれ以上追究しなかった。

◆

そしてやってきたお祭り当日。

村は朝から……いや、むしろその前日から、見たことのない活気に包まれていた。

ありとあらゆる場所が大々的に飾り付けられ、国王陛下大歓迎！の旗があちこちではたはたと揺れている。

それは見ているだけでこちらにまで興奮が伝染するようで、実際フィルは一歩外に出た瞬間から大興奮だった。

「ほあーっ！　ちゅごーーーい！」

短い腕を一生懸命伸ばして、高いところにある飾りに手を伸ばしている。

かと思うと、体がふわりと浮き上がり始めた。

「あっ！　ダメよ！」

そんなフィルの体を、あわてて私がはっしと掴んで引き戻す。

「うさぎさんたち！　今日は本当にダメだからね！　目立つこと、したくないの！」

もし村長にもてなされている国王陛下たちの前に、ふわふわと浮き上がったフィルが飛んでいったら……。

想像しただけで血の気が引くわ。

しかもあの精霊さんたちならやりかねない。しっかりフィルを、捕まえていないと……！

私はやらかすまいと、ぐっと気合を入れた。

そこに、羊を飼っているハンナおばさんが通りすがる。おばさんは亜麻色の髪にお花をつけて、いつもよりおめかししていた。

「おはようリア！　リアたちもお祭りに行くのかい？」

「ええ。フィルが好きなチュロスを探しに行こうと思って」

「ああ、そういや誰かがチュロスを売るって言ってた気がするねぇ……。ヤンのところだったかな」

「本当？　探しに行かなくっちゃ」

ハンナおばさんの言葉に嬉しくなる。

アップルパイの時と同様、フィルだけじゃなくて私もチュロスが大好きなのだ。カリっとした衣に、まぶされたたっぷりのシナモン。

想像しただけでよだれが出てしまうわ！

腕の中のフィルも、チュロスの単語を聞いてはわわ！と目を輝かせた。

「ちゅろちゅ！」

「一緒に分けっこしようね」

そんな私たちを、なぜかハンナおばさんがじっ……と見つめていた。

それはとても珍しいことだった。なぜならハンナおばさんはいつも、こちらが口を挟む余地もないほど高速でしゃべり続ける人なのだから。

『ハンナは黙ったら死ぬ』

なんて村のみんなに言われているくらいよ。

それなのに、今は目を皿のように丸くして、じぃぃっと私――ではなく、フィルを見つめていた。

「？　おばさん、どうかしたの？」

私が声をかけると、ハンナおばさんはハッとしたようだった。

「い、いや！　あいかわらず、フィル坊やの目は綺麗だなぁと思って……！」

「ああ、うん。綺麗よね」

言って私は微笑んだ。

太陽の光を受けて、今日もフィルの瞳は七色に輝いている。キラキラ、キラキラと、まるで瞳の中で宝石が輝いているようだ。

宝石はほとんど見たことがないんだけれど……でもきっと、本物の宝石にも負けないくらい、フィルの瞳は綺麗だと思う。

「あ、あのさぁ……」

そこでなぜかハンナおばさんが気まずそうにもじもじし始めた。これも珍しい。ハンナおばさんはいつも何事もハッキリズバッと言う人なのに。

「リアちゃんやい……すこーし、すこーーーし聞いてもいいかい……？」

「なんでしょう？」

「その………フィル坊やの父親って、一体誰なんだい……？」

「っ……！」

ハンナおばさんの口から出た質問に、私は硬直した。

私の顔色が変わったのに気づいたのだろう。

ハンナおばさんがあわてて手を振る。

「あっ！　いや、ごめん！　そういうのは聞いちゃいけなかったね！　ごめんねリアちゃん！　しかもフィル坊やの前で！」

「…………いいえ、私こそ、ちゃんと答えられなくてごめんなさい」

私は正直に言った。

「フィルには大きくなったら話そうと思っているんですが、キャタニク王国の人なんです。ただ……色々あって、結ばれる相手ではなくて」

「へ、へぇ？　キャタニクの人なのかい？」

なぜかハンナおばさんの声は裏返っていた。しかもその後、小声でブツブツつぶやいている。

「……そうかキャタニクの……いやでも……」

「おばさん？」

「いっいや！　なんでもないよ！　リアちゃんとフィル坊やが元気ならそれでいいんだ！　うんうん！　それでいい！」

かと思うと、ハンナおばさんはそそくさと立ち去っていく。

……一体どうしたんだろう？　やっぱりフィルの瞳が、そんなに珍しかったのかな。

考えながら、私はじっとフィルを見た。

「？　どちたの、まま」

「ううん。フィルは可愛いなぁと思って」

そう言うと、フィルはにこーーーっと笑った。

「ふぃるはちぇかいいち、かわいいよ！」

どこから覚えてきたのか、そんなことを言い出す。

……大方、村の女の子が吹き込んだのだろう。

フィルは老若男女問わず村の人たちに大人気で、お店に来る子たちにもしょっちゅう抱っこされてはキスの嵐を受けているんだもの。

「ふふふ。そうね、フィルの可愛さは〝ちぇかいいち〟よ」

言って、私はフィルのやわらかなほっぺにキスをした。

「くふ！　ぼくもままにちゅる！」

かと思うと、すぐさまフィルも私にぶちゅぅうっとキスしてくれる。同時に、べとーっとしたよだれが私の頬についたけれど、それも可愛い。

「あははっ、べとべと！」

私はそれを拭いながらフィルとともに笑った。

それから私は、フィルや精霊とともに存分にお祭りを楽しんだ。

チュロスを頬張って、ソーセージも頬張って、それからフィルと私の頭に花輪をつけてもらって。

　そうしているうちに、村の人たちのあわてた声と、ざわざわとした喧騒がますます大きくなる。

　どうしたんだろう？

　不思議に思っていると、これまためかし込み、オシャレな帽子をかぶったトーマスおじさんがあわあわと大通りに向かって走っている。

　そして私に気づくと、通りすがりにこう叫んだのだ。

「おう！　リアちゃんも急いだ方がいいぜ！　国王陛下一行のお出ましだ！」

　ああなるほど。道理で。

「教えてくれてありがとうトーマスおじさん！」

「ありがちょー！」

　私がお礼を言うと、腕の中のフィルもトーマスおじさんに向かってぶんぶんと手を振る。

「国王陛下か……どうしようかなぁ」

　国王一行がやってくるとあって、村では連日国王の話で持ち切りだ。

　苦境を乗り越え悪徳王妃を倒して王位を掴んだ若き王は、まるで物語に出てくる英雄のようにもてはやされている。

　しかも国王は見目が大変よい上に、まだ独身らしい。貴族や王族にしては珍しく、婚約者すら決まっていないということもあって、村の女の子たちの盛り上がりは尋常じゃなかった。

『もしかしたら、美しさを見初められてあたしが王妃に迎えられるかも⁉』

『何言ってるのよ。ただの村娘にそんな夢物語が訪れるわけないじゃない』

『でも、チャンスがゼロとは言えないわよ⁉』

『そうよそうよ‼　だってまだ独身だもの‼』

……なんて、あちこちで女の子たちが鼻息荒く話していたのだ。

未婚の母である私は当然そういう盛り上がりには参加できないけど……噂の若き王の顔くらいは、見てもいいのかもしれない。

デレクも言っていたけれど、こんな辺境に国王がやってくるのなんて一生に一度あるかないかだし。

「フィル。一緒に、王さまのお顔を見に行く？」

「おうしゃま？　みるー！」

フィルはきっと王さまが何かもわかっていないだろう。

それでも、彼の記憶に少しでもお祭りの思い出が残ればいい。

そう思って、私はトーマスおじさんが走っていった、今一番盛り上がっている場所へと向かって歩きだした。


「うわ～……！　すごい人ね……！」

一体、こんな小さな村のどこにこれだけの人がいたのだろうと思うほど、村で唯一にして最大の大通りには大勢の人々が押し寄せていた。

……いや。これは村の人たちだけじゃないわ。

見知らぬたくさんの顔ぶれを見て、私は目を細めた。

きっと隣町や、それ以外の町からも人が来ているのだろう。中にはピナーナク村には似つかわしくない、いかにも良家のご令嬢っぽい豪華なドレスを着ている人たちもいる。それもひとりやふたりじゃない。複数人だ。その令嬢の周りには、護衛らしき騎士たちまでいる。

……もしかして、国王陛下を追いかけてついてきているの？

貴族といえば私は継母さまとお姉さましか知らないけれど、あのふたりだったら美貌の若き王に取り入るために後をついて回るくらい、当然のようにやると思ったの。

………まさかこの中に、お継母さまたちはいないよね……？

おもわず心配になってきょろきょろとあたりに視線を走らせる。

が、これだけたくさんの人がいたら、たとえいたとしても私には気づかないだろう。………多分。

念のため、私はわざと人がたくさん集まっているところに向かった。

木を隠すのなら森の中。

なら、私たちも群衆の中に紛れ込めば、少しは安全だと思ったの。

「うさぎさんたち、フィルを私の肩に乗せてくれる？」

『イイヨ！』

『カタグルマ！　カタグルマ！』

『ヨォークミエルヨ！』

すぐに魔法の力が働いて、フィルがふわふわと私の肩の上に乗る。いわゆる肩車ね。

少しでもフィルに、王さまを見せてあげようと思って。

そうしているうちに華やかな音楽とともに、お祭り最大の主役たちが近づいてくる気配がした。

ほほう、どれどれ？

フィルが落ちないようしっかりと足首をつかまえ、少しでも国王一行を見ようと一生懸命背を伸ばした。

最初に人々の隙間から見えたのは、国王の護衛と思われる黒い服を着た騎士たちだ。

ピシっとした正装に身を包み、ひとりひとりが凛と背筋を伸ばした姿はとてもかっこよく、思わず私は「おぉっ」と声を上げた。

跨っている馬たちも、馬具のあちこちに華やかな装飾がついている。

やっぱり、村にいる荷馬車を引く馬たちとは全然違う……！　体躯が立派だし、毛並みもツヤツヤ！

「おうましゃんー！」

「かっこいいお馬さんだね」

と同時に、周りの女性たちが「キャーーーー‼」という興奮した黄色い叫びを上げ始めた。

お？　もしかして、あの大勢の歩兵に囲まれた人が国王陛下？

いよいよ主役の登場に、私もワクワクしながら首を伸ばす。

「噂のご尊顔は……」

最初に目に映ったのは、神々しいまでの白馬。

どうやら国王陛下は馬車に乗っているのではなく、自ら馬に跨っているらしい。

純白の毛並みは光を受けてまばゆく輝き、皮膚は絹のような滑らかさを見せている。筋肉はしなやかで、一歩歩くたびに白馬の美しさが際立った。

まさに、若き王にふさわしい高貴な馬だった。

そしてその背に堂々と跨る国王は、白をベースに青色の混じった装いに身を包んで、堂々と微笑んでいた。

王は月の光を集めたかのような銀髪に——……。

「…………………え？」

そこで、私はぴたりと動きを止めた。

……。

…………嘘。

…………………嘘だ。

こんなの、嘘……。

ドクドクと、心臓がかつてない速さで暴れ始める。

ハッ……ハッ……と、自分の息が荒くなるのを感じていた。

肩の上にいるフィルが、無邪気に声を上げる。

「わぁっ！　みてぇー！　おうしゃま、きれいなおめめ！　きらきら！」

若き美貌の王が持っていたのは、月の光を集めたかのような銀髪に——七色に輝く宝石の瞳だったのだ。

祝福の光に照らされて、まばたきのたびに色を変える神秘的で美しい瞳。

その瞳に宿るのは、見た者の心の奥底までをも照らすかのような……そんな輝きだ。

——そして私は、そんな瞳を持つ人物をひとりだけ知っている。

ウィルだ。

私がかつて愛したただひとりの人。

そして、フィルの父親。

間違いない。あれはウィルだ……。

数年ぶりに見るウィルは、まるで地上に降り立った神の子のように、力強さと優雅さに満ちあふれていた。

彼が手を振るたび、微笑むたびに人々は歓声を上げ、あるいは息を呑むように彼を見つめている。

その場にいる誰もが、若き王の放つ気高い美しさに酔いしれていた。

私が言葉もなく見つめていると、ふいにウィルがこちらを向いた。

そして私から遠く離れた場所にいるにもかかわらず……その七色の瞳と、バチッと目が合った気がしたのだ。

「っ……‼」

次の瞬間、私は弾かれたように身をひるがえしていた。

急いでフィルを肩から下ろして抱き上げ、おばあちゃんが待つ自宅へと全力で駆けていく。

「ままぁ？　もうかえりゅの？」

まだ見ていたかったらしいフィルから不満の声が上がるが、それに返事をしている余裕はなかった。

半ば転げるようにして村を駆け抜け、息も絶え絶えに自宅に帰りつく。

「っ……！　ただいまっ！」

バン！と乱暴に扉を開けてハァハァと肩で息をしていると、おばあちゃんがゆっくりとこちらを見た。

「……どうしたんだね。そんなにあわてて」

「ままぁ？　だいじょぶ？」

心配したフィルが、ぽんぽん、と私の頭を撫でてくれる。

いつもだったら「ありがとう可愛いフィル！」と抱きしめているところだけど、今はそんな余裕はない。

「……だ、だいじょうぶ、よ。ありがとう……」

フィルを下ろすと、薬瓶を持ったおばあちゃんが近づいてくる。

「ほれ、気を静める薬だよ。これでも飲んで落ち着きな」

私は受け取ると、すぐさま薬を喉の奥に流し込んだ。

「っ！」

苦い薬草の味にぐっと眉間にしわが寄るが、同時にその苦さが興奮した頭を冷やしてくれるような気がした。

「……ありがとう……」

ほぅ……と息を吐いて、お礼を言う。

「フィルもごめんね。お祭りの途中なのに帰っちゃって……」

「いいよぉ、ふぃる、ままだいしゅきだから」

「フィル……！」

無邪気に笑う息子の姿に、不意にじわりと涙がにじんだ。

私はフィルをぎゅうっと抱きしめた。

「ままぁ？　くるしーよぉ？」

「あっ……ごめんね」

あわてて離すと、けれどフィルはにこにこしていた。

どうやら新手《あらて》の遊びだと思っているらしい。

そんなフィルのほっぺをうりうりと挟みながらも、私は先ほど見た光景が忘れられなかった。

◆

――夜。

その日はなんとなく眠れなくて、私は一階台所にあるテーブルに座っていた。

目の前にはしばらく前に入れたホットミルクがあったけれど、既にそれは冷めていて、ただのミルクになっている。

「……」

蝋燭がゆらゆらと揺れるのを見ながら、私は考えていた。

見間違いじゃない。あれは間違いなくウィルだ。

数年前、川に流れついていたところを助け、そして一晩だけともに過ごした男《ひと》。

久しぶりに見たウィルは元々の美貌に加え、さらに王らしい堂々とした貫禄も加わっていた。

若き美貌の英雄王。

新王がそう呼ばれているのを知った時は「盛りすぎな……」と苦笑していたけれど、ウィルの姿はその名前にまったく負けていなかった。

恐らく彼の姿はこの村で伝説となり、後世まで語り継がれていくだろう。

そう思わせるほど、国王となったウィルの姿は立派だった。

特に七色の瞳は、見た人全員の記憶に色濃く焼き付いたはずだ。

すべてを見透かすような、まっすぐで力強い眼《まなこ》。

思い出して、またドクンと胸が震えた。

かつて私は、誰よりもその瞳に魅了されたのだから——。

……だめだ。今日は眠れそうにない。

そこへ、トントン、と階段を下りてくる足音がした。

「……おばあちゃん」

振り向いた先にはおばあちゃんが立っていた。

おばあちゃんは台所に行くと、カチャカチャ、コポコポという音を立てながらミルクを沸かしている。

それから、机の上にトンとマグカップを置くと向かいの椅子に座った。

「ほれ。新しいホットミルクだ。こっちを飲みな」

「ありがとう……」

「……」

「……」

私たちは向かい合って座ったまま、しばらくどちらも口を開かなかった。

やがてぽつりと、私が言う。

「………おばあちゃんはもしかして、最初から知っていたの……？」

――ウィルが、王族だと。

おばあちゃんはすぐに答えなかった。

ズッ……とすっかりぬるくなってしまった私のミルクを飲み、それから諦めたように言う。

「……ああ、知っていたとも」

やっぱり。

さっき帰ってきた時、なんとなくそんな気がしていたの。

いつもだったら、「おいおい、どうしたんだい？　またすっ転びでもしたのかい」って笑って聞いてくるおばあちゃんが、変に冷静で。

気を静める薬だって、まるであらかじめ準備されていたような速さで出てきて……。

「いつからなの？」

私が聞くと、おばあちゃんは肩をすくめた。

「最初からさ」

……最初から。

つまりウィルを助けた時から、全部知っていたの？

そんな私の疑問に答えるようにおばあちゃんが言った。

「リアは知らなかっただろうが、ルミナシア王国の人間だったら大体知っていることだよ。七色に輝く宝石眼〝ルミナスの瞳〟は、王族にだけ受け継がれるって」

〝ルミナスの瞳〟

王族。

私はぎゅっと目をつぶった。

――これで全部納得がいった。

私がウィルの瞳について聞いた時、なぜかウィルだけじゃなくておばあちゃんも詮索しないよう私に注意していたのか。

彼がなぜあんなにたくさんの傷痕をつけていたのか。

そして、なぜ彼がずっと身分を隠していたのか。

頭の中で点と点がすべて線で繋がって、私はふぅーっとため息をついた。

それからはたと気づく。

「……ん？　あれ……？　ルミナシア王国の人間だったら大体知っているってことは、もしかして村のみんなも、フィルが王族の血を引いてるって知ってたの……!?」

そういえばお祭りが始まる時にハンナおばさんに珍しくフィルの父親について聞かれた。

あれも今考えれば、〝ルミナスの瞳〟に気づいていたからだろう。

「さぁどうだかね……。ここの奴らはみんなのんきだから、『こんな田舎にいるわけない』とか思ってるんじゃないか。じゃなきゃ、とっくの昔にもっと話題になっていただろう」

た、確かに……。

それから私は、もうひとつ気になっていたことを尋ねた。

「……ねぇおばあちゃん。もしフィルの存在がバレたら、きっと連れていかれるよね？」

ウィルは国王。

だったらその子供であるフィルは、王子なのだ。まだ結婚していない彼の、恐らくたったひとりの跡継ぎ。

「それともルミナシア王国は、庶子《しょし》だったら王子とは認められなかったりする……？」

そうであれば、心配の種がひとつ減るのだけれど……。

けれど私の期待を裏切るように、おばあちゃんはきっぱりと言い切った。

「ああ、連れていかれるだろうね。この国では血筋より何よりも、〝ルミナスの瞳〟が大事なんだ。王妃が産んだ子でも〝ルミナスの瞳〟が受け継がれていなかったら、その子は王位継承権を得られない」

「うぅう……！」

王位継承権！　すさまじく重い単語が出てきた！

「つまりフィル坊は、今やルミナシア王国の王位継承順位第一位ってことだよ！　喜びな！」

「全然喜べない！」

私は頭を抱えた。

どうしよう。

バレたら、フィルは絶対に連れていかれる。

でもどう考えても私は一緒には行けない。

生まれは確かに男爵令嬢ではあるものの、貴族の教育は一切受けていないに等しいのだ。

行っても、どう考えてもウィルに恥をかかせるだけ。

それに、万が一私の居場所が継母さまたちにバレて、ウィルが王位継承権を持っていると知られたら……。

たかられる‼

まず間違いなくたかられる‼

そうなったら恥をかかせるどころではないわ。下手したら国際問題よ！

頭の中に、ウィルに向かって『わたくしたちは王位継承者の祖母と伯母ですわよぉ？』と言っているお継母さまたちの姿がくっきり見えているんだもの‼

ウィルは優しいから、きっと彼らにもお恵みを与えてしまうんだろう……。

ううう！

かといって、フィルと離れて暮らすなんて…………絶対に考えたくない。

フィルは私の一番の宝であり生きがいなのよ……‼

「うぐぐぐ」

私が頭を抱えていると、おばあちゃんが勢いよくゴッゴッとぬるくなったミルクを飲み始めた。

かと思うと、ドン！と大きな音を立ててカップを机に置く。

「ま、こうなった以上なるようにしかならないだろうよ。諦めな」

「あ、諦めなってそんな簡単に……！」

私が唇を尖らせると、おばあちゃんがハン！と鼻で笑う。

「おやおや。忘れちまったのかい？　ウィルを拾った時、あたしがなんて言ったか」

「おばあちゃんが言ったこと……？　えっと……確か……」

私は必死に記憶を探った。

そして「あ」と声を上げた。

……そういえばおばあちゃん、確かにこう言っていた気がする。

『悪いことは言わない。今すぐこの男を追い出しな！　絶対めんどくさいことになるから！』

と――。

私の表情を見たおばあちゃんが勝ち誇ったように言う。

「ほーーーらあたしの言った通りになっただろう。『老いたる馬は路を忘れず』。人生経験の差を舐めるんじゃないよ！」

「おばあちゃんの言う通りです……！」

ぐうの音も出ないとは、まさにこのことだ。

それに、避妊薬だっておばあちゃんはちゃんと用意してくれたのだ。……私が飲み忘れただだけで。

頭を垂れていると、おばあちゃんが言った。

「それに、別にリアがリディアだってバレたわけじゃないんだろう？」

「うん。そこは平気だと思う。………………多分」

逃げ帰る直前、ウィルと一瞬だけ目が合った気がした。

けれどウィロピー男爵領の森で過ごしていた時、私は魔法で髪を本来のストロベリーブロンドからブラウンに変えていた。

同時に、常に仮面もつけていたから顔の詳細もわからないはず。

たった一度だけ、フィルを授かることとなった一夜は仮面を外していたけれど、蝋燭もない森の暗闇の中で、私の顔がはっきりわかったとは思えない。

朝は彼が起きる前にその場から離れたし……。

「それとも今からでも逃げるかい？　あんたの継母から逃げた時のように」

聞かれて、私は口ごもった。

「私だけならともかく、フィルは……」

逃げるとなると、フィルを連れて放浪の旅に出ることになる。

まだウィルに私たちの存在がバレたわけじゃないのなら、フィルの故郷をなくしたくなかった。それに下手に他の地に行って〝ルミナスの瞳〟だと気づかれたら、事件に巻き込まれる可能性だってあるんだもの。

「フィルの瞳の色を変えられたらな……！　そしたら何も問題ないのに」

「どうだかね。そもそもフィル、〝ルミナスの瞳〟以外でもウィルにそっくりなんだから」

……そうなのだ。

フィルは赤ちゃんの頃、確かに私に似ていたはずなのに、成長するにつれどんどんウィルの面差《おもざ》しを濃く宿すようになったのだ。

「とはいえ〝ルミナスの瞳〟じゃなかったらいくらでも逃げ道はあったんだがねぇ……。普通の瞳だったら、たとえ王妃の子でも大臣たちに見向きもされないはずさ」

「〝ルミナスの瞳〟を持っていなければいらないということなの？　それはそれでシビアね……」

「ま、色々あるのさ。王族ってのはどの国でもめんどくさいものだからね」

そう言ったおばあちゃんは、どこか遠くを見ているようだった。

……？

気になったけれどなんとなく触れてはいけない気がして、私は言った。

「そもそもどうして魔法を使っても、瞳の色だけは変えられないんだろう」

だからこそ私も仮面をつけていたんだけれど。

「簡単なことだよ。瞳にはその人間の魂が映っているからさ。魔法でも捻じ曲げられない、神だけが決められる不可侵の領域。それが瞳なんだ」

「神の領域……」

「さぁ、おしゃべりはここまでにしてそろそろ寝ておきな。今日は祭りのために一日休んじまったんだ。明日からまたキリキリ働いて稼がないと。フィルのためにも、お金はあるにこしたことはないからね」

その言葉を聞いて、私は微笑んだ。

これからどうなるかわからないけれど、少なくともおばあちゃんはフィルとの未来を考えてくれている。

「……そうだね。それに、普通こんなところに自分の子供がいるなんて思わないだろうし、通り過ぎてしまえばもう二度と来ないはず。その間フィルも家の中に隠しておけば……」

今のところ、ハンナおばさん以外でフィルが〝ルミナスの瞳〟だと気づいてやってきた人はいない。

国王陛下一行がピナーナク村に滞在するのは今日を含めて三日。

ならそれを乗り切れば、このままバレずに暮らせる可能性だってあるのだ。

「……まだ結論を出すのは早い気がしてきた。うん。おばあちゃん、私諦めないわ！」

ぐっと両手を握っていると、おばあちゃんが言う。

「そうそう、あんたはそれぐらい元気な方がいいさね。まーったく、ウィルのことが絡むとすぐにしおれるんだから、めんどくさいったらありゃしない」

「めんどくさいって……」

「いいかい。最悪、フィルを取られるのが嫌なら、精霊たちに頼んでウィルを遠くにぶっ飛ばしちまえばいいんだよ。男爵家でやったみたいに」

とんでもない発言に私は噴き吹き出した。

「いやいや、それはどう考えてもよくないよ⁉」

「それからフィルを連れてキャタニク王国に帰って、キャタニクの王族にすがりつくんだ。そしてルミナシア王国の王位継承順位第一位をカードに、王族と交渉しな！」

「キャタニク王国まで巻き込まないで⁉　どんどん規模が大きくなってる！」

だめだ。このままおばあちゃんに任せたら国際問題になってしまう。

これは何がなんでも、フィルを隠し通さないと……！

ウィルがこのまま何事もなく、ピナーナク村を通り過ぎてくれれば問題はすべて解決するはずなんだから……！

私はドキドキしながら、とりあえずその夜は布団へともぐり込んだのだった。

◆

翌日。

私は朝から、せっせと薬屋の開店準備に明け暮れていた。

昨日はみんなあちこちで酒盛りしていたはずだから、今日は二日酔いの人が続出しているはず。そんな人のために、二日酔いをたちどころに治す胃腸薬を用意しているのだ。

あと、二日酔い防止の薬もね。

フィルは念のため、おばあちゃんと一緒に二階で遊んでもらっている。

外に行けないことで朝はずいぶん泣かれたけれど、代わりに後日たくさんピクニックに連れていくという約束でなんとか事なきを得た。

「ふーっ……。これだけあれば、十分だよね？」

棚にずらりと並ぶ胃腸薬。

私の読みが正しければ、きっと飛ぶように売れるはず。

開店時間まであとわずか。私はいつお客さんが来てもいいように、急いで店の鍵を開け看板をかけた。

だからしばらくして、薬屋の外がガヤガヤし始めた時もちっとも気にしていなかったの。

やっぱりみんな二日酔いになったのかな。なら、こっちの瓶も棚に置いておこうかな。

それくらいしか考えずに、ラタンで編まれた籠に、補充の分をぽいぽいと入れていた。

カランコロン……という軽やかな鈴の音が聞こえた時も、お客さんだわ、くらいにしか思っていなかった。

「いらっしゃいませ。ちょっと待ってくださいね、今ご案内しますから」

いったん籠を机の上に置いて、お客さんの対応しようと振り返る。

そして目の前に立っていた人物を見て、私は固まってしまった。

上品に輝く銀髪に、煙《けぶ》るような長いまつげ。すっきりと通った鼻筋に、やわらかそうな唇。

そしてひどく甘いのに、同時にすべてを見透かすような、七色の瞳——。

「——君の名前を教えてくれないか」

誰もが見惚れずにはいられない美貌とともに、ウィルは私に言ったのだった。

「あ…………」

まずい。

頭が真っ白になる。

人は驚くと、何ひとつ言葉が出てこなくなるものらしい。

目を見開いて固まる私を見て、ウィルが困ったように微笑む。

「ああ、失礼。自分が名乗る前に尋ねてしまうとは……。私はウィリアム・カイル・ルミナシア。この国の国王だ」

「ぞ……存じ上げております国王陛下！」

私は急いでバッと頭を下げた。

どど、どうして⁉　どうしてウィルがここにいるの⁉

今日は村長たちの歓迎を受けているはずじゃっ……⁉

そして明日の朝には旅立つって、デレクが言っていたのに……‼

動揺したまま顔を上げられずにいると、上から穏やかな、それでいて落ち着いた声が降ってくる。

「君が私の知っている女性によく似ている気がして思わず話しかけてしまった。驚かせて悪かった」

……ん？　これは⁉

もしかして、私とは気づかれていない……⁉

その可能性に気づいてごくりと唾を呑む。

だったら、下手に名前を隠す方が不自然なのかもしれない……！

「えっと、私はリアと、申します……！」

そう思って、私は本名を名乗った。どうせここで嘘をついても、すぐにバレるもの。

……と言いつつ、声はいつもより少し低くしてある。

「リア？　…………ほう」

私の言葉に、ウィルは何かを考えているようだった。

「……」

……あれ？　無言だな。

気づけば薬屋の中はシンと静まり返っている。

どうしたんだろう。

私は恐る恐る顔を上げた。

――次の瞬間。

私は私をじっと見つめる七色の瞳と、至近距離でバチッと目が合ってしまったのだ。

「っ……！」

――即座によみがえる、一夜の逢瀬《おうせ》。

あの日蝋燭ひとつない暗闇の中で、ウィルの瞳は底光りしていた。

昼間とは違う光り方をする、宝石のような瞳で私を見つめながら、「リディア……リディア……愛している……」と愛を囁いていた。

そして頬に、唇に、胸に、腹に、ありとあらゆるところに、唇を滑らせたのだ。

その熱さを思い出してカッと赤面する。

う、うそうそ!?　もう何年も前の、たった一夜のことを今ここで思い出す!?

……逃げ出したい。

今すぐこの場から逃げ出したい。

でもそんなことをしたら、自分がリディアですと認めるようなものだ。

私は逃げ出したい気持ちを必死に抑え込んだ。

――あまりにも必死だったから、その時「……間違いない」とつぶやいたウィルの声をうっかり聞き逃してしまったくらい――。

「驚かせてしまってすまない」

にこりとウィルが微笑んだ。

それは以前森で見たような、はにかんだあどけない笑顔ではなく、完全たる〝王〟の微笑みだった。

見る者に威厳を感じさせ、ひれ伏させる笑顔。

……あ、この人はもう、前のウィルではないんだ……。

だってこんな笑顔、見たことない……。

そう思った瞬間、先ほどまでの熱が嘘だったように私はスンと落ち着いた。

「えっと……恐れながら、薬をお探しでしょうか？」

……こうなったら、知らんふりを突き通そう。ウィルも、疑ってはいるけれどまだ気づいていないみたいだし！

どのみち明日には発つんだもの！　少しの辛抱よ！

おばあちゃんが言っていたわ。嘘をつく時は堂々とついた方が逆にバレないって！

ドッドッドッドッ。

心臓が激しく暴れていたけれど、聞こえないふりをする。

私がまっすぐ見ると、ウィルは考えるように顎を押さえた。

それから一瞬、ちらりと店の奥――台所などがある居住スペースの方に視線を走らせる。

かと思うと、またあの王の笑みを浮かべて言った。

「……そうだな。ここにある胃腸薬を少し包んでもらえるか」

「はい！　ただいま！」

私はなるべくウィルの顔を見ないようにしながらかつてない速さで品物を用意した。

「お、お代は結構です！　ささやかですが陛下へのお祝い品です！」

――とにかく一秒でも早くお引き取りいただきたい。

そんな私の考えを察したように、ウィルがやわらかく微笑む。

「そうか？　では、言葉に甘えてありがたく頂戴するとしよう」

「ありがとうございました‼」

先手必勝。

これ以上居座られないように、私は早々と頭を下げてお見送りの姿勢を表した。

「こちらこそありがとう。――では」

と言いながら、ウィルも私の希望通り薬屋の中から出ていってくれた。

カランコロン、と鈴が鳴る音を聞いて、そして彼が大勢の護衛とともに薬屋から離れるのを見届けてから……私はずるずるとその場にへたり込んだ。

「ふぅーーーっ」

びっくりした。びっくりした。びっくりした！

人生で一番びっくりした！

川で倒れているウィルを見つけた時よりもびっくりした！

なんで彼がこんなところに……！　いやこれはさっきも考えたな……。

驚きすぎて、思考がぐるぐると反芻《はんすう》している。

かと思うと、またカランコロンと扉の鈴が鳴った。

ビクッとして顔を上げると、そこには目を輝かせた村の女の子たちが立っていた。

「ねぇ！　今、国王陛下と何を話したの⁉」

「聞かせて聞かせて！　なんで国王陛下がここに⁉」

「陛下、護衛をここに待たせてひとりで入っていったのよ⁉　なんで⁉」

キャアーッと黄色い悲鳴が店内に響く。

その声に、逆に私の方が落ち着いてきた。人間、自分より興奮している人を見ると不思議と落ち着いたりするよね。

「陛下は……ただ薬を買いに来ただけよ。きっと狭い店内だから、みんなで入ると邪魔になると思ったんじゃないかな」

「でもでも⁉　普通だったら家来に買いに行かせればよくない⁉」

「うーん……。物珍しかったとか？　田舎村の薬屋が」

「そうかなぁ⁉　本当にそれだけ⁉」

きゃっきゃっきゃと賑やかな女の子たち。

それから、胃腸薬を求めに来たお客さんなどで、薬屋はあっという間にいっぱいになって、ウィルのことを考えるどころじゃなくなってしまったのだった——。

◆

「それで？　どうだったんだい？」

夜。フィルが寝静まった後の台所で。

おばあちゃんがぐい、と机に身を乗り出す。

私は言った。

「う、うーん……多分、バレてない、と思う……！」

「なんだいその自信なさそうな言い方は」

「だって正直なところ私にもわからなくて！」

私は白状した。

「名前は？って聞かれた時はバレたかとも思ったんだけれど……その後、特に変わった様子はなかったのよね。態度もすぐに〝国王〟に変わっていたから、多分、私がリディアだとは気づかれていない……気がする」

少し言葉を交わして。

薬を買っていっただけ。

もしその時点でウィルが私に気づいたのなら、あれだけ熱っぽく「愛している」と囁いていた彼のことだもの。もっと何かあってもおかしくないと思ったのだ。

……。

『愛している』

その言葉を思い出して私はまた勝手に赤面していた。

横ではおばあちゃんが目を細めている。

「ふぅん……？　まぁ、なら、心配の種が消えてよかったじゃないか。国王は明日には帰るんだろう」

「うん。そのはずよ」

明日になればウィルはこの村から出発し、また元通りの生活に戻れる。

……そう思うのに、気持ちはどこかずっと落ち着かないままだった。

それはそうよね。

数年ぶりに見る、愛しい人の顔なんだもの。

その上、〝この人の子だったら〟と思って子供まで産んでいるわけで……。

そんな人が最後に見た時よりずっとたくましく立派になった姿で現れたら、むしろドキドキしない方がおかしいわ。
うん。そう。これは正常な反応。
だから顔がまだ熱いのも、仕方のないことなのよ!
そう思いながら、私は火照った頬を冷ますように、ぺちぺちと自分の頬を叩いた。

■第四章（ウィリアム side）■

――リディアだった。

あれは間違いなく、リディアだった。


今日の予定をすべてこなし、戻ってきた村長の家で、私はふーっと大きく息を吐いた。

「陛下、お疲れならあたたかいお茶でも用意しますが」

側近のクレイグが淡々と声をかけてくる。常に無表情な彼は、私の側近であると同時に乳兄弟でもあった。

「いや、大丈夫だ。……少しひとりになりたい」

「御意《ぎょい》」

さら……と長めの黒髪を揺らして、クレイグが頭を下げる。かと思うと、すぐに部屋の中は私ひとりになった。

「ふぅ……」

くしゃりと前髪をかき上げながら、ソファの背もたれにドッと体を預ける。

――とあるものに導かれるようにして始まった今回の旅路。

もういくつもの町や村を通り過ぎたが、この村に足を踏み入れた瞬間、何か感じるものがあった。

もしかするとここに、この数年ずっと求め続けていた女性――リディアがいるのではないかという、かすかな予感。

だがまさか、本当に会えるなんて……!!

まだドクッドクッと脈打つ心臓を押さえながら、私はひとつずつ思い出していた――。

◆

――私はこの国の第一王子として生まれた。同時に、〝ルミナスの瞳〟を持つ王位継承順位第一位の子でもあった。

国王である父は多忙で滅多に会えなかったが、王妃である母や周囲の人たちは優しく、十分に愛されて育ったと思う。

だが、幸せは長くは続かなかった。

五歳の時に母である王妃が病によってこの世から去ると、父は周囲の勧めもあって新しく後妻を迎えたのだ。

跡継ぎが私しかいなかったため、保険をかけようとしたのだろう。

そうして生まれたのが、弟であるチャーリーだった。〝ルミナスの瞳〟を持つ、王位継承順位第二位の子。

だがチャーリーが生まれてから――後妻であるエスメラルダ王妃はがらりと人が変わってしまった。

いや、本性が出たというのが正しいのだろう。

私ではなく、自分の子であるチャーリーを王位につけたいという欲望が生まれた王妃は、ことあるごとに私を罰するようになった。

チャーリーのことをバカにした。

チャーリーに怪我をさせようとした。

チャーリーを殺そうとした……。

日々やっていないことでまくし立てられ、罵《ののし》られ、ぶたれる。

王妃は巧妙で、国王の前では私を可愛がるふりをして〝よき母〟を演じた。

同時にその裏で、私を激しく鞭打ったのだ。

見かねた使用人が止めに入ってくれたことはあるものの、王妃に楯突いた人は皆ルミナシア王国から追放され、気づけば誰も彼女に逆らえなくなっていた。

王に真実を告げる者も、いなくなった。

……それでも、幼いうちはまだよかったと思う。

やがて成長するにつれ、私とチャーリーの決定的な差がひとつ生まれてしまう。

それは、チャーリーの体の弱さだった。

チャーリーは生まれついての喘息もち。季節の変わり目には必ずといっていいほど寝込み、少し遠出をしようものならまた寝込む。

チャーリー自身は非常に優しく、また優秀でもあったが、その体の弱さは〝王〟としては致命的だった。

それが王妃にとっては心底悔しく、納得できないことだったのだろう。

その頃には周囲が、

『ウィリアム王太子殿下がいれば、この国は安泰ですな』

と人目を憚《はばか》らず言うようになっていたのも、彼女の神経を逆なでしていたのだろう。

その上、国王である父もまた、周囲と同じ考えを持っていた。

――エスメラルダの憎悪が最高潮を迎えたのは、私の十二歳の誕生日の時。

私を見ながら、父はこう言ったのだ。

『ウィリアム。この国を引っ張っていけるのはお前だけだ。しっかり励むのだぞ』

……その時の王妃の顔を、恐らく私は一生忘れることができないだろう。

美しい顔に微笑みを浮かべながらも、その瞳は視線だけで私を殺せそうなほどの憎悪でいっぱいだったのだ。

見た瞬間、私は思わず目を逸らしてしまった。それくらい彼女の瞳は鋭く、恐ろしかった。

――そしてその日を境に、私の元には数多《あまた》の暗殺者が送り込まれるようになったのだった。

リディアたちの住むウィロピー男爵領に流れついたのは、私が二十歳になった時だ。

その頃にはもう、王妃は私を殺すことしか考えられない悪魔と化していた。

同時に、王にも毒を盛っていたのだろう。

王は日がな一日ぼーっとしていることが多くなり、代わりに政務を大臣たちや、エスメラルダ王妃に任せることが多くなった。

周りの使用人は皆買収され、父には頼れず、常に毒を警戒して、食事もまともに喉を通らない日々。

毎日悪夢にうなされ、暗殺者が来たのではと数時間ごとに飛び起きる。

外ではその不安を見せないよう王子らしく振舞っていたが、国民たちの期待とは裏腹に、私はいよいよ死の国へと追い詰められていた。

恐らくあのままいっていれば、王妃が手を下さずとも私はおかしくなり、自ら死への道を歩んでいただろう。

それくらい、破滅は目の前まで来ていたのだ。

だがそこに助けの手を差し伸べてくれたのが、遥か昔に解雇された乳母と乳兄弟のクレイグだった。

「殿下は一度この環境から離れるべきです！」

濁った瞳で力なく拒否する私を、忍び込んできたクレイグは必死に説得してくれた。

そうして私も彼らが本気だと悟り、視察と嘘をついて彼らとともに国境を越えることにしたのだ。

向かった先は隣国、キャタニク王国。

田舎町にクレイグの仲間や、かつて王妃に追放された者たちが隠れ住んでいるのだという。

私はクレイグ先導のもと彼らの元に合流し、力を蓄えてから世間に王妃の悪事を暴露する——はずだった。

だが、エスメラルダ王妃はその情報をも掴んでいた。

もうすぐ潜伏先に到着するという目前、橋を渡っていた私を、暗殺者の放った矢が貫いたのだ。

「殿下‼」

真っ青になったクレイグの顔。わき腹に走る激痛。そしてぐらりとかしぐ体。

すぐさまクレイグが私に向かって手を伸ばしたが、私がその手を掴むことはなかった。

宙を舞った私の体が、ドボン‼と冷たい水の中にたたきつけられる。

――そしてそのまま、私は意識を失ったのだった。

◆

目が覚めた時、最初に見えたのは透き通るアクアマリンの瞳だった。

「大丈夫？　私の声、聞こえる？」

それから、仮面舞踏会で使うような、顔の上半分だけを隠した無粋な木の仮面。

それを見て私の体に緊張が走った。

一瞬、暗殺者かと思ったのだ。

ただ、暗殺者ならばとっくに私を殺していてもおかしくないはず。

そう考えると、どうやら彼女らはただ訳あって身分を隠しているだけの善良な人々のようだった。

「あの……名前は言える？」

そう聞かれて、私はとっさに「ウィル」という愛称を答えていた。

ウィル自体は名前としても愛称としてもありふれたものだから、そこから私の身分にたどり着く者はいないと思ったのだ。

それよりも、瞳の方がよほど重要だ。

〝ルミナスの瞳〟は、ルミナシア王国民だったらすぐに私が誰か気づいてしまう。だが隣国だからか、幸いにもリディアはこの瞳について知らないようだった。

ただ何度も「綺麗ね」と輝くような笑顔で褒められて、少しくすぐったかった。

ルミナシア王国では、皆がこの瞳に対して畏怖《いふ》し、敬意を払い、そしてひざまずく対象だったから、リディアのように無邪気に褒《ほ》めてくれた人は、初めてだったのだ。

リディアの血の繋がらない母であるアデーレは私の素性に気づいているようだったが、彼女も詮索はしなかった。

——リディアもアデーレも、私をただの〝ウィル〟として見てくれていた。

打算も下心もない、ひたすらに穏やかで、優しいひと時……。

それは傷ついた体と心を癒すのに十分な時間だった。

長年忘れていた、王族として取り繕うことのない、心からの笑み。それを取り戻してくれたのも彼女たち——特に、リディアだった。

リディアはいつも仮面をつけていたから細かい目鼻立ちはわからなかったが、それでも私は彼女を美しいと思った。

くるくると動き、よく笑い、体の内側から発光するような女性。

そして素性も知れぬ私を見て、なんのためらいもなくまっすぐに、

『私たちはウィルの味方だよ』

と笑ってくれた、強い女性――。

私が彼女を愛するようになるのに、時間はかからなかった。

◆

そうして体の傷が十分に癒えた頃。

少し様子を見ようと、私はアデーレの小屋から少し離れた場所に足を延ばしていた。

そこに、まるで待っていたかのようにクレイグが現れたのだ。

「王太子殿下！　よくぞご無事で……！」

そう言ってひざまずく彼を見て、私は現実が帰ってきたことを悟った。

「すぐに帰ろう。……だがその前に、少しだけ時間をくれ。命の恩人たちに礼をしたい」

「御意」

……いつかこの時が来ると、わかっていた。

ずっとリディアたちの元に留まることはできないし、私が王子であるという事実から逃れることもできない。

わかっていたからこそ、私は回復してからも自らクレイグを探しに行くようなことをしなかったのだ。

……潮時、だな。

楽しい夢は、終わったんだ――……。

そう頭ではわかっているのに、私の気持ちは晴れなかった。

……リディアのことを、ひと時の夢として終わらせたくない。

これからもずっと、私のそばにいてほしい……！

それはかつて感じたことのない感情だった。

無意識のうちに彼女の一挙一動を目で追いかけ、笑い声に心を躍らせ、笑顔を見るだけで胸がいっぱいになった。

日々、リディアを見るたびに言葉にならない衝動が体を突き上げる。

彼女に触れるだけで、すべてが満たされそうな錯覚さえあった。

彼女に触れたい、だけではない。

彼女の視線を独り占めし、彼女の笑顔を独り占めし、誰の目にも触れないところに、彼女を閉じ込めたい――……。

王子として求められ、同時に王子として疎《うと》まれ自我を持たない自分にとって、初めて感じる狂おしいほどの恋情だった。

クレイグが去った後、私はすぐに決めていた。

——何がなんでも、彼女をルミナシア王国に連れて帰ると。

そして、私の王妃に据えると。

彼女の身分などどうでもよかった。たとえ平民でも関係ない。

ルミナシア王国で何よりも重要視されるのは〝ルミナスの瞳〟だ。

彼女を連れて帰り、〝ルミナスの瞳〟を持つ子を産ませてしまえば、大臣も国民も嫌でも認めざるを得ない。それがルミナシア王国だ。

ただ……そのためにはまず、エスメラルダ王妃から国を奪い返さなければならない。

父である国王は完全にエスメラルダの傀儡《かいらい》と成り果て、王宮にのさばるのは王妃に媚を売り甘い蜜を吸おうとする姑息な狐どもだけ。

それに、今リディアを連れていけば、彼女は確実に私の弱点となる。

エスメラルダ王妃から彼女を守るためにも、私は一度リディアを置いていかざるを得なかったのだ。

そうして血のにじむ思いでリディアを連れていきたいという欲望を抑え込んだ時だった。

彼女が突然、「どうか私に一晩のお情けをください！」と言い出したのは。

——その後はもう、無我夢中だった。

今まで我慢していた分、すべての気持ちをぶつけるように愛を囁いた。

しかも驚くことに、リディアも私を愛していると言ってくれて……！

だから彼女の口から「待つ」という明確な言葉こそ出なかったものの、てっきり待っていてくれるものかと思っていたのだ。


——だというのに、エスメラルダの悪事を暴き、ようやく安心して彼女を迎えに行ったアデーレの小屋は——もぬけの殻だった。


「嘘だ……！　なぜ……‼」

数年ぶりに訪れたその小屋は、見る影もないほど荒れ果てていた。

分厚い埃が積み上がり、あちこちから植物やキノコが生えている。

それは何年も手入れされていないことがひと目でわかる有様だった。

「殿下……」

付き添ってくれたクレイグがそっと声をかけてくる。

「どうなさいますか。このまま国に戻られますか？」

「…………………いや、戻らない」

震える拳を握り、私はキッと顔を上げた。

「絶対に、見つけ出す」

どこにいようと見つけ出す。

たとえ他の男の妻になっていても関係ない。

もう一度リディアに会うまで、決して諦めるものか……！


その後私は、周辺住民に片っ端から聞き込みをした。

リディアがいつも薬を売っている村の全員に聞いて回った。

彼らは豪奢《ごうしゃ》な服に身を包んだ私に驚いていたが、リディアのことを聞くと快く話してくれた。

「ああ、覚えているよ。リディアちゃんだろう。最後に挨拶に来てくれたんだ。もうウィロピー男爵領から離れるんだと。連れのおばあちゃんも一緒だったよ」

「どこだ！　彼女らはどこに向かった⁉」

「さ、さぁ……。そこまでは聞いちゃいねぇが……でもとにかく遠くだと言っていたよ」

私はがくりとうなだれた。

どうやら、リディアたちがここを離れたのは私が帰った直後らしい。

近くにあるウィロピー男爵家にも行ったが、そこは男爵家でありながら、やけにすさんだ空気を醸し出していた。

明らかに何日も着ているとわかるドレスに、まるで娼婦のような擦れた雰囲気のただよう女たち。

怪訝に思いながらも尋ねると、彼女らは
「リディア？　知りませんわ。それよりも旅人の方、よかったら一晩いかが……？」

としなを作って腕を絡めてくるものだから、あわてて振り払うはめになった。

「………殿下。そろそろ、戻りませんと」

帰り道、ひと言も発しない私にクレイグが声をかけてくる。

「……わかっている」

エスメラルダを修道院に押し込んだ後、私はすぐには戴冠《たいかん》せず、数か月の猶予を作っていた。

その間にリディアを迎え、戴冠時には王妃として私の隣に立ってもらう準備をするつもりだったのだ。

だが肝心のリディアがいないとなれば、なんの意味もない。

その上約束の期限が迫っており、嫌でも戻らざるを得なかった。

エスメラルダを修道院には入れたものの、父の命は既に風前《ふうぜん》の灯火《ともしび》。

万が一私が国を離れている間に崩御《ほうぎょ》すれば、厄介なことになるのは目に見えていた。

「……一度、帰るぞ」

「御意」

決してリディアのことを諦めたわけではないが、このまま無計画に探し回っても意味はない。

そこで私は一度国に帰り、エスメラルダの悪事を国民たちに広く知らしめた上で戴冠したのだった。

◆

それから——。

過去のことを思い出しながら、私は服の下からチャリ……と、あるペンダントを取り出した。

これは森を出発する日の朝、「リディアはどこに!?」と動揺する私にアデーレが押し付けたものだ。

『ぐだぐだ言うのはおよし！　あの子にはあの子の事情があるんだよ。それより、これはリディアからだよ。あんたを守るお守りを作ったそうだ。それだけで気持ちは伝わるだろう？』

それは見ているだけで心が浄化されるような、聖なる光を放つペンダントだった。

一見するとサファイアのような色をしているが、角度を変えて光を当てると七色に輝くのだ。

まるで私の瞳のように。

……リディアが、何を思って私の前から姿を消したのかはわからない。

だがこんなにも美しく、そして恐ろしいほどの力を秘めたペンダントは、アデーレの言う通りそれだけで十分に彼女の気持ちを伝えてくれていた。

あなたの無事を、心から祈っている、と。

考えながら、ぎゅっとペンダントを握る。

するとペンダントは私の気持ちに呼応するように、一瞬強く輝いた。


――結局、このペンダントに何度命を助けられたかわからない。

ルミナシア王国に戻った後も、エスメラルダの魔手は何度も私に伸びてきた。

だがひとたび危機が迫るたびに、このペンダントが知らせてくれるのだ。

言葉に出して語りかけてくるわけでも、強く光りだすわけでもない。

ただその時が来ると不思議と頭が冴え渡り、ペンダントの〝気持ち〟とでもいうものがわかるようになるのだ。

――これは、食べてはいけない気がする。

――あの角を曲がったところは、危ない気がする。

――正しい答えは、この先にある気がする。

というように。


今回行うことになった異例の視察もだ。

戴冠式を終えた途端、〝視察〟の単語がぽんと頭の中に浮かんだ。

新王としてやらなきゃいけないことは山積みだったが、それらを差し置いてでも今すぐ行かなければいけない気がした。

それも、交易の要となる港町ではなく、なんの特色もない、ひたすらのどかなだけの田舎町へと。

――そうして私はほぼまっすぐに、まるで何かに呼ばれるように、王都からこのピナーナク村まで直進してきたというわけだった。

そして見つけたのだ。

この数年、ひと時も忘れることのなかった私の最愛の女性リディア――いや、リアに。

「しかも私の子供までいる、だと……？　……くっ、早く会いたい」

初めてそのことを知った時は、すぐにでもリアのいる薬屋に乗り込もうとしてクレイグに止められたくらいだ。

その時のことを、私は思い出していた。

◆

「時に村長」

ピナーナク村についた最初の夜。

私は村長の家で、手厚いもてなしを受けていた。

目の前では緊張し、ころんとしたふくよかな体形の村長がニコニコと私を見ている。

「なんでしょう陛下！」

「ひとつ聞きたいのだが、この村にリディアという女性はいないか？　年の頃は恐らく二十歳前後……。茶色の髪に、アクアマリンの瞳をしているのだが」

これはもはやお決まりとなった言葉だ。

私は今まで通過したどの町どの村でも、同じ質問をしてきた。

それに……今日ピナーナク村にやってきた時、一瞬リディアに似た背格好をした女性を見た気がするのだ。……あくまで気だが。

問われた村長が考える。

「リディア……ですか？　……うーん……。その条件に当てはまる女性はいない気がしますねぇ……」

「そうか」

その返答にも私はなんら驚かなかった。

新しい場所で尋ねるたびに「いない」と答えられたり、「似ている人なら」と引き合わせられたりしてきたからだ。

中には、貢ぎ物として夜に女性を部屋に送り込まれたこともあったが、そのどれもが別人だった。もちろん、女性たちには手をだしていない。

「……あ、でも」

何かを思い出した村長がニコニコとしながら言う。

「女性はいませんが、王族の血を引いているかもしれない子供ならいますよ！」

「…………なんだと？」

その言葉に私の眉がぴくりと動いた。

王族の血を引いているかもしれない、子供？

「父さんっ！」

そこに、あわてた様子で村長の息子が割って入る。

「もっ、申し訳ありません陛下！　父が陛下を喜ばせようと、適当なことを……！」

「構わない。それより、その子供について詳細を知りたい」

私はずいっと身を乗り出した。

いつになく、瞳にぎらついた光が宿るのを自分で感じていた。

村長の息子が困ったように言う。

「王族の血を引いているかもしれないなんて、大げさなんですよ。確かにキラキラした瞳を持つ子ではありますが、光の加減でそう見えるだけでしょう。それにこんな田舎に王族の血を持つ子がいるわけがない。その子の母親は――まぁとても可愛い女性ですが――王族の方々とは無縁の世界に生きている素朴な女《ひと》なんですから」

「……母親もここにいるのか」

ドクン、と心臓がひときわ強い鼓動を打った。

私の目の色が変わったことには気づかず、村長が不満そうに唇を尖らせる。

「だが、みんなが噂しとっただろう？　あの瞳は〝ルミナスの瞳〟なんじゃないかって。わしも『気のせいだろう。こんな田舎に〝ルミナスの瞳〟を持った子がいるわけがない』って思っておったが、今日陛下のお姿を拝見して驚いたよ。まったく一緒じゃないか！」

「それはまぁ……そうかもしれないけど……」

「それに、見た目も陛下によく似ているぞ？　銀髪の男の子だし、目鼻立ちもぱっちりとして、三歳とは思えないほど整っている」

――三歳。

さらにドクンと、心臓が跳ねる。

女性というのは、妊娠してから子供が生まれるまで十月十日《とつきとおか》かかるのだという。

そして現在子供が三歳ということは――ちょうど四年前、私がリディアと別れた時期とぴったり重なり合った。

「父さん！　適当なことを言うなよ……！　そんなことを言って、リアに変な疑いがかかったら困るだろう！」

「まぁそれはそうじゃが──ヒッ！」

そこで村長は、私が恐ろしい形相をしているのに気づいたのだろう。

「もっ！　申し訳ございません陛下!!　陛下に似ているなどと、つい調子に乗ったことを言ってしまいました!!　け、決して、陛下の御名を貶《おとし》めるつもりは!!」

「申し訳ございません！　どうかお許しください！」

ふたりそろって私に必死に頭を下げ始める。

村長の言葉はつまり、その子供が私の隠し子であるかもしれない、ということだ。

通常ならばそんな不敬《ふけい》な発言は、それだけで裁かれるだろう。

だが…………今の私は彼らを裁くどころか、逆に熱く抱きしめて褒賞《ほうしょう》を与えたいくらいだった。

そんな気持ちを押し隠し、私は深呼吸をしてなんとか気持ちを落ち着かせる。それから威厳と気品を感じさせる王族らしい笑みを浮かべた。

「すまない、私としたことが少々取り乱してしまったようだ。〝ルミナスの瞳〟と聞いてはね……だがこの通り怒っていないので、安心してほしい」

「ほ、本当でございますか……!?」

村長が震えながら尋ねてくる。私はもう一度優しく微笑んだ。

「ああ、本当だとも。……その代わり、その子供と女性のことを、もう少し詳しく教えてくれないか？　彼女らはどこに住んでいる？　彼女に、夫はいるのか？」

「その女性は確か……薬屋、を営んでいるんだったたっけか？　デレク」

薬屋！

私はカッと目を見開いた。

リディアも、薬を作るのが得意だった！

「あ、ああ。リアは村のすみっこで、年の離れた母と一緒に小さな薬屋を営んでいるんです。夫はいませんよ！　誓って、彼女は独身です！」

村長の息子は、少し鼻息を荒くしながら言った。

……この男、敵に塩を送っていることにさっきから気づいていないようだな……。

〝リア〟という女性のことを話す時、村長の息子――デレクの鼻の穴が、すこしだけ膨らむのだ。

それに目にもキラキラと光が差し、〝リア〟に懸想《けそう》しているのが丸わかりだった。

……ああでも、普通なら私が村娘なんて相手にしないと思うだろうな。

実際それは間違いないのだが――というよりも村娘に限らず、どんな令嬢にも女性にも興味はないのだが――彼女だけは別だ。

ドクドクと、期待に心臓が暴れ回っている。

同時に私は興奮を表には出さず、努めて冷静に尋ねた。

「ほう、母と一緒か。――その母の名は？」

「アデーレばあさんのことですかな？」

アデーレ！

思わず、ニヤリと笑いが漏れた。

「その子供は……確かにそのリアという女性の子供なのか？　連れ子や、養い子というわけではなく？」

「ああ、それは……どうなんだ？　デレク。お前、しょっちゅう彼女に会いに行っていただろう？」

女性の方について詳しいのは村長ではなく、デレクらしい。

「しょっちゅうという言い方はやめてくれ父さん！　……ゴホン、その、子供はリアの子で間違いないよ。初めてこの村にやってきた時にはもうお腹が膨れていたし、確かハンナおばさんが出産を手伝ったんじゃないか？」

「ほぉーそうだったかね？　わしゃなんも覚えとらん」

「まぁ父さんはね……」

そこまで覚えているなんて……やはりこのデレクという男は、相当リアに気があるらしい。

それに言い方からして、この男はお腹が大きかった頃からリアのそばにいたようだ。

そう思った途端、デレクに対してふつふつと静かな怒りが湧き上がってきて、私は笑顔のままぎゅっと拳を握りしめた。

「……なるほど、興味深い話をありがとう。それでは、明日朝一《あさいち》で、その薬屋に案内してくれないか」

「「えっ」」

ふたりが一斉に声を上げる。

「朝一……でございますか？」

「そうだ。それなら、他の予定に支障が出ないだろう？」

「そうではございますが……」

考えている村長に対して、デレクが焦ったように身を乗り出す。

「でっですが！　リアはただの村娘です！　フィルだって可愛い子ですが、まさか王族だなんてことは……！」

――フィル。

それが、私の子の名前か。

できればこの男の口から知りたくなかったが――この際、構わない。

私はこの時点で、既に「リア」が「リディア」だという確信を持っていた。

薬屋。

アデーレという名の母。

それに、年齢の合う私そっくりの子供。

もはや外見的特徴を聞くまでもない。

「む、村には他にも可愛い女性がいます！　もし女性をお望みなら、彼女たちを紹介すること
も……！　陛下に一晩のお情けをいただきたい女性は、たくさんいますから！」

「お、おいデレク。やめんか！」

村長があわててデレクを止める横で、私は目を細めて思い出していた。

……懐かしいな。

『一晩のお情け』

リディア――いやリアは、確かに私にそう言っていた。

だがこのまま一晩にだなんて、私がさせない。

――させてなるものか。

知らず、獰猛《どうもう》な笑みが顔に浮かんでしまう。それから私はゆっくりとデレクを見た。

見る者全員を圧倒する、王の威厳をただよわせながら。

「――私は、リアに会いたいと言っているんだ」

「っ……！」

そのひと言で十分だった。

私の静かな怒りを感じたデレクが、脂汗を浮かべながら頭を下げる。

「し、失礼いたしました……！」

「いや、いい。それよりも色々教えてくれてありがとう。君にもお礼をしなければな」

そう言って、ぽんぽんと彼の肩を叩く。

実際、デレクの情報はとても役に立ったのだ。行方の掴めなかったここ数年のリアのことはすべて知りたかったからな。

それに、この村長が〝ルミナスの瞳〟を持つ子供について言わなかったら、私はこの村を素通りしていたかもしれない。

その意味でも、この村長親子にはたっぷりとお礼をしなければ。

もちろん、怖い意味ではない。

ただリアが私にとっていかに重要か知らしめるために、そしてリアが他の誰でもない私のものだと知らしめるためにも、子々孫々語り継がれるような褒賞を送るつもりだった。

考えて、私は上機嫌になった。

◆

そうして私は、朝一番に薬屋に出向き、リディア——もとい、リアに会ったのだ。

ひと目見た瞬間、すぐにわかった。

以前より長くなった髪はストロベリーブロンドだったものの、それ以外は声も、雰囲気も、何も変わっていなかった。

ぱっちりとした目元に、さくらんぼのように熟れた愛らしい唇。

何より、なんの恐れもなく、そして媚びもなく、ただまっすぐ私自身を見るアクアマリンの瞳は、かつて私が愛した瞳そのものだ。

何年も恋焦がれ続けた女性が目の前にいる。

その一瞬で、私の意識はあの森で過ごした頃に引き戻されていた。

思わず彼女を抱きしめようと手が伸びかけたのをぐっと抑え込み、微笑んで尋ねる。

「君の名前を教えてくれないか」

多少、瞳に喜びがにじみすぎていたかもしれない。

けれどリアは私が気づいているということに気づかず、動揺しつつもただの国王として接してくれた。

――これでいい。

彼女のよそよそしい態度を見ながら、私は内心ニヤリと笑う。

なぜなら、彼女は一度逃げた前科があるから。

私の身分にはっきり気づいていたわけでもないのに、そして確かに私は「愛している。迎えに来る」と言ったにもかかわらず、リアは私の手の中からすばしこいうさぎのように逃げ去ったのだ。

……ならば、もう同じ轍《てつ》は踏まない。

彼女が知らぬふりをするのなら、私も愚かしく自分が〝ヴィル〟だとは名乗らない。

肉食獣は獲物を狙う時、いきなり茂みからは飛び出さないものだ。ゆっくりゆっくり静かに、少しずつ距離を詰める。

そして獲物が逃げられない距離にまで近づいてから――そのやわらかな首元めがけて鋭い牙を喰い込ませるのだ。

ほの暗い瞳で考えてから、私はハッとした。

……まさか自分が、こんな考えを抱く日が来るとは。

元々、女性にはほとんど興味がなかった。

常に命の危険に晒されてそれどころではなかったというのも大きいが、夜会などで美しく着飾った令嬢たちを見ても何ひとつ心を動かされたことはない。

彼女らの瞳は常に媚びと期待に満ちていて、〝私〟ではなく、〝王太子〟を見ていることが嫌でも伝わってきたからだ。

……リアだけなのだ。

今も昔も、私を〝ヴィル〟として見てくれる女性は。

そして私の心をこれほどまでに乱す女性は。

私はゆっくりと考え始めた。

今度こそリアを、確実にこの手に捕まえる方法を。

◆

チチチチ……。

ウィルとまさかの再会（ただし向こうは気づいていない）を果たしてから一夜明けて。

私は雀のさえずりを聞きながら、しょぼしょぼとした目で起き上がった。

……昨夜は結局全然眠れなかった……。

いくらウィルに私のことがバレていないといえど、今でも他の人との結婚を考えられないほど愛した——いや、愛している人なのだ。

ウィロピー男爵領から逃げ出してからずっと彼のことを考えないよう、考えないようにしていた。けれど昨日彼の瞳を見た瞬間、封印していた記憶が、まるで禁断の箱を開けたように一斉に押し寄せてきたのだ。

それは一晩眠れなくなるには十分な量で、私はまんじりともせずに一夜を過ごしてしまったというわけだった。

私の動きで、隣に寝ていたフィルももぞもぞと動きだす。

「んぅ……」

「フィル、起きて。もう朝だよ」

「んぅぅ……まま、だっこ」

目を閉じたまま、小さな手が私の方へと伸びてくる。

「はいはい。フィルは甘えん坊さんね」

私はくすっと微笑んでから、小さな体を抱っこした。

順調に成長しているものの、フィルの体はまだ私が抱っこできるほどには軽い。

眠たそうに顔をこすりつけてくるフィルを抱っこして、私はトントントンと一階の台所へと下りていった。

「おや、こりゃまたひどい顔だね。まるで一晩中眠れなかった人みたいだ」

先にいたおばあちゃんが、私を見てニヤリと笑う。

「おばあちゃん、わかっててわざと言っているでしょう！」

「さぁて、なんのことかねぇ」

「くっ……！」

おばあちゃんはおもしろがっているのだ。

私とウィルのことを。

でも同時に、そうやっておばあちゃんが軽口を叩いてくれることに、私は少し救われていた。

世の中には深刻な顔で「大丈夫かい？」と聞かれる方がつらい時もあるもの。

おばあちゃんはそれをわかった上で、わざと大したことないように言っている……そんな気がしたの。

「……よし！　気持ちを切り替えて開店準備をするわ！」

昨日は予想通りたくさん胃腸薬が売れて、在庫がだいぶ減ってしまっていた。

だから他の薬も含めて、新たに作らないといけない。

「おばあちゃん、今日もフィルをお願いできる？　補充分を作りたいの」

「あいよ」

このお店では、私とおばあちゃんのふたりで役割分担をしている。

接客のためにお店に立ちながらメインで薬を作っているのは私。

その間おばあちゃんにはフィルを見てもらいつつ、完成した薬の品質チェックをお願いしている。

在庫が十分に出そろえば、そこで私たちは交代する。

今度はおばあちゃんに店番をしてもらっている間、私はフィルと親子の時間を取るのだ。

今日は昨日売れた胃腸薬を大量に製作しなきゃいけないため、それなりに時間がかかるだろう。

同じことを考えたらしいおばあちゃんが言う。

「じゃあ、今日は町はずれの丘にでも行こうかね。なあに、姿隠しの魔法を使えば大丈夫だろう？　こっちはフィルが外に出たがって大変なんだ」

「そうね……姿隠しなら……」

おばあちゃんの負担を考えると、外に出たがっているフィルをこのまま家の中に閉じ込めておくのは得策じゃないかもしれない。フィルが精霊に頼んで無理矢理飛び出してしまう可能性もあるし……それならいっそ、姿隠しの魔法を使って外にいてもらった方がいいのかもしれない。

「……念のため、人目につきにくい場所で遊んでいてくれる？」

「はいはい。わかったよ。それじゃおいで、フィル。外に遊びにいこう」

「やったぁ～！　ねぇばぁば、ぼく、おうましゃんがみたい！　こないだの、かっこいいおうましゃん！」

フィルが言っているのはきっと、騎士やウィルたちが乗っていた馬のことだろう。

とはいえ、フィルのその願いを叶えてあげることはできない。

だって危険すぎるもの。

村の人たちと違って、騎士たちに〝ルミナスの瞳〟を見られたら一発でバレてしまう。

「残念だけど、ここらにゃあんな立派な馬はいないんだよ。諦めな」

「え〜〜〜」

ぶぅ！とフィルが不満たっぷりに頬を膨らませる。

そんなフィルの頭を、おばあちゃんはわしゃわしゃと撫でた。

「それより、おうましゃんよりもっとびっくりするものを見せてやろう」

「……おうましゃんよりもっとびっくりしゅもの？　えーっ！　なぁにぃ⁉」

すぐさまフィルが飛びついた。

「ふふん。それは見てからのお楽しみだよ」

なんて言いながら、おばあちゃんはうまいことフィルを連れ出すのに成功していた。

さすがおばあちゃん、見事な誘導の仕方……！

「さぁ、まだ涼しいうちにさっさと移動してしまおうかね」

「はぁーい！」

「ふたりとも気を付けていってらっしゃい」

扉の前に立ち、手を振ってふたりを見送ってから、私は村の中心部を見た。

今頃、ウィルたちの出発準備がされているだろう。ここからでも、かすかに遠くの喧騒が聞こえる。

……。

うん、気にしない、気にしない！

私は想いを断ち切るように、パッと喧騒に背を向けた。

もう決めたことなのだ。ウィルとはお別れすると。

昨日顔を見てうっかり今世紀最大に動揺をしてしまったけど、それももう過ぎたこと。

もう数日……いやもう数か月もすれば、この感情だって時間薬が解決してくれる。

そう思って、私はせっせと薬作りを始めた。

昨日だけでだいぶ薬が売れたし、きっとウィルの見送りが済むまでは誰も薬局に来ないはず。

棚に保管してあるいくつかの材料を取り、まずはすり鉢でゴリゴリとすり潰す。

夜に咲く花、月の光を浴びた清水、フェンネルの根、ペパーミント……。

ほどほどにすり潰すと、私はエプロンで手を拭いて精霊たちを呼び出した。

「それじゃうさぎさん、お願いしてもいい？」

『『マカセテ！』』

声をかけると、すぐにいつも通りぽわわんっという音がした。

おばあちゃんではなく、私が主となって薬を作っている理由はここにある。

隠し味として、ほんの少しだけ精霊の力を加えているのだ。これをすると、どんな薬でもたちまち効き目が二倍にも三倍にも上昇する。

うちの薬が安いのに高品質なのには、こういう理由があった。

「うん、もう十分ね。今日もありがとううさぎさんたち」

言いながら、ふわふわのほっぺにそれぞれキスをする。

精霊たちが嬉しそうにふるるんと揺れた。

それから、どこで覚えたのかうるうるの瞳を使って上目遣いで見上げてくる。

『ジャア、モウフィルノトコロ、イッテイーイ?』

私は笑った。

このおねだりの仕方……さてはフィルから覚えてきたわね。

「大丈夫よ。思う存分フィルたちと遊んできて」

『『『ヤッタァー！』』』

すぐさまポンッ！と音がして、精霊たちの気配が消える。

店にひとり残された私は、精霊たちが力を込めてくれた材料を手に、今度は竈《かまど》の近くに行った。薬を全部煮込むためだ。

と、私が竈に火をつけようとした直前、お店の鈴がカランコロン、と鳴った。

「いらっしゃいませ！　少々お待ちくださいね」

手をふきふきしながら、お店に戻る。

「今日は何をお探しで――」

「やぁ」

現れた人物を見て、私の喉がヒュッ！と鳴った。

――なんとそこには昨日同様、またニコニコとしたウィルが立っていたのだ。


ななっなんで⁉　なんでウィルがまだいるの⁉　今日、出発のはずじゃ⁉

もしかして私にお別れの挨拶でも来たの⁉

いやでも昨日会っただけの薬師《くすし》にわざわざ国王陛下が挨拶なんかしないわよね⁉

色々な考えが、私の頭を駆け巡る。

もちろんその間、私は硬直したままだった。

そんな私の気持ちを知ってか知らずか、彼がまた国王らしい、取り澄ました笑みを浮かべたまま言う。

「実は、急遽予定が変わってね。一か月ほど、このピナーナク村に滞在することになったんだ」

……滞在⁉　なんで⁉　しかも一か月も⁉

今すぐウィルを揺さぶって理由を聞きたかったけれど、もちろんそんなことはできない。

「それで……君に、この村を案内してもらいたくて」

なんで私⁉

危うく声に出そうになって、私はぐっと言葉を呑み込んだ。

だって、私よりこの村に詳しい人なんて腐るほどいるのよ。なんならフィル以外、みんな私よりこの村に詳しいと思う。

「あのう……な、なんで私なんでしょうか……？」

私はウィルの後ろにいる村長を見ながら言った。村長は心配そうな顔で、上目遣いで私たちの会話を聞いている。

村の案内ならどう考えても村長の方が詳しく、適任よね!?

恐る恐る尋ねると、ウィルは何かを言おうとした。

同時に、少し伏し目がちになった瞳がキラ、と青い光を放つ。

それは、過去ウィロピー男爵領の森にいた時もよく見た姿だった。

思う存分太陽の光を浴びた時は七色に、少し陰った時は青色に、暗闇にいる時は白く底光りする。

ウィルの瞳はその都度、違った輝き方をするのだ。

そんなことを思い出して、また胸がうるさく騒ぎ始めるのを、私は苦い気持ちで感じていた。

「――君は精霊が見えるだろう？」

「っ……！」

指摘されてどきりとした。

この村には、アデーレおばあちゃん以外魔法を使えるものはいない。

精霊も私とおばあちゃんとフィル以外は見えないようで、それもあって私は薬の中に精霊たちの力を混ぜ、ちょっとした魔法薬に仕立てていたのだ。

でも……ウィルならば当然、昨日買った薬から魔法の力を感じ取れるはずだった。

………あ、危なかった～～～‼　今、うさぎさんたちがいたらまずかった‼

いたらウィルのことだもの。絶対に彼らだってすぐに見抜いていたに違いない。

ドキドキしながら私は諦めたように言った。

「あの……はい、見えます」

「私がここに残ることになったのは、魔法にも関わることでね。だから君じゃないとダメなんだ」

そう言われてしまったら、もう何も言えない。

しかも後ろでは村長が「お願いだよリアくん～～～‼」とでも言いたげに、必死に握った両手の拳を小さくふりふりしている。

私は諦めてため息をついた。

村長の頼みでは、断れない。

そもそも国王の頼みを、断れるはずもない。

「………わかりました。ずっとは無理ですが、お店の空き時間になら……」

「ありがとう。もちろん、店を空けた分の補償はすべてさせてもらう。一日の平均売上を教えてくれ。一時間につき、一日分支払おう」

なっ⁉

あまりの金額に、私は即座に辞退した。

「そ、そんな金額受け取れませんよ‼」

だがウィルも負けていない。淡々と返してくる。

「なぜ？　君が適正価格よりもずいぶん安く薬を売っていることについては何も言わないが、少なくとも君の薬にはこれだけの価値があるはずだ」

「あ、ありがとうございます……」

「それに、私がそれくらいの金額も払えないようなケチな国王だと？」

にっこりと言われて私はあわてて頭を下げた。

「めっ、滅相もございません！　国王陛下のお望み通りに！」

……あれ？　ウィルって、昔からこんな人だったっけな……⁉

昔はもっとこう、過保護ではあったけど優しかったような……。こんな強引に話を進める人じゃなかったような……？

そう思いながらちらりとウィルを見ると、彼は微笑んだままじっと私のことを見つめていた。

……それはどこか、獰猛な獣を思わせる鋭い瞳で。

反射的に私はサッと目を逸らした。

……ウィルってこんな目をする人だったかな⁉　これ、本当にウィル⁉

それともウィルだと思っているのは私だけで、全然別人だったりする……？　いやでも顔はどう見てもウィルよね……。

なんて思っていると、ウィルがスッと手を差し出した。

「話がまとまったのなら、早速案内してくれないか。そうだな……今日は、あの丘のあたりはどうだろう」

そう言ってウィルが指さした方向を見て、私は危うく「いっ⁉」と声を出すところだった。

その丘は先ほど、おばあちゃんとフィルが向かった丘だったのだ。

「いいいいえあの、精霊に関して知りたいのであれば、あっちにある森の方がよいかと思うのですがいかがでしょう⁉」

言って、フィルたちのいる丘とは真反対の方向を指す。

「もちろん構わない」

ウィルが微笑んだ。

「それでは、ここの警備は騎士たちに任せて私たちは行くとしようか」

「は、はい……！」

そうして気づけば、私は強引に連れ出されていたのだった。

◆（リア side）

……うぅ……。みんなの視線が痛い……！

カポッ、カポッと馬の蹄が地面を叩く音を聞きながら、私は案内先に東の森を指定したことを盛大に後悔していた。

丘と反対側に向かうためには、村を突っ切っていかなければいけない。

つまり私とウィルは、村のほぼ全員だけではなく、国王ウィリアムを追いかけてきたご令嬢たちや詩人たちの前をも通るということでもある。

馴染みの村人たちはみんな目を丸くして私を見ているし、追っかけらしき令嬢たちは扇で顔を隠して何かをコソコソ囁いていた。

……というか、本当はもっと村の外周をぐるっと回って行く方法もあるんだけれど、なぜかウィルが「もっと村の風景を見たいから」と言って、こっちの大通りを通るはめになったのよね……！

しかも、ウィルは「歩きだと遠いから馬で行こう」と言い出して、てっきり私の馬が用意されているかと思ったら、まさかのウィルの白馬にふたり乗りするはめになってしまって……。

キラキラと、その場にいるだけで目の眩《くら》むような美しさを放つウィルと、その前に座るどう見てもみすぼらしい村娘の私。

………これ、なんて公開処刑!?

むしろウィルは、私を罰するためにわざとやっているの!?

思わずそんなことを考えたくなってしまう。

そりゃ、通りすがりの令嬢が殺気だった目で私を見ていても何も不思議じゃないわ……。

ウィルが帰った後、暗殺されないといいな……なんて思い始める。

「……この村はいい村だな」

後ろから聞こえる声に、私はビクッと体を震わせた。

馬の背にふたりで跨っているから、ほぼ真後ろから声が聞こえるのだ。

というか、ほぼ初対面の女性とこんな風に馬に跨るって、ウィルはいつもそんな距離感なの……!?

ウィロピー男爵領にいる時のウィルはむしろ真逆で、最後の一夜以外、私に不用意に近づかないよう、細心の注意を払っていてくれた気がするのだけれど……!

「食べ物もおいしいし、気候もいいし、何より住んでいる人々の気性が穏やかだ」

……それは確かに。

「そう、ですね……。……ここのみんなは、とても優しい人たちばかりです」

この村にやってきた時、アデーレは私のことを「娘だ」と紹介してくれた。だけど、私とアデーレは髪色も違えば瞳の色も違う。見た目も全然似ていないし、私たちに血の繋がりがないことくらい、多分村のみんなもわかっているはずだ。

それでもピナーナク村の人たちは私を優しく受け入れてくれた。

父親のわからないフィルが生まれた時もみんな深くは聞かず、ただ我が子のように可愛がってくれた。

おばあちゃんはしょっちゅう「退屈な田舎」とか「ただ平和なだけの田舎」なんて言っているけれど、私はこの村が、村のみんながとても好きだった。

「……〝みんな優しい〟ではなく〝優しい人ばかり〟、か。なんだか他人行儀な言い方に聞こえるのは私だけかな。まるで、よそから来た人のような言い方だ」

しまった……！

言葉の端ににじむほんのわずかな違和感を、ウィルは聞き逃さなかったみたいだ。

「あっ、そ、そうですか……？　ははは……」

私は笑って誤魔化した。……彼が誤魔化されてくれたかどうかはわからないけれど。

そうこうしているうちに、無事に村を抜けて目的の森にたどり着いた。

「あの、それで、私は何をすればよいのでしょう？」

馬から下りながら、話題を逸らすように大きな声で尋ねる。

「……あぁ、そうだったな。ではこの森のことを詳しく教えてくれないか。採れる産物や、ここに生息する精霊のことなど」

ん？　今一瞬、間が空かなかった？

まるで私に何をさせようか考えていたみたいに……。

そう思いつつも、私は覚えている限りのことを説明した。

「このあたり一帯は自然豊かなこともあって、色々な薬草が採れます。ヒヨス、ヴァーヴェイン、ジギタリス……。それから御覧の通り、たくさんの精霊がいるんです」

私が指し示した先には、広くのどかな森が広がっていた。

小鳥がさえずり、木々がざわめき、そして遠くからはかすかな川のせせらぎも聞こえる。

同時に、様々な形をした精霊が、そこら中にふよふよと浮かんでいた。

『アッ！　リアダ！　リア、ゲンキ？』

『アイタカッタヨ！　キョウハナニガホシイノ？』

私に気づいた、顔が葉っぱのような形をした精霊がふたり近づいてくる。彼らはここに住む精霊で、私が来るたびに積極的に薬草採取を手伝ってくれるのだ。

「ありがとう。でも今日は薬草じゃなくて、この方を案内しに来たの」

私がウィルを見ると、精霊たちが『フゥン？』と鼻を鳴らす。

『コノヒト、ダレ！』

『ナンダカトッテモ、キラキラシテルネェ！』

なんて言いながら、ウィルの髪やら服やらを突っついている。精霊が見えない人たちは突然動く自分の服や髪に驚くのだが、ウィルはさほど驚かず、代わりに苦い顔で笑っていた。

……そういえば、ウィロピー男爵領の森にいた時もそうだったな。

私は思い出していた。

あの時は確か、

『精霊とは、こんなに人懐っこいものなのか……⁉』

と驚いていたけれど、時が経って、彼ももう慣れてしまったのだろう。

懐かしさに浸っていると、彼は聞いた。

「リアはいつから精霊が見えるんだ？」

その質問に私はだらだらと冷や汗を流した。

「う、うーーーん。いつからだったか……なんとなく気づいたら……だったような……そうじゃないような……！」

何を隠そう、以前にもまったく同じ質問をウィルからされたことがあるのだ。

当時は隠す必要なんかなかったから、ありのままの事実をぺらぺらしゃべってしまったけれど、今ここで〝リディア〟と完全一致することを言ってしまうのはまずい！

「そうか。……では魔法は？」

うっ！　そ、それも聞きます……⁉

「た、嗜《たしな》む程度には……！」

嘘だ。

本当はまったく使えません。

もし今この場で「では使ってみてくれ」と言われたらどうしよう……！と思いつつも、ウィルは私に魔法を使わせるようなことはしなかった。

代わりに、ウィルはその後これでもか、これでもかというくらい、私を質問攻めにしたのだった。

◆

「うーーーー！　つっっっかれた……‼」

その日の夕方、結局なんだかんだ丸一日ウィルに拘束された私は、疲れて机の上に突っ伏していた。

そこにひょこりと、私の小さな天使が顔を覗かせる。

「ままぁーだいじょーぶー？　ふぃるが、いいこいいこ、しちゃげるねっ！」

言いながら、フィルがちいちゃなおててで私の頭をなでなでした。

「ううっ……！　可愛い！　フィルはママの世界一よ！」

言って、ぎゅうと小さな体を抱きしめれば、フィルは「きゃあー♪」と嬉しそうな声を上げる。

そこにおばあちゃんの呆れた声がした。

「そんなに疲れたのかい？　一体ウィルは、あんたに何をやらせたんだ。魔法でも使えと要求されたのかい？」

「そっちの方がどれだけマシだったか……‼　ウィルはただひたすらに私のことを聞いてくるのよ！　いつから精霊が見えるのか。魔法は使えるのか。好きな薬草はなんなのか。好きな食べ物はなんなのか。好きな色はなんなのか。得意な薬はなんなのか。苦手なものはなんなのか。いつも何時に起きて何をしているのかとか……！　そんなことを聞いて、一体どうする気なの⁉　彼は何を考えているの⁉」

私は頭を抱えた。

ウィルの質問の中には、〝リディア〟だった時代には聞かれなかったこともたくさん含まれている。

細かなことまで恐ろしいほど根掘り葉掘り聞かれて、恐怖すら感じたくらいだ。

「……それはまた、まぁ……」

おばあちゃんがどこか呆れた様子で言う。

「あれってやっぱり、私が〝リディア〟じゃないか疑ってるってことだよね⁉　一致しすぎていたらおかしいから、今日一日だけで何個嘘をついたか……！」

思い出してああと私は頭を抱える。

嘘をつくのは悪いこと……と特別強く思っているわけではない。

ただ嘘というものは、たくさんつけばつくほど綻《ほころ》びが生じやすいのだ。

矛盾点を突っ込まれた時に、うまく誤魔化せる自信がなかった。

「それに、まだ滞在するならどうにかしてフィルを隠さないと……！」

そう、フィルだ。

一番大事なのはとにかくフィルだ。

私は最悪「人違いです‼」と言い張れるけれど、フィルの持つ〝ルミナスの瞳〟はそうはいかない。

誤魔化しが効かない上に、私とは重要度がけた違いなのだ。何せ王位継承順位第一位なのだから。

「おばあちゃん！　明日からとにかくフィルを遠くに連れていって！　なんなら一か月ぐらい、近隣の宿に泊っていってもいいから‼」

「そうはいかないだろう。フィル坊があんたと離れて寝られるというのかね？　それも一か月も」

「うっ……」

フィルはおばあちゃんにとても懐いてはいるが、それでも夜だけは私がそばにいないと絶対に寝ようとしない。

もちろん限界まで疲れさせればこてんと寝るのだろうけれど……それはそれでかわいそうだ。

「………無理です。それに、私も一か月もの間ウィルなしだなんて耐えられない〜〜〜！」

自分で言っておきながら、全然できそうにない。

私がもう一度ぎゅううぅとフィルを抱きしめると、フィルがまた嬉しそうに笑った。

それから、私のほっぺにちゅっとキスをしてくれる。

「ぼく、ままだぁーいすき」

べとべとになった頬を拭いもせず、私はにへらと笑う。

「ママもフィルが世界一好きよ！」

「きゃあ〜〜〜♪」

「はいはい……一生やってな。それじゃ、あたしは少し出かけてくるとするかね」

おばあちゃんの言葉に、私はぱちくりとまばたきした。

「おばあちゃんがこの時間から出かけるの？　珍しいね」

「ああ、ちょいと旧友に呼び出されてね……」

旧友？　……村長のところのおおばばさまのことかな？

「そっか、暗くなる前に帰ってきてね。今日の晩ご飯は具沢山シチューだから」

「わかったよ」

おばあちゃんは後ろ手にひらひらと手を振ると、薬屋から出ていった。

◆（ウィリアム side）

「――それで？　わざわざあたしを呼び出して、何が言いたいんだね。恨み言ならお門違いだよ」

リアたちの家から少し離れた畑の裏。

数年ぶりに会うにもかかわらず、以前とまったく変わらない不機嫌さと尊大さでアデーレは言った。

「恨み言なんてとんでもない。むしろ、あなたには感謝しているんだアデーレ殿」

言って、私は頭を下げる。

国王が頭を下げるというのは世の中では結構な大事であるのだが、アデーレはぴくりとも反応しない。ただ以前と変わらず、尊大極まりない態度で私を見下ろしているだけだ。

それもまた私の知っているアデーレと変わりなくて、私は知らず微笑んでいた。

「あなたがいてくれなかったら、リアは私との子を諦めていたかもしれない。息子が今無事に育っているのも、あなたのおかげだ」

「……ほう。子についても知っているのかい。もう顔は見たのか？」

「いや、まだだ。早く会いたくてたまらないが、リアが私から隠したがっているからね。なら、その時が来るのを待つまでだ」

「待つ、ねぇ……」

ハッとアデーレが鼻で笑う。

「ってことはあんた、リアをこのまま見過ごす気はないんだね？」

「当然だ」

私は即答した。

「やっと……やっとすべてを終わらせて、リアを連れて帰る準備ができたんだ。二度と彼女を逃すものか」

そう言った私の瞳がギラリと光ってしまい、アデーレが目を丸くする。

「驚いた。あんた、いつの間にそんな凶暴な目をするようになったんだい？」

「……この数年で私も変わったからね。それに、リアには一度愛を告白したにもかかわらず逃げられているんだ。こちらも手段を選ばず、貪欲に行かねばまた逃げられてしまうだろう？」

そう言って微笑むと、アデーレは「そうかい」と諦めたようにつぶやいた。

「あんたが本気なら、あたしゃ別に止めないよ。その代わり、あたしに何かできるんじゃないかって期待するのもやめてくれよ？」

「もちろんだ。最初に言った通り、今日はあなたにお礼を言いに来たんだ。それから……手伝ってくれる必要はない。ただリアを連れて逃げたり、私の邪魔だけはしないでほしい。それをされたらいくらあなたといえど……」

――あなたといえど、許さない。

最後まで口にはしなかったが、それでもアデーレには私の考えていることが十分伝わったようだった。

「おぉ。おっかないこった。本当にこれがあのウィルかい？　恋は人を狂わせるというが、ここまで変わっちまうとはねぇ。それじゃ馬に蹴られて死なないように、あたしゃ大人しく静観していることにしますか」

「ありがとう。見守っていてくれると助かる」

私の言葉に、アデーレがひらひらと後ろ手を振った。

◆

ウィルはそれからも、何かと理由をつけてはほぼ毎日薬屋にやってきた。

一日目のように私に案内させる日もあれば、逆にウィルが私をあちこちに連れまわしたりすることもある。

そして今日は、薬屋で私が薬を作るのをじっと見つめていた。

「これは一体なんの薬を作っているんだ？」

「……これは体の熱を逃がす薬です。これからの季節は暑くなるので、外で農作業をする前に飲むと少し楽になるんです」

「へぇ……」

言いながら、ウィルが興味深そうに私の鍋をじっと見つめている。

……。

…………。

…………き、気まずい……！

こめかみをたらりと汗が伝う。

というか、この人はなんでここにいるの⁉　国王ってすごく多忙だって聞いてたんだけれど、目の前にいるウィルは暇を持て余しているようにしか見えないのですが⁉

「……」

「……」

私がぐるぐるとお鍋の中をかき混ぜている時も、ウィルは静かに見ていた。

……そういえば、昔もこんなことがあったな。

それはまだ、ウィルが目覚めたばかりの頃。

まだ口数の少なかった彼の前で、私は何度もこうして薬を作ったものだった。

ただその時は、私の方が薬の作り方やら効能やらをひとりでぺらぺらしゃべっていたけれど……。

そう思っていたら、不意に頭上からドスン！バタン！という音がしてきた。

それから、

「やぁあぁーーーだぁぁあああーーー‼　ままがいいのぉおおお‼」

という、フィルが盛大に泣いているであろう声も。

ま、まずい！

小さな家だから、子供の甲高い声なんて一瞬で響き渡るのだ。

当然気づいたウィルが、二階を見上げながら目を細める。

「……子供がいるのか？」

「そっそそそ、それは……‼　あっ‼　私ちょっと様子を見てきますね‼」

まずい。

子供《フィル》がいるとバレるのは、本当にまずい。

私は急いで立ち上がると、二階に向かおうとした。

――だが。

「フィル‼　お待ちよ‼」

「まーーーまぁーーーー‼」

焦ったおばあちゃんの声が聞こえたかと思うと、私が階段を上るより早くフィルが降ってきたのだ。

「――っっっ⁉」

その光景に私は違う意味で心臓が口から飛び出そうになった。

フィルの小さな体が、階段の上でふわりと浮き上がって私の方に降ってくるんだもの。

それはよく見れば精霊の力が働いていて、「落ちる」というにはずいぶんゆっくりとした速度だったけれど、下から見上げていた私は気づかなかったの。

「フィル‼」

即座に、私は死に物狂いでフィルに飛びついた。

それから小さな体を胸の中に抱きしめ――今度は私が後ろに倒れた。

あっ。しまった。

フィルを受け止めるのに全神経を集中させていたから、受け身を忘れていた……！

でも、フィルだけは絶対に守らないと！

私は腕の中のフィルを守るように、ぎゅっと抱え込んだ。

それから背中やお尻に襲いかかる衝撃を覚悟して目をつぶる。

……。

………あれ？　痛くない？

「っと。大丈夫か？」

すぐそばで、低く、それでいて甘やかな男性の声が聞こえる。

……まさか。

驚いてバッと後ろを見れば、そこにはフィルを抱きしめた私ごと抱きしめたウィルがいた。

どうやら、落ちてきた私をウィルが受け止めてくれたらしい。

「もっ！　申し訳ありません陛下‼　なんてことを‼」

私は叫んで急いでウィルから離れた。

「いや、大丈夫だ。君たちに怪我がなくて何よりだよ」

君たち。

その言葉に再度私はハッとする。

あわてて腕の中を見れば、大きな瞳を好奇心でキラキラと輝かせながらじっとウィルを見つめているフィルの姿があった。

まっ、まずい……‼

硬直する私の前で、ウィルが優しく微笑む。

「その子は君の子かな。……おや？」

ウィルの言葉がはたと止まる。

見れば、ウィルは食い入るようにフィルを見つめていた。

フィルの――キラキラと輝く七色の瞳を。

私は、サァーーーッと自分の血の気が引く音を聞いていた。

終わった。

これでもう、言い逃れできない。

ウィルはなんて言うんだろう……!?

息を止めてじっと見つめていると——次の瞬間、ウィルはふわりと優しい笑みを浮かべたのだ。

「……可愛い子だ」

言って、ウィルの手が伸びてくる。男らしく骨ばった、けれど長いしなやかな指が、くしゃりとフィルの髪を撫でた。

「坊や、名前はなんだい？」

聞かれて、それまでぱちぱちと目をまばたかせていたフィルがパッと顔を輝かせる。

「ふぃる！　ぼく、ふぃるだよ！」

「……愛称がフィルなんです。本当はフィリップで」

補足するように私が言う。

「フィリップか。いい名前だ」

そう言って、ウィルはまた微笑んだ。

その微笑みはまるで、蜂蜜をたっぷりとかけたケーキのように甘くて。

そして見ているこちらの胸がキュンとなってしまうほどの、嬉しそうな笑み。

「っ……！」

まさか彼がそんな笑みを見せるとは思わなくて私は息を呑んだ。

同じく、彼も自分がそんな笑みを浮かべるとは思っていなかったのだろう。

ハッとしたように目を見開き、それからあわてて顔を引きしめている。

「おっと、すまない。あまりの可愛さについ見惚れてしまった」

可愛い。

最近その言葉に敏感に反応するフィルの耳がぴくりと動いた。

「……かわいい？　ふぃる、かわいいの？？？」

「ああ、可愛いよ。フィルはとても可愛い子だね」

「ふぃる、かわいい！」

エッヘン！というように、フィルが胸を反らしてみせる。可愛いが褒め言葉だと知っているのだ。

そこへ、トントンと階段を下りてくるおばあちゃんの声が聞こえる。

「すまないね。一瞬目を離した隙に精霊どもと飛んでいっちまって」

『フィル、ビューン！』

『ビューンッテシタ！』

『ビューン！』

精霊たちも一緒だ。

その姿に私はまたキュッと唇を結ぶ。顔が死んだ。

……終わりだ。さっきの時点でもう終わってたけど、いよいよ終わりだ。

だってアデーレおばあちゃんに精霊って、どう見てもウィロピー男爵領の森のメンバーと一緒なんだもの！

もう言い逃れできない……！

私はだらだらと冷や汗を流した。

ウィルの顔を、まともに見れない。

彼は今、どんな気持ちで私たちのことを見ているのだろう……‼

「構わない。子供というのは、予期せぬ動きをするものだから」

……ん？

「それより、鍋の方は大丈夫なのか？　先ほどから吹きこぼれているが」

「あああっ‼」

ウィルの言葉に、私はあわててフィルを下ろして鍋の方にすっ飛んでいった。

沸騰してボコボコと吹きこぼれている鍋の火を急いで消す。

それから振り返ってみれば、フィルが大きな瞳でじーーーっとウィルを見ていた。そんなフィルの前に、彼がひざまずいている。

「……おじさん、だあれ？」

「私はこの国の国王だよ、フィル」

「こくおー？　ふぅーん？」

……ん？　あれ？

なんか…………思っていたよりウィルの態度が普通だな……？

もっと驚いたりするのかと思ってたんだけれど全然普通……というかむしろ普通すぎて、何もないというか……？

驚いたり、しないの……？

固まる私の前では、なおもフィルとウィル（ややこしいわね！）が話をしている。

「こくおーって、なに？」

「国王は……この国を守る人のことだよ。君や、君の母上や祖母殿が安心して暮らせるよう、この国全部を守る人だ」

「ふぅーん。じゃあ、こくおーはいいひと？」

「こ、こらフィル！　国王陛下を呼び捨てにしちゃダメよ！　せめて『へいか』とお呼びなさい……！」

さすがに見かねてフィルを注意した私に、ウィルは微笑んだ。

「気にしなくていい、無礼講だ。それよりも邪魔をしたな。今日はそろそろ引き上げるとしよう」

「あっ、は、はい……」

そう言うなり、ウィルは本当に帰ってしまった。

「ばいばーい！　こくおー、またね！」

と笑顔で手を振るフィルに、とろけるような笑みを向けながら。


ウィルのいなくなった店内で、私がぽつりとつぶやく。

「………バレてる、よね？」

それからぐりん！とおばあちゃんに首だけ向けてもう一度言う。

「バレた、よね!?」

「まぁバレたんじゃないのかね」

おばあちゃんの返事はいつも通り冷静だ。

私の眉毛がハの字に下がる。

「なら……なんでウィルはあんなに〝普通〟だったの!?　フィルが〝ルミナスの瞳〟だって、ウィルが一番わかってるよね!?」

「あたしに聞かれてもねぇ。気になるんなら本人に聞いてみたらいいだろう」

正論に、私はうっと言葉に詰まった。

確かに本人に聞けるならそれが一番手っ取り早い。

けれど……正面切って尋ねる勇気は、私にはなかった。

下手に尋ねて、「なぜ待っててくれなかったんだ」って聞かれたら、なんと答えればいいのかわからないのだ。

それに、万が一再度「愛している」とでも言われたら……。

そこまで考えて私ははたと思い当たった。

「……もしかしてウィルは、もう私に興味ない……？」

よく考えたら、ウィルが私に愛していると言ってくれたのは数年も前の話なのだ。

その間に気持ちが消えていたって、なんら不思議なことではない。

そう考えると、ウィルがフィルを見た後でも冷静なことに納得がいった。

むしろ、昔の女が勝手に自分の子供を産んでいたら、知らんぷりをして逃げ出すことも……あるのかもしれない。

ウィルがそんな男だとは思いたくないけれど、そうでも考えないと色々辻褄《つじつま》が合わないのだ。

いやでも、フィルを見てすごく嬉しそうにもしていたよね……？

それも思い出して私は眉間にしわを寄せた。

あの笑顔が、その場しのぎの笑顔にはどうしても思えない。

だったら、どうしてそのことに触れないの……？

考えれば考えるほど、頭がぐるぐるしてくる。

ウィルは一体、何を考えているの……？

結局さっぱり答えが出ないまま、私はまた眠れない夜を過ごすことになったのだった。

◆

翌朝。

「おはよう、リア。今日はフィルも含めて一緒にピクニックに行かないか」

もしかしたらウィルは、もう二度とこの薬屋にはやってこないかも……。

そう思った私の予想と期待を裏切って、もう来ないどころか、ウィルは朝一でキラキラの笑顔を浮かべてやってきていた。

私はぽかんと口を開ける。

……来た。

ウィルが、また来た。

「へいかーーーっ！」

ちゃんと私が教えた通り、ウィルを「へいか」と呼んだフィルがぴょーんっとウィルに向かって飛び掛かっていく。

いや早っ⁉　元々懐っこい子ではあるけど、それにしても早いっ！

「おはようフィル。いい子にしていたか？」

そんなフィルを軽々と抱き上げて、ウィルは微笑んでいる。

その笑みはやっぱり、見ているこちらがどきりとしてしまうほど甘い。

「うん！　ふぃるはいつもいーこだよ！　あとかわいい！」

「はは、そうか。それはいいことだ」

くしゃりとフィルの頭を撫でて、ウィルがおばあちゃんの方を向く。

「アデーレ殿、私たちが出かけている間、お店のことをお願いしても？」

「はいはい。国王陛下には逆らえませんよって」

「ありがとう。それでは行こうか、リア、フィル」

そう言ったかと思うと、ウィルは私の手を取った。

ま、待って！

私がぽかんとしている間に話が決まっていくんですけど⁉

「えっあ、あの！　なんで⁉　なんでピクニックなんですか⁉」

重要な調査はどこに行ったんですか⁉　調査の〝ち〟の字も見当たらないのですが⁉

こんなのまるで……！

「デートだよ。デートといえば、ピクニックだろう？」

⁉

まさか、と思っていたことをウィルはあっさりと言ってのけたのだ。

「デート……⁉　なんで……⁉」

ウィルに引っ張られて外に出た私が戸惑いながら聞くと、ウィルはにこりと微笑んだ。

かと思うと、全然違う話をしだす。

「今日は村長に頼んで、弁当も用意してもらったんだ。それも村長の妻が作ってくれたものらしい。君やフィルも気に入るといいのだが」

「あ……奥さまはお料理が上手だから、きっとどれもおいしいとは思います……」

「そうか。それは楽しみだ。私の側近が持ってきてくれる手筈《てはず》になっている。それまで、あの丘の上でピクニックをしよう」

なんて言って、フィルを抱き、私の手を握ったままずんずん歩きだしてしまう。

「ぴくにっく！　ふぃる、ぴくにっくしゅきー！」

大興奮しているフィルが、ウィルの腕の中でばいんばいんと跳ねている。

それをされるといつも私は落とさないように必死になるんだけれど、やっぱり男性の筋力だろうか。ウィルは楽しそうにフィルを見て笑っているだけで、びくともしていない。

「……」

その姿を見ながら、私はふと突然胸がいっぱいになった。

……だって、もう二度とウィルに会うつもりはなかったんだもの。

当然フィルだって、父親であるウィルに会うはずはなかったわけで。

それが……今ふたりは、父と息子は、こうしてともにのどかな村の田舎道を歩いているのよ。

あたたかな太陽に照らされて、ふたりのやわらかな銀髪が同じ輝きを放っている。

そして何より、ふたりはまったく同じ七色の瞳を持っているのだ。

赤に、橙に、黄に、緑に、青に、藍に、紫に……。

それはきらり、きらりと光るたびに、このふたりが疑いようもなく親子だということを示していた。

——その光景は、泣きたくなるほど尊くて。

あまりの美しさに、知らず涙がにじんできてしまう。

困ったな。どうもフィルを産んでから、涙腺が緩くなっている気がする……!

涙を引っ込めようとぱちぱちとまばたきを繰り返していると、向こうから元気な声が聞こえてきた。

「あっ、国王陛下おはようございます!」

「おはようございます陛下ぁ!」

村のみんなだ。

すれ違ったみんなが、ほがらかにウィルに挨拶している。

もはや彼らも、ウィルの隣に私がいることに慣れきってしまったらしい。私がいるのを見ても全然驚かなくなっていた。

「おはよう。今日もいい一日を」

「国王陛下もどうぞお気を付けて！　それからリアちゃん、しっかりやんなよ！　あっはっは！」

「も、もう……！」

トーマスおじさんはすぐに適当なことを言う……！

私は怒りながら、あわてて目ににじんだ涙をこっそり拭う。

そこに、今度は違う人たちがザッ！と現れた。

「国王陛下！」

大勢の護衛を引き連れながら現れたのは、ウィルの追っかけである令嬢のひとりだ。

見事な金髪をなびかせ、こんな田舎には似つかわしくない豪奢なドレスをまといながら、令嬢はたっぷりと紅が乗った艶やかな唇で微笑む。

「どこに行かれますの？　ぜひわたくしも、ご一緒させていただけませんか？」

どうやら遠くから私を睨むのはやめて、直接乗り込んでくることにしたらしい。

「……悪いが、今は私的な時間なんだ。もし用があるのなら、王宮に戻ってから改めて連絡してくれないか」

言い方はやわらかいが、要約すると『この村にいる間中話しかけるな』という、結構辛辣《しんらつ》な返事だったりする。

それをわかっているのかわかっていないのか、令嬢が食い下がった。

「なっなんと！　もしやわたくしよりそこの田舎女を優先される気で――」

「――オールディス侯爵令嬢」

あたりの空気がピリッと張り詰めるような、低い声。

オールディス侯爵令嬢と呼ばれた令嬢がビクッと震えた。

「二度は言わない。放っておいてくれないか」

そう言って令嬢を見たウィルの瞳は、氷のように冷たかった。

王の不興《ふきょう》を買ったことに気づいて、オールディス侯爵令嬢がみるみるうちに青ざめる。

「もっ、申し訳ありませ……！」

逃げるようにして立ち去った彼女たちの姿が見えなくなってから、ウィルはふぅ、と大きな息をついた。

「すまない、フィル。怖がらせてしまったか？」

「ふぃるは、こわくないよ！」

えらいでしょ！と言わんばかりに「エッヘン！」と胸を反らすフィルを見て、私は笑った。

ウィルも笑っていた。

「そうか。フィルは強いんだな」

なんて言いながら、ウィルがまた長い指でわしゃわしゃとフィルの頭を撫でる。

「えへへ」

フィルは気持ちよさそうにされるがままになっていた。かと思うと、自分からぎゅうっとウィルに抱きつく。

「おっと。今度は甘えん坊か？」

「んー！」

……それにしても、懐いてるわね。

私は目を細めてじっとフィルを見た。

フィルは普段から人懐っこい子だし、誰に抱っこされても平気だけれど、それでもこんな風に自分から男の人に抱きつくのは結構珍しいことなのだ。

一番懐いているデレク相手にだって、デレクをお馬さんのようにこき使うことはあっても、あまり甘えたりはしないんだけど……。

フィルも、何かを感じ取っているのかな……。

だとしたらやっぱり……父親であるウィルのそばに、いさせてあげた方がいいのかな。

考えてぎゅっと手を握る。

ウィルのそばにいさせるということは、フィルをこの国の王子として送り出すことだ。

フィルの将来を考えるなら、こんな田舎村に埋もれさせるより王子になった方がきっとよい教育を受けられるのだろう。

それに、みんな口に出さないだけで、村の誰もが気づいているのだ。

フィルが、国王ウィリアムの息子だと。

仮に今ウィルが私たちを見逃してくれたとしても……もしかしたら噂を聞きつけた人が、フィルを攫《さら》いに来るかもしれない。

なら……。

考えて私はぎゅっと唇を噛んだ。

「……リア？　どうしたんだ？」

私の様子に気づいたウィルが、優しく声をかけてくる。

「う、ううんっなんでも……！」

——ウィル、あなたは何を考えているの？

ひと言、そう聞けばいいだけなのに。

どうしてもそのひと言が私の口から出なかった。

だって、どんな言葉がウィルの口から出ても、私はきっと困るのが目に見えていたんだもの。

ウィルの気持ちもわからないけれど、それ以上に私は自分の気持ちがわからなかった。

「リア」

そう名前を呼ばれたと思った次の瞬間——ウィルの手で、ぷにゅりと左右から頬を挟まれた。

「んむっ!?」

まるでアヒルのように、クワッと唇が突き出してしまう。

「ははっ。見てごらんフィル。母上がおもしろい顔をしているよ」

「あははっなぁにぃそのかお！　ふぃるも！　ふぃるもやって！」

遊んでいると勘違いしたフィルがねだると、ウィルは私から手を離して今度はフィルのほっぺをむにゅっと挟んだ。

すぐさまフィルの唇もアヒルのように突き出される。

「ふふふぅっ！」

ウィルに顔を挟まれたまま、フィルが楽しそうに笑う。

「ははは。可愛いな」

ウィルも楽しそうに笑っている。

そんなふたりを見て……私は思わず微笑んでいた。

「ふふっ。フィルったら、すごい顔」

「そういうリアも、先ほどはすごい顔をしていたぞ」

「そ、それはウィルが変なことをするからで……あ」

思わず、「陛下」ではなく「ウィル」と言ってしまった。

「申し訳ございません、陛下」

私はあわてて頭を下げようとした。

けれどそれを、またウィルに止められる。

「――いや、いい。私のことは〝ウィル〟と呼んでくれ。君には……そう呼ばれたい」

そう言って微笑んだウィルを見て、どくんと心臓が跳ねた。

それはウィロピー男爵領の森にいた頃のウィルと、まったく同じ笑顔だったから。

忘れていた、いや忘れようとしていたかつてのときめきが一気に押し寄せてくる。

「そ……そんな恐れ多いことはできません。冗談はよしてください……！」

私は赤くなった頬を隠すように、あわてて顔を背けたのだった。

◆

「ウィリアム国王陛下！　今日は僕も同席させていただけないでしょうか‼」

緊張した顔で言ったのは、村長の息子であるデレクだ。

ウィルが薬屋に来ることはすっかり恒例になっていたのだけれど、今日はそこになぜかデレクもついてきていたの。

ウィルも驚いた顔をしているから、きっと彼も予想外だったのだろう。

私はちらりとウィルを見た。

デレク……大丈夫かしら？

私はこの間手ひどく追い返されたオールディス侯爵令嬢を思い出していた。

彼女はあの後、ぶぅぶぅ文句を言いながら結局王都に帰っていったらしい。同じく国王ウィリアムを追いかけてきた他の令嬢たちももうみんな諦めて帰っているのだという。

デレクももしかしたら、侯爵令嬢のように冷たく追い返されるかもしれない。

そう考えていると、ウィルが微笑みを浮かべた。それは私やフィルに見せるようなやわらかな笑みではなく、〝国王〟としての威厳のある笑みだ。

「それはまた……なぜ？」

うっ！『なぜ君と過ごさねばいけないんだ？』という無言の圧をひしひし感じる！

でもデレクはひるみつつも、きっぱりと言い放った。

「ぼ……僕は村をよく知っているからです！　案内人にぴったりかと！」

「だが今日は薬屋で過ごそうと思っている。そうなると案内はいらないな？」

ウィルも容赦ない。

「うっ……！　で、ですが…………フィルも僕に懐いております！　僕は、フィルの好きな遊びを知っています！」

……そのことに一体なんの意味が……？

と思ったのだけれど、意外にもその言葉にウィルがぴくりと眉を吊り上がらせた。

「……ほう。君の方が、フィルについてよく知っていると？」

「せっ、僭越《せんえつ》ながらそうでございます！　僕は、フィルを赤ちゃんの頃から見ているので！」

「………ほう、それはそれは……」

……んっ⁉

気のせいかな⁉　ウィルの瞳が、今まで見たことがないほど冷たい気がする！

あたりに急にひんやりとした風が吹いてきた気がして、私は「⁉」となりながらぎゅっとフィルを抱きしめた。

「よいだろう。なら、今日はデレク、君も交じるといい」

「あ……ありがとうございます！」

デレクがバッ！と頭を下げる。

「…………しがない薬屋で、一体あんたたちは何をやるつもりだというんだい……」

そばで見ていたおばあちゃんがハァ、と呆れたように言った。

おばあちゃん、それ、私も同意です……。

――それから数分後。

「ほらっ！　見てください陛下！　フィルはこのお馬さんごっこが大好きなんですよ‼」

フィルを背中に乗せながら、馬を模して薬屋の床を四つん這いではいずり回っているのはデレクだ。

「おうましゃん！　おうましゃん！」

フィルはデレクの背中に乗って大はしゃぎしている。

「へぇ……だけど、私だったらフィルを本物の〝お馬さん〟に乗せてやれるが？」

薬屋のすぐそばには、ウィルの白い愛馬がいる。

「ぬ、ぬぐっ……！　でしたらこれはいかがです⁉」

「……む？」

フィルを背中から下ろしたデレクが床に座る。

それから裏声でこんなことを言い始めた。

「こんにちは。フィルくん、おくすりひとつ、くださいな」

デレクが何をやろうとしているのかピンと来たフィルが、すぐさま顔を輝かせる。

いそいそと、会計台下に置いてあるフィル用の瓶を取ってきた。

「はい！　おくしゅりどーぞ！」

……これはフィルの好きな、薬屋さんごっこだ。

「ありがとう。お礼にこれをどうぞ」

と言いながら、どこからか取り出した袋を渡している。その中身は村長の奥さんが焼いたクッキーで、フィルの大好物だ。

「わぁあい！　やったぁあ！」

フィルが大喜びで受け取る。

「ままぁ！　たべていい？」

「いいわよ。ちゃんとデレクにお礼は言った？」

「デレクおじしゃん、ありがとう！」

その後ほっぺを膨らませ、はむはむとクッキーを頬張るフィルを見ながら、ウィルが悔しそうに言った。

「……食べ物で釣るとは卑怯な」

「卑怯ではありません。働いて対価を得る。これも立派な教育です」

「くっ……」

どうやら今度はウィルが唇を噛む番だったらしい。

だがウィルも、そこでめげるような男ではない。

「……フィル。私が、魔法を見せてあげよう」

「まほー？」

「ああ。魔法だ。君は精霊たちで見慣れているかもしれないが……こんなのはどうだ？」

言いながら、ウィルがパチンと指を鳴らした。

次の瞬間、ウィルの手から青い光がぽぅ……と上がる。

それは最初ただの丸い光だったのだけれど、ふわふわと浮かび上がっていくうちに、小さな小鳥へと姿を変えた。

キラキラと内側から青く光る小鳥はゆっくりと翼を広げると、ふわりと部屋の中に飛び立ったのだ。

「わぁっ！　きれーなとりしゃん！」

クッキーを手に持ったまま、フィルが小鳥を捕まえようとぴょんぴょん跳びはねる。

そんなフィルをからかうように、小鳥は光の粉をまき散らしながらフィルのそばを何度も横切る。

「わぁ～！」

やがて小鳥はフィルの肩の上に止まった。フィルが恐る恐る手を差し出すと、光る小鳥はまるで本物の鳥のように、嘴《くちばし》をフィルの指にこすりつけたのだ。

かと思うと、砂の城がくずれるように、サァッと霧散《むさん》した。途端にフィルが泣きそうな顔になる。

「あっ、ああ～！　とりしゃんいなくなった！」

「……もう一度会いたいか？」

ウィルの声に、フィルはパッと顔を輝かせた。その拍子に、七色の瞳もキラキラと輝く。

「うん！　もっかい！　もっかい！」

ウィルはフッと笑い、すぐにもう一度小鳥を出現させたのだった。

それから半刻後。

「……どうやら、フィルを喜ばせることに関しては私の勝ちのようだな？」

楽しそうに小鳥を追いかけているフィルの姿を見ながらウィルが勝ち誇ったように言う。

その顔は顎が高くそびやかされ、ドヤァッという音が聞こえてこんばかりの勢いで、悠々とデレクを見下ろしている。

「くっ……！　僕も魔法が使えれば……！」

対してデレクは拳を握り、心底悔しそうに顔を歪めていた。

「まぁ魔法がなくても、私の勝ちだったと思うが」

なんて言いながら、ウィルはフッと前髪をかき上げている。

その光景を私はぽかんと見ていた。

……なんなのこれは。

ふたりは一体何を競い合っているの⁉

私の横では、同じことを思っていたらしいおばあちゃんが呆れたように言う。

「まったく……。どこの国に、村民と張り合う国王がいるんだい……」

その言葉に、私は心から同意したのだった。

◆

「リアは、この村が好きかい？」

――とある日の夕方。

沈み始めた太陽によって茜色に染められた丘を見ながら、隣に立つウィルは言った。

その日は私とウィルのふたりだけで、村の精霊を探して回っていた。

探して回ったといっても、実際はただぶらぶらとあてもなく歩き回っただけ。

そうして「あそこの精霊はいたずらっ子だから気を付けて」とか、「あそこの精霊は人間が好きだから、贈り物をしてあげると翌日玄関先にお礼が置いてある」とか、他愛のない会話をする。

その間ウィルは私に〝リディア〟のことを聞かないし、フィルの瞳についても触れないし、フィルの父親についても触れない。

まるで暗黙のルールが存在しているようだった。

「もちろん大好きよ。いいところだし、何より村のみんなが優しいわ」

おばあちゃんの生まれ故郷。私とフィルを受け入れてくれた村。

本当にこの村のみんなには、感謝してもしきれない。

できることなら、一生この村に住みたいと思っている。

「そうか……」

でもその言葉を、私は口に出さなかった。

ウィルがなんだか寂しそうな顔をしていたから。

「……」

そこで珍しく、ウィルが何かを言いかけて黙り込んだ。

彼の銀髪が、夕日に染められて黄金色に輝いている。それはキラキラと輝き、まるで風に揺れる麦穂のようだった。その中でも宝石の瞳だけは、ちかり、ちかりと、光るたびに違う色合いを見せている。

周囲の風景が少しずつ夕闇に包まれていく中、たたずむ彼だけが、まるで時の流れから切り離されたような輝きを放っていた。

「陛下……」

思わず、私が何か声をかけようとした時だった。

『クスクスッ！』

という笑い声が聞こえたかと思うと、何か大きくやわらかい塊が、私の背中にドン！とぶつかってきたのだ。

「きゃあ⁉」

「うわっ！」

盛大に弾き飛ばされて、私は目の前にいたウィルごと地面に倒れ込んだ。

『ヤッター！　ヤッター！』

「いたた……！」

呻《うめ》く私たちのそばでは、仔山羊のような姿をした精霊が、嬉しそうにぴょんぴょんと跳ねている。

先ほど話したいたずらっ子の精霊だ。どうやら油断している隙を狙われてしまったらしい。

「んもう本当にやんちゃなんだから……！」

文句を言いながら体を起こそうとして、私ははたと気づいた。

目の前に、驚いたウィルの顔があった。

どうやら私はウィルを下敷きにしてしまったらしい。

その距離は、煙るようなまつげの一本一本までもが数えられるくらい、近くて。

「ごっ、ごめんなさい！　今どくわ！」

私はあわてて体をどかそうとした。

「待って」

けれどそれよりも早く、ウィルがぐいと私を抱き寄せたのだ。

そのまま至近距離で見つめあう、瞳と瞳。

それは、かつて過ごしたたった一夜を思い起こさせるには十分な近さで。

闇夜で光るウィルの瞳を思い出して、私の頬が赤くなった。

「っ……！」

「リア」

あの夜、私を〝リディア〟と呼んだ甘い声で、ウィルが私の本当の名を呼ぶ。

長い指が伸びてきて、確かめるようにそっと私の頬に触れた。

指は私の肌を滑り、ふに、と開かれた唇に触れる。

「あっ……の……！」

甘い雰囲気に耐えられなくて、私は顔を背けようとした。

けれどウィルはそれを許さなかった。

私の顎に指をかけると、くいっと自分の方を向かせたのだ。

「静かに……」

かと思うと、ウィルの顔がゆっくりと近づいてきた。

……っ！　これ……もしかして……！

キスされる。

反射的に私はぎゅっと目を閉じた。

……そこに、ウィルから逃れようという気持ちは、全然なかった。

「まーーーまぁーーー!!」

けれど私たちの唇が触れる前に、遠くから元気いっぱいのフィルの声が聞こえた。私は反射的に勢いよく立ち上がった。

「ふ、フィル!?」

バクバクと鳴る心臓を無視し、わざとらしくパンパンとスカートについた砂を払う。

隣では、同じくあわてて立ち上がったウィルが手で顔を押さえていた。そっぽを向いているせいで、彼がどんな表情をしているかは見えない。

「むーかーえーにーきーたーよー！」

前方からは、ニコニコしながらこちらに向かって走ってくるフィルと、そんなフィルの後ろからついてくるおばあちゃんがいた。

「フィル坊が、早くママに会いたいって言ってきかないんだ。こんないたいけな老婆をこんなところまで連れてくるなんて、人使いの荒い子だねぇ」

「ご、ごめん……！　遅くなっちゃったから……！」

せっせと髪を直して、赤くなった顔を誤魔化そうとしていると、おばあちゃんがニヤリと笑った。

「……それとも、いい雰囲気だったのを邪魔しちまったかねぇ？」

うっ！

さ、さてはおばあちゃん、全部見ていたわね⁉

「そっそんなことはないわ！　ですよね陛下⁉」

「……ああ。別に、何もなかった」

そう言ったウィルの耳は、かすかにだが赤くなっている。

「そうかいそうかい」

でもおばあちゃんはまだニヤニヤしている。

「へーかぁー！」

そこへ、ウィルめがけてフィルがぴょんっと飛びついてくる。

「おっと」

ウィルはなんなく受け止めると、そのままの勢いでぐいっとフィルを抱き上げた。

「きゃー♪」

ウィルは私たちよりもずっと身長が高い。

だからフィルの見える光景も、きっと私たちが見せるものとは少し違っているのだろう。

最近のフィルは、私やおばあちゃんよりも、ウィルに抱っこされるのを好んでいた。

「遅くなったが、家まで送ろう」

「大丈夫ですよ。そんなに遠くないですから。私たちより、陛下の方がよっぽど危ないんじゃ」

「大丈夫だ。見えないだけで、実は常に護衛騎士たちがそばにいる。……ほら、あそこに」

彼が指さした先を見れば、こぢんまりとした林の中、木に紛れるようにひっそりと騎士がひとり立っていた。

「それに、あそことあそこも」

彼が指さした先を見て私が黙り込む。

思ったよりも人が多い。

ということは、先ほどのやりとりはもしかして彼ら全員に見られて……!?

考えるとまた顔が熱くなった。

あ、危なかった……！　あそこでうっかりキスしていたら、みんなに見られるところだった……！

そこまで考えて、ふと手が止まる。

……ウィルはどうして、私にキスをしようとしたの……？

ウィルは、好きでもない女性に手を出すような男ではない。

……だとしたら。

考えて、私はきゅっと唇を引き結んだ。

「はい。わざわざここまでありがとさんよ」

そうこうしているうちに、私たちは薬屋にたどり着いていたらしい。ウィルにお礼を言うおばあちゃんの声が聞こえる。

「礼には及ばない。それでは、また」

ウィルもそう言って、抱っこしていたフィルを下ろそうとした。

「……？　フィル？」

だが、そこでウィルが目を丸くする。

何事かと見ると、フィルがウィルの首にしがみついてたのだ。

「フィル、何をしているの？　陛下が困ってしまうでしょう。離しなさい」

私はあわてて引きはがそうとしたものの、フィルはぐぐと渾身《こんしん》の力でウィルにしがみついて離れない。

それから「ぶぶぶっ！」と唾を飛ばして叫ぶ。

「い！　や！」

「フィル……！　どうしちゃったの？」

「まだ！　へーかと！　あそぶもん！」

私は目を丸くした。

フィルがワガママを言うのは珍しいことではないが、それでも今まで、家族以外を巻き込んだことはなかったのに。

「もう少し私と遊びたかったのか？」

ウィルが笑った。その顔は迷惑をかけられているにもかかわらず、どこか嬉しそうだった。

「うん！　へーか、かえっちゃやだよ！　なんでかえるの⁉」

「なんで帰るのって……ここは陛下のおうちじゃないからよ」

「なんで⁉　へーかもここをおうちにしゅればいいよ！　へーかここにしゅんで！」

私は目を丸くした。

そばでは、おばあちゃんがはっはっはと笑っている。

「おやおや。これまたとんでもないワガママが飛び出してきたねぇ」

「おばあちゃん、笑っている場合じゃないわ。……ねぇフィル、国王陛下はここには住めないのよ」

「なんで⁉」

「それは……この家は狭いじゃない」

「ぼく、ちいちゃくなるもん！　そしたらへーか、ねれるもん！」

うっ、そう来たか……。

ためらいつつも、私ははっきりと言った。

「それに、国王陛下は私たちの家族ではないでしょう？」

「あぅうっ……！」

私の言葉にフィルが泣きそうになる。……同時に、私も少しだけ泣きたい気持ちになったのには、気づかないふりをした。

ふぇっ、ふぇっ、とフィルがしゃくり上げ始める。

……まずい、これは。

「やだぁ……やだやだやだやだああああ‼」

この小さな体のどこからそんな声量が、と思うほど大きな声で、フィルは泣き始める。

私の耳がキーンとなる。きっとそばで聞いているウィルの耳もキーンとなっているはずだ。

くっ……！　イヤイヤ期はもう過ぎたと思ったのに……！　こうなると手ごわいのよね……！

どうやったら陛下から引き離せるかな。

考えながら私は謝った。

「申し訳ございません。デレクが帰る時は、こんなこと一度もなかったのに……」

「……そうなのか？　……それはまた……」

私の言葉に、なぜかウィルは一瞬嬉しそうな顔をした。かと思うと、フィルの背中をぽんぽんと優しく叩く。

「……なら、今日はもう少しだけ一緒にいようか。アデーレ殿、リア、お邪魔しても？」

「えっ」

「あたしゃ構わないけど」

「えっ⁉」

言うだけ言って、おばあちゃんがさっさと家の中に入ってく。

「せっかくだから夕食でも食べていきな。ただし、ここはお城とは違うんだ。文句なんか言うんじゃないよ」

「夕食までごちそうになれるなんて、感謝する。ありがとう。文句など言うはずがない」

「だってさ！　さっさと作んなリア！」

「私なのね⁉　いいけど！」

……このやりとりも、以前した気がする。

その時は私とおばあちゃんとウィルの三人で。

でも今ここには、小さなフィルも加わっていて。

「〝え〞〝へ〞〝へっ〞」

目を真っ赤にし、鼻水をずびずびと垂らしながらも、フィルは勝った！と言わんばかりの笑顔を浮かべている。

「んもう。フィル、今日だけだからね？」

それから私たちは、始終ごきげんなフィルとともにささやかな食卓を囲んだ。

それはつい、この時間がずっと続けばいいのに、なんて考えてしまうくらい穏やかで幸せな時間だった。

◆

「……寝たか」

二階の寝室ですぅすぅと寝息を立てるフィルの頭を撫でながらウィルは言った。

質のいい、見るからに高価そうな服を着た彼の姿は、年季の入った我が家には明らかに不釣り合いだった。

「今日は申し訳ございません。陛下にご迷惑をおかけしてしまって……」

「迷惑なことがあるものか。むしろ私は、嬉しかったよ」

そう言ってフィルを見るウィルの瞳は、泣きたくなるほど優しい。

「……っ、フィルは、本当に陛下に懐いていますから……」

私の言葉に、ウィルが微笑む。

「そうだな。嬉しいことだ。こんな愛しい子に懐かれて、私は幸せ者だな」

愛しい子。

それはよその子に向ける言葉ではない。

とっさに私がウィルを見ると、ウィルもまた、私を見つめていた。

蝋燭の火に照らされた彼の瞳は、見つめずにはいられない蠱惑《こわく》的な光を浮かべていて。

「……いっそ、本当に家族になってしまうか」

紡《つむ》がれた言葉に、私はハッと息を呑んだ。

「それ、は……！」

長い間どちらも触れようとしなかった核心に、彼は一歩踏み込もうとしていた。

「リア」

ぎし……と音を立てて、彼が腰掛けていたベッドから立ち上がる。

そのまま彼の長い腕が私に向かって伸びてきて——私はサッと一歩下がった。

気づいた彼が、「っ……」と目を細める。

その顔に浮かんだのは、焦燥と悔しさがにじむ表情。

けれどすぐにウィルは何事もなかったかのように、にこりと微笑んだ。

「すまない。君を困らせてしまったな」

それからスッと私の横を通り過ぎる。

「フィルも寝たし、私もそろそろ失礼しよう。長居した。夕食をありがとう」

「い、いえ……」

それ以上、彼はさっきのことには触れなかった。

おばあちゃんにも挨拶をし、最後に私を見て、

「おやすみ、リア」

と言ってそのまま帰っていったのだ。

彼の出ていった扉をぼんやり見ていると、魔法で食器を洗っていたおばあちゃんがちらりと私を見る。

「そろそろかねぇ。ウィルが、王宮に帰るのも」

……そう。

実は彼が最初に言っていた『一か月ほど、このピナーナク村に滞在することになったんだ』の一か月が、着々と近づいてきていたのだ。

「なーんか前にもこんなことがあった気がするねぇ。あの時はお姫さまが逃げちまったけど、はてさて今回は……ま、あたしにゃ関係ないことだがね」

なんて意味深な言葉を残して、おばあちゃんはさっさと二階へと上がっていく。

残された私はひとり静かに考えていた。

◆（ウィリアム side）

……やってしまった。

すっかり自室と化した村長の家の一室。

私はソファに身を沈めながら、眉間に深いしわを寄せていた。

……そもそも今日は、想定外のアクシデントが多すぎたんだ。

始まりは妖精に突き飛ばされて、リアが私の方に飛んできたこと。

抱き留めた時の体のやわらかさに、ふわりと鼻をくすぐる甘い匂い。

リアは薬屋として常に色々な薬草を触っているはずなのに、不思議とその体はどこまでも甘いのだ。

その上――あの透き通った、それでいて深みのあるアクアマリンの瞳に至近距離で見つめられて、理性が飛んだ。

もしフィルが乱入してこなかったら、あのまま丘の上で容赦なくリアの唇をむさぼっていただろう。

その後はなんとか理性を保ち直したものの、今度はまさかのフィルの引き留め。

……あれは本当に嬉しかった。

だめだ、思い出しただけでにやけてしまう。

しかも、あのデレクとかいう男には一度もやっていないだと？

大人げないと思いつつ、つい勝ったような気持ちになってしまう。

当たり前だ。他の誰でもない私が、あの子の父親なのだから……！

だからこそ調子に乗ってしまったのだろうな。

リアが逃げないよう、慎重に少しずつ、けれど確実に外堀を埋めてきたはずなのに……。

議会には既に通達を出した。

最初は老人どもがギャーギャー騒いでいたが、〝ルミナスの瞳〟を持つ子供がいることを話したらピタッと黙った。彼女を連れて帰った後の策も用意ずみ。そして最近は村人たちも、完全に国王の恋路を見守る構えになっている。

アデーレは最初から反対はしていなかったし、フィルの信頼だってこの数週間で獲得できた。それにあのやたらと張り合ってくる村長の息子デレクも、最近は瞳に諦めを浮かべている。

あとは、リア本人だけだったというのに……。

思い出して、私はまたハァと大きなため息をついた。

「ブランデーでも持ってきますか」

そこに聞こえてきたのは、側近のクレイグの声だ。

「……そうだな。少しもらえるか」

「御意」

すぐにクレイグが、村長が貢ぎ物として差し出したブランデーを持ってくる。

私はグラスの中で揺れる琥珀色の液体を見つめた。芳醇な香りに釣られてひと口含むと、甘く華やかな味わいが口の中に広がる。

「……いい酒だな」

「は」

残りの視察に回すはずだった日程をすべてピナーナク村に注ぎ込み、本来三日にも満たないはずの滞在を、一か月にまで伸ばしたのだ。村長たちの負担も並々ならぬものだっただろう。

「クレイグ、このあたりに王領はあったか？」

「……かつてのティペット伯爵領が一部、近くにあったかと」

ティペット伯爵は爵位を継げる子供が生まれなかったため、数年前に領地を王家に返上している。確かにピナーナク村の近くに、そのうちの一部があったはずだ。

「大きさも申し分ないな。よし、ここの領主であるヴァーノン侯爵にはティペット伯爵領を授け、代わりに村長たちにはピナーナク男爵位を授ける」

叙勲《じょくん》だ。

これで彼ら一家はピナーナク男爵となり、同時に貴族として議会に参加できたり、租税を免除されたりするようになる。

「御意」

ここまですれば、少なくとも村長は文句を言わないだろう。

外堀は、すべて埋めた。

……あとは、リアだけだというのに。

再度同じことを考え始めてしまい、そんな自分にまたため息をつく。

悩む私を、クレイグはじっと見ていた。

かと思うと口を開く。

「……それほど彼女が欲しいのでしたら、さっさと体で篭絡《ろうらく》していればよかったのでは」

「ブッ‼」

私は飲みかけのブランデーを噴き出した。

クレイグがサッと駆け寄って汚れを拭き取っていく。

「お前……なんてことを言い出すんだ⁉」

このクレイグという男、一見生真面目そうな顔をしておきながら、昔から無表情でとんでもないことを言い放つ癖がある。

「だって、既に愛は告白しているのでしょう？」

「……まぁ」

正確には数年前の告白だが、その時も逃げられているからな。

「あなたは既に王だ。この国に、あなた以上の金と権力を持つ男はいない。だったら、残るは体しかないでしょう」

「体しかないって……いきなり話が飛躍しすぎだろう」

「なぜです？　相手は既にあなたの子まで産んでいるのでしょう。今さら恥ずかしがることもありません。母が言っていましたよ。夫婦円満の秘訣は夜の生活も大事だと――」

「やめろやめろ！」

私はあわてて遮った。

「誰が好き好んで乳母のそんな話を聞きたい奴がいるか。お前も母親のそんな話聞きたくないだろう」

「自分は勉強になることならなんでも聞く性質ですので」

「まったく……」

勉強熱心で優秀な男だが、時々ズレているんだよな……。

しかし、まもなく期限の一か月が間近に迫っているのも事実だった。

もちろん、今回連れて帰れなかったからといって諦める気はさらさらない。〝ルミナスの瞳〟を持つフィルを保護するという大義名分がある以上、何度でもこの村には来れるだろうし、大臣たちもフィルを逃すはずがないからだ。

だが、やはり叶うことなら今回リアとフィルと一緒に王宮に帰りたい。

一秒でも長くリアたちのそばにいたいというのもあるし、純粋にその身が心配だった。

既にピナーナク村には十分な数の騎士たちを呼び寄せているが、リアたちを置いてひとりで王宮に帰るなど……考えただけで不安に夜も眠れなくなる。

エスメラルダとその一族は既に爵位剥奪《はくだつ》の上、王宮から追放したが、逆恨みでフィルを狙う可能性だってある。

だとしたら……妻ではなく、保護という名目で持ちかけるべきなのかもしれない。

私が〝あの時のウィル〟だと確定したら、もしかしたらリアは逃げるかもしれないが……優しい彼女のことだ。

『フィルのためにそばにいてくれ』と言えば、きっと逃げられなくなる。

……我ながら、なんと姑息《こそく》な手を使おうとしているのだろう。

だが卑怯でもいい。

彼女を泣かせてでも、私のそばにいてほしいのだ――。

考えて、私はぐっと目を細めた。

◆(リア side)

「ままーおきて。あさでしゅよ。おねぼーしましゅよー」

ぺちぺち、ぺちぺちと。

小さなおててが頬を叩く気配を感じて、私は突然目を開けた。

「……っいけない！」

急いで起き上がる。

昨日も遅くまで悩んでいたせいで、かなり夜更かししてしまったのだ。

「起こしてくれてありがとうフィル！　可愛いだけじゃなくてしっかり者さんだなんて、最高よっ！」

ぎゅうと抱きしめれば、フィルが満足げにむふーと鼻の穴を膨らませた。

それから私はバタバタと朝の支度をした。

幸いそんなに寝坊していなかったんだけれど、私の代わりに朝ご飯を作ったおばあちゃんに文句を言われたわ。

「ほらほら！　とっとと働きな！　最近誰かさんのせいで全然薬屋の営業ができていないんだから、在庫切れがいっぱいあるんだよ！」

「ううっごめんなさい！　急いで作るわ！」

ウィルは私を拘束した分たっぷり、それはもう国庫大丈夫？と心配になるほどたっっっぷりのお金をくれたんだけれど、それとは別に村のみんなを支える薬は必要だ。

在庫切れを起こしている薬も出始めているので、今日は気合を入れて作らなければ！

もしウィルが来たら、「今日は薬を作るのでそこで見ていてください！」と言おう。それくらいなら言ってもばちは当たらないはず……多分。

幸いにも今日は忙しいらしく、ウィルは来ていない。

ここぞとばかりに、私はせっせと薬を作っていた。

そこに、ぽわん、という音がして、精霊たちが現れる。

『リア……』

けれどその声は、いつも元気な彼らしくない。

思わず手を止めて、私は精霊たちの方を見た。

「どうしたの？」

いつもうるうるキラキラしたおめめが、今日は不安そうに見開かれている。

その鼻はヒクヒクと、何かを探すように絶えず動いていた。

『キチャッタ。ヨクナイカンジ、キチャッタ！』

「よくない感じが、来ちゃった？　どういうこと？」

私が両手を受け皿のようにして差し出すと、精霊たちがふわりと手の中に降りてくる。

『サガシテル……リアヲ、サガシテル』

『ソレニ、トッテモオコッテル……』

誰かが私を探していて、それに、怒っている？

精霊の言葉に私は眉をひそめた。

その両方に思い当たる人物といえば——。

『スグソコ、スグソコキテルヨ！』

『ニゲテ！』

精霊たちの言葉に、私はとっさに薬屋から飛び出していた。

ガランゴロン！と鈴が鳴って扉が開いた矢先、私は今まさに薬屋に入ってこようとした人にドン！とぶつかった。

「きゃあ！」

「ごめんなさっ……あっ！」

そして目の前の人物を見てハッと目を見開く。

それは向こうも同じだった。ただし私と違って、彼女たちは私を指さして、

「あーーーーー‼」

と大きな声を上げた。

「ようやく見つけたわよリア‼」

この数年聞いていなかった、けれど聞きなれた怒鳴り声に私は体をこわばらせた。

「も～～つっかれた‼　ほんと、あんたのせいでひどい目に遭ったんだからね‼　この償いは一生をかけてしてもらうわよ⁉」

薄汚れたマントをかぶり、血走った目でこちらを見ているのは――どう見てもお継母さまとカトリーヌお姉さまだった。

それに、彼女たちの後ろには、何かよからぬ気配をただよわせている複数の黒づくめの男たちもいた。

どうしてお継母さまたちがここに……！

驚きすぎて声も出ない。

そんな私を前に、ギラギラと瞳を輝かせたお継母さまが叫ぶ。

「あんたのせいで、わたくしたちがこの数年どれだけ大変だったかわかる⁉」

「そうよ！　あんたの……あんたのせいでっ‼」

バシン！

突然目の前で星が散って、私は気づくとその場に手をついていた。

――カトリーヌお姉さまにぶたれたのだ。

その証拠に、叩かれた頬がヒリヒリしていた。

そこに黒づくめの男がひとりスッと進み出る。

「やめろ。顔に傷はつけるなとギラマン伯爵が言っていただろう」

……ギラマン伯爵？

それはかつて私を大金で買おうとした〝ユニコーン伯爵〟の名前だった。

「まさか、今でも伯爵と繋がっているの……？」

動揺する私に、お継母さまがハッ！と鼻で笑う。

「そうよ。せっかく再会できたんだから、お土産話に聞かせてあげる。わたくしたちはね、あんたが逃げてからずーーーっとギラマン伯爵に搾取されてきたのよ！」

そう言って、お継母さまは私がいなくなった後のウィロピー男爵領について話してくれた。

いわく、私がいなくなってすぐにギラマン伯爵は前金の返却に加えて、法外な慰謝料まで請求してきたのだという。

とてもじゃないけれど、領地を売っても払えない金額を見て、お父さまは逃げようとした先で馬車に跳ねられてこの世を去った。

そしてお継母さまたちは、来る日も来る日も、実家でギラマン伯爵が呼び寄せた特別な〝客〟の相手をしては、そのお金を返済し続けた——。

「毎日毎日、とんでもないじじいばかりを相手にして気が狂うかと思ったわ！」

「しかもあんたのことを探そうにも、行方を追う魔法石はうまく発動しないし……！」

魔法石が発動しない？

もしかして……精霊たちが私の存在を隠していてくれたの？

「でもね！　そんなわたくしたちを、神は見捨てなかったのよ」

勝ち誇ったようにお継母さまが嗤《わら》う。

「数か月前に、七色の瞳をした綺麗な男が家にやってきたの！」

——七色の瞳。

その言葉に私は目を見張った。

そんな男性、ひとりしか知らない。

「その男はねぇ、名乗らなかったけれどひと目見て高貴な男だとわかったわ！　それでギラマン伯爵さまに聞いてみたのよ。七色の瞳を持つ男を知らない？って。そしたら驚き！　なんとルミナシア王国の王族だっていうじゃない！」

ホホホ！とお継母さまが楽しそうに声を上げる。

カトリーヌお姉さまも醜悪な笑顔を浮かべて言った。

「しかもその人が探している女性って、髪色は違うけどどう聞いてもあんたなのよねぇ、リア。一体どこであんないい男を引っかけていたの？　さすが売女ね！」

「だからわたくしたち、そのこともギラマン伯爵に報告したのよ。そしたらえらく興味を示してね……。『隣国の王太子――いや国王が求める女なら、純潔でなくても構わない』って。だからリア、あんたを連れていけば、わたくしたちの借金はチャラになるのよ！」

……なるほど、だから今になって私を探しに来たのね……！

私は苦い気持ちで話を聞いていた。

「ギラマン伯爵はこうも教えてくれたわ！　わざわざ隣国にまで探しに来るということは、国王陛下の後を追っていけば必ずリアにたどり着けるって。そしたら本当にいるんだもの！」

アハハッ！とカトリーヌお姉さまも笑う。

「さぁリア――わたくしたちと一緒に、来てもらうわよ」

お継母さまの言葉に、ゆらりと黒づくめの男たちが私を囲んだ。

その手には私を縛るための縄が握られている。

「や……やめて‼」

私が叫ぶと同時に、暴風が男たちを襲った。

「うわっ⁉」

風に巻き上げられ、かと思うと地面にドシャリと叩きつけられる。

精霊たちが助けてくれたのだ。

「なっ……⁉」

それを見たお継母さまたちが仰天する。

「あ、あんた魔法が使えたの⁉」

けれどお継母さまはすぐに落ち着きを取り戻していた。

「……ふん。だからなんだというの？　リア、魔法が使えたところで、お優しいあんたに何ができる？　まさか、わたくしたちを殺せるとでも？」

お継母さまが勝ち誇った笑みを浮かべる。

「う……！」

それは図星だった。

精霊たちの力を借りてお継母さまたちを追い払うのは難しいことではない。

けれど、殺すとなると、話はまったく別だった。

気づいたお姉さまもくすくすと笑う。

「ふふっ。あのねリア、あんたがここにいるってこと、もう手紙でギラマン伯爵に送ったのよ。

だから、ギラマン伯爵はどんな手を使ってでもきっとあんたを捕まえに来るわ。それに――あんたはあの子を守りたくないの?」

あの子、という単語に、サーッと私の顔から血の気が引いた。

「可愛いわね、あの子。国王陛下にそっくりじゃない。でもあんなに小さかったら――きっと死ぬのも一瞬よね?」

……悪魔だ。

私の目の前に、悪魔がふたり立っている……。

視界を、真っ黒な絶望が覆った。

何も言わなくなった私を見て、お継母さまがニヤリと口の端を上げる。

「諦めなさいリア。所詮《しょせん》、あんたはわたくしたちの道具でしかないのよ。憎らしいあの女の子供にはぴったりじゃない。道具は道具らしく、黙って従いなさいな!」

じり、とお継母さまが一歩近づいてくる。お姉さまもそばで楽しそうに笑っていた。

「ふふっ。残念だったわねリア。あんたの不幸は一生続くのよ。それこそギラマン伯爵が死なない限りは、ね」

私はぎゅっと手を握った。

……ギラマン伯爵のところに行くなんて、ものすごく嫌。

でももし私が拒んだせいでフィルに何かあったら……!

考えただけで心臓が凍り付く。

ここで私がお継母さまたちについて行けば、少なくともフィルだけは助かるかもしれない。

私がいなくなってもきっと陛下は——ウィルは、あの子を放っておかないはずだから……！

私の代わりに、守ってくれるはずだから……！

きつく唇を噛んで、顔を上げようとしたその時だった。

「——ならば話は簡単だな。ギラマン伯爵が死ねばいい」

立ち込めた瘴気《しょうき》を払うように、堂々たる力強い声を響かせたのはウィルだった。

その瞬間、私の視界を覆っていた絶望も消えた気がした。

「なっ⁉」

「嘘⁉　今日は午後までここに来ないって村長が言っていたのに⁉」

お継母さまたちが動揺する。

どうやらフィルのことといい、お継母さまたちはある程度事前に調べ上げていたらしい。

ウィルはうんざりしたように言った。

「まったく……お前たちはどれだけ王族をバカにすれば気が済むのだ？　王都を出発してからずっと私の周辺を嗅ぎ回り、コソコソとネズミのようにつけてきた奴らに気づかないわけがないだろう」

彼の言葉に、お継母さまたちがぱくぱくと口を動かしている。

「今まで目的と首謀者が不明だったから、泳がせていたまで。……まぁ今の自白で、すべてわかったがな」

言って、ウィルはふぅとため息をついた。

それから瞳に燃え盛る炎のような鋭い光を宿して、お継母さまたちをギッと睨んだ。

普段は美しく輝く七色の瞳がギラギラ、ギラギラと、まるで地獄で煮えたぎる溶岩のように波打っていた。

「ヒッ……‼」

彼の全身から放たれる威圧感に、お継母さまたちが息を詰まらせる。

「我が妻の誘拐未遂、それから王太子の暗殺を企てたこと。そのすべてが極刑に値する。――連れていけ」

「ヒッ、ヒィイイ‼　お許しを‼」

お継母さまが泣きながらひざまずく前で、カトリーヌお姉さまが一目散に走りだした。黒づくめの男たちもだ。

けれど彼らの逃げ道に、ザッ！と数十人の騎士が立ちふさがる。

「無駄だ。既にこの村は包囲されている。蟻一匹たりとも逃がさない」

「ヒッ、ヒィッ……！」

現れた騎士たちに睨まれて、カトリーヌお姉さまもへなへなとその場に座り込んだのだった。

◆

「リア、怖い思いをさせてすまない」

——すべてが落ち着いた後、私は村長の家に設けられた彼の部屋に来ていた。

幸い、おばあちゃんたちはお散歩に出かけていたおかげで、フィルにあの恐ろしい光景を見せずに済んだ。

けれどこのまま、はい日常に——というわけにもいかず、私は彼とともにこの部屋に来ていたのだ。

「いいえ……私こそ、ご迷惑をおかけして申し訳ございません。いつか……いつかこんな日が来るって、わかっていたはずなのに……！」

言って、ぎゅっと手を握る。

お継母さまたちの執念深さも、ギラマン伯爵の異常さも知っていた。

だからこそ、もっと警戒するべきだったのだ。

もしウィルが来てくれなかったら……私だけじゃない。フィルまで巻き込んでいたのだから。

「違う。絶対にリアのせいではない。そもそも私がリアを探しにウィロピー男爵家に行ったせいで、奴らに付け入る隙を与えてしまったんだ……！」

「……いいえ、たとえ陛下が男爵家に行かなくても、いずれお継母さまたちは私を探しに来ていた気がします。……彼女たちは、そういう人ですから……」

ウィルを引き合いに出したのは、ただの口実にすぎない。

お継母さまたちなら五年経っても十年経っても、恐らく生きている限り私を利用しようとするだろう。

なぜなら彼女たちにとって私は家族ではなく、道具なのだから。

うつむいていると、彼が私の手をぎゅっと握った。

「……リア、今、改めて言おう。私は四年前、君に森で助けてもらった〝ウィル〟だ」

ウィルの言葉に私はハッと顔を上げた。

互いに気づきつつも決して触れようとしてこなかった話題を、彼はついに口にしたのだ。

「今までもう一度君に逃げられるのが嫌でためらっていたが、それは間違いだった。君が危険な目に遭っているのを見てゾッとした。君を失うくらいなら、私はもう遠慮しない」

言って、ウィルが私を抱きしめた。

その強い力に息が止まる。

「リア……愛しているんだ。君を、愛している。どうか妻として私のそばにいてくれないか。私に、君とフィルを守らせてくれ……っ！」

「陛下……」

私が呼ぶと、彼は一度私を離した。

それから真剣な瞳で、まっすぐ私を見つめる。

「〝陛下〟ではない。〝ウィル〟だ。君にだけは、〝ウィル〟と呼ばれたい」

「う……ウィル……」

それは数年ぶりに呼ぶ、彼の名前だった。

同時にその名を呼んだ瞬間、ツ……と頬を涙が伝っていた。

「リア、必ず君とフィルを守る。この命をかけて誓おう。ギラマン伯爵も、君の継母と姉も、私たちの幸せを邪魔するものは――すべて私の手で排除する」

その一瞬、彼の瞳に暗い影が差した気がした。

「だからお願いだリア。私の妻になってくれ……！」

妻。

国王であるウィルの妻ということは、ルミナシア王国の王妃になるということだ。

大層な言葉に、ぶるりと体が震える。

「わ……私は王妃どころか、淑女教育も受けていないような女なのよ……!? 平民と何も変わらないわ……！　王妃なんてそんな……受け入れられるわけがない……！」

「それなら大丈夫だ」

体を離したウィルが、なぜか嬉しそうに微笑んだ。

「君は平民ではない。元々生まれは男爵令嬢だし、身分が気になるというのなら公爵家あたりに養女として入り、後ろ盾となってもらう。それから君は……自分が〝精霊の愛し子〟だということに気づいていないだろう？」

「精霊の……愛し子？」

「ああ」

ウィルはうなずいた。

「君のように魔力を持たず、けれど精霊の声を聞ける人間は、この国では〝精霊の愛し子〟と呼ばれ、大事にされるんだ。実際君も、他に精霊の声が聞こえる人間には会ったことがないだろう？」

聞かれて私は首を横に振った。

「いいえ、ひとりだけ知っているわ。……フィルよ。それにあの子は、私と違って魔力もちゃんと持っているわ」

私の言葉に、ウィルも思い出したらしい。呆けたように目を見開いている。

「確かに……まいったな……！　魔力持ちの愛し子なんて、歴史上でも聞いたことがないぞ……⁉　フィルは一体、どれだけすごい力を持っているんだ……！」

それから私を見て、ウィルがまた微笑む。

「でも、これでわかっただろう？　君は男爵令嬢で、精霊の愛し子で、その上〝ルミナスの

瞳〟と〝精霊の愛し子〟両方である子供の母親だ。——私たちの間に生まれた子だ」

言われて、私は頬を赤くしてうつむいた。

「ええと、あの、今さらだけれど、黙っていてごめんなさい……。その、私もまさか身籠《みごも》っているとは思わなくて……」

その上、勝手にフィルを産んで、危険な目にも遭わせるところだった。

うつむく私を、ウィルが優しく抱きしめる。

「逆だよ、リア。私の息子を……フィリップを産んでくれて、ありがとう」

すとん、と。

その言葉はまるで、砂漠に一滴の水が落ちたように、私の心に染み込んできた。

ウィルが体を離して、私を見る。

「あの子を初めて見た時……あまりの愛おしさに息もできなくなった。愛され、大事に育てられているのがわかる肌艶に、屈託のない笑顔。君が守りはぐくんだ、大事な子」

ウィルが愛おしそうに目を細める。

「あの時私は、一体どれほどの誘惑と戦ったことか。今すぐフィルの父親だと名乗り出たい気持ちに、君を抱きしめて口づけたい気持ち。どちらも抗うのに必死だったよ」

「ウィル……」

そこでまた、ウィルがぎゅっと私の手を握った。

「リア。あとは君だけなんだ。君がうんとうなずいてくれれば、私は全力で君を愛せるんだ……！」

七色に輝く宝石眼が、ゆらゆら、ゆらゆらと切なく光っていた。

「私には君しかいない。君しか欲しくないんだ、リア……！　君を、愛している」

耳元で囁かれる熱い声。

その切実さが、私の心を揺さぶった。

……もしかして、今なら言ってもいいのだろうか……？

こんな境遇に生まれた私でも、彼に気持ちを告げてもいいのだろうか……？

「ウィ、ル……」

そろそろと、彼の手を握り返す。

ウィルがハッとしたように私を見た。

「私、も……。…………………私も、ウィルを愛しているわ……」

震える唇で紡げば、ウィルの瞳が歓喜に大きく見開かれた。

「リア……‼」

「んっ！」

かと思う間もなく、唇をふさがれる。

「リア！　……リア！」

「ん、んぅ……！」

何度も何度も押し付けられる熱い唇。

それはまるでこの数年間の空白を埋めるように、何度も、性急に、繰り返し降らされた口づけの雨だった。

「……っぷは！」

ようやく一段落して私が肩で息をしていると、ウィルがまた愛おしそうに私のこめかみにちゅ、と唇をつけた。

「嬉しい……夢みたいだ。この日を、どれだけ待ちわびたことか」

「私も……なんだか夢を見ているようよ」

頬が赤くなって、頭がぽーっとする。

「けれど、絶対夢にはさせない。何がなんでも君を連れ帰って、私の妻にする。歴史書にはこう書かせるんだ、『王子さまとお姫さまはいつまでもいつまでも、ずっと仲良く暮らしましたとさ』――と」

それを聞いて私はくすくす笑った。

「お姫さまって。ウィルはともかく、私はそんな柄じゃないわ」

「いいや、君はお姫さまになるんだ、リア。誰もが羨《うらや》むような、美しくて幸せなお姫さまに」

「そんな……」

私は両眉を下げた。

「今からでも……なれるかな。本当に淑女教育すら受けたことないのよ」

「それなら大丈夫だ」

またウィルが、ちゅ、と私の頬にキスをする。

「君のそばには、頼もしい味方がひとりいるから」

「頼もしい味方？」

全然思い当たらなくて首をかしげると、ウィルが楽しそうに笑う。それはどこか少年のような、いたずらっぽい笑みだった。

「ずっと気になっていたんだ。どこかで見たことがある名前だし、どこかで見たことのある姿だって……でも即位して、王族専用の図書室で調べてわかったよ」

私はウィルの言葉の続きを待った。

「クレメイタイン・アデーレ・ルミナシア。この国で過去に、〝王宮付き魔女〟として仕えていた高名な魔女の名前だ」

「クレメイタイン……アデーレ？」

「ああ。彼女は今生きていれば、百歳を超えるという。かつては黒い艶やかだった髪に、真っ赤な瞳。そして手首にある、薔薇のようなあざ。……そんな人物に、見覚えはないか？」

言われて私は「あっ」と両手で口を押さえた。

「嘘でしょう……⁉　おばあちゃんが……〝王宮付き魔女〟⁉」

「ああ。歴史書によると数十年前、魔女はたったひとりの娘を亡くして、王宮から姿を消した。それから国王がどんなに探してもずっと行方知れずだったのだが……まさかこんなところにいたとはね」

その事実に、頭がついていかない。

ただ目を丸くしてぱちぱちとまばたきを繰り返す私に、ウィルがまたいたずらっぽく笑った。

「きっとアデーレ殿は、王宮に戻るのを嫌がるだろうな。でも、彼女もきっと連れ戻してみせるよ。だって王宮には、彼女の娘と孫も来るのだから」

そこでようやく、私もくすりと笑った。

「……そうね。ああ見えて、魔女さんは優しいから」

それからどちらからともなく、私たちはこつんとおでこを合わせた。

「この話をしたら、きっと嫌というほど罵られるんだろうな」

「そうねぇ……。そうしたら、一緒にお説教されてくれる？」

「もちろん。フィルはかわいそうだから、その間精霊たちとともに避難してもらおうか。デレクは気に入らないが――まぁ彼に預けてもいい」

私はくすくすと笑った。

彼もくすくすと笑った。

それから、アデーレのことを考える。

『まったく！　あんたたちは本当に、次から次へとあたしを面倒ごとに巻き込むね!?』

そう言ってぷりぷり怒っているおばあちゃんが簡単に想像できて、私はまた笑った。

「みんなで幸せになろう、リア」

「……うん」

……私はもう、ひとりじゃない。

「私たちはもう、家族だ。みんなみんな大事にする」

「……うん」

それから私たちは顔を見合せて、ふたたびそっと唇を合わせたのだった。

■エピローグ■

「うぅっ……！　今日から本当にここで暮らすの……!?」

ウィルに連れられてやってきたルミナシアの王城で、思わず私はつぶやいていた。

慣れ親しんできたピナーナク村の家とも、かつて住んでいたウィロピー男爵家ともまったく違う、絢爛《けんらん》豪華なお城。

広大な大理石の床は、磨き上げられた鏡のように光を反射し、足を踏みだすのがためらわれるほどに美しい。天井では巨大なシャンデリアが輝き、無数のクリスタルがまるで星の如《ごと》く煌《きら》めいていた。

「それに、こ……このドレス……！　変じゃない!?　大丈夫!?」

侍女たちに囲まれて着せられたドレスは、ひと目でとんでもない高級品だとわかるものだった。複雑な模様を描く刺繍に、ところどころに縫い付けられた輝く宝石。この石ひと粒で一体どれくらいの金額になるのか、想像しただけで冷や汗が出る。

露《あら》わになった肩や鎖骨のあたりを手で隠していると、満面の笑みを浮かべたウィルが近づいてきた。

「変どころか、とてもよく似合っているよリア。ずっと君を着飾らせてみたいと思っていたんだ。思った通り……いや、想像以上の美しさだ」

言いながら、ウィルが私を抱き寄せる。

かと思うと、露わになった肩にちゅっと唇が寄せられた。

「ひゃっ！」

「しかし肌の露出が多いのはいただけないな。侍女長、人前に出る時は、もう少し布の面積を増やすように」

「承知いたしました」

ウィルの鋭い言葉に、そばにいた侍女長が静かに頭を下げる。

「リア、リア。私の女神。ああ早く式を終わらせて、君を正式に妻として王国中に知らしめたい。きっとみんなが祝福してくれる。祝福しない者は私が粛清《しゅくせい》しよう。それから早くまた、君のやわらかな肌に触れたい」

色っぽく囁かれた声に、私は顔を赤くしてあわててウィルの唇を手で押さえた。

「う、ウィル！　その話は！」

もう子を成した仲とはいえ、実際そういうことはまだ一回しかしていないのだ。

つまり、まだほぼ初心者なのよ！

「照れているのか？　……可愛いな」

なんて言いながら、ウィルは押し付けた私の手のひらにまた口づける。

「っ〜〜〜！」

こ、この人はもう……！

なんだか気持ちを伝えあってから、ますます加速していない⁉

助けてフィル！　おばあちゃん！

心の中で叫んでいると、その願いを聞きつけたかのように声がした。

「まーーまぁーーーぱーーぱぁーーー！」

「おや。私たちの天使が来たみたいだ」

ぱたぱたと短い足を一生懸命動かしながら、フィルが駆け寄ってくる。

そんなフィルも、見たことがないくらい上質な服を着せられて、宗教画に出てくる天使のように愛らしかった。

「フィルもよく似合っている。本当に天使が舞い降りたようだね」

ウィルが抱き上げると、フィルはくすぐったそうに笑った。

「ふふっ。てんち？　ふぃる、てんちみたい？」

「ああ。世界一可愛い大天使だよ。食べちゃいたいくらいだ」

言いながら、ウィルががぶりとフィルのほっぺにかぶりつくふりをする。

「きゃあー♪」

高い声を響かせて、フィルは楽しそうに笑った。

■エピローグ■

『テンチ♪　テンチ♪』

『フィルハ、セカイイチ♪』

『タベチャイタイクライ、カワイイ♪』

そばでは精霊たちもご機嫌で歌っている。

「まぁぁーーーったく、騒がしいねぇ」

そこに、いつも通り不機嫌そうなおばあちゃんもやってきた。

ただしその服は、いつもと同じローブながら、かなり上質な布に変わっている。

「おばあちゃん！　そのお洋服も素敵ね！」

「はいはい、お世辞なら間に合ってるよ。……はぁ、それにしてもなんの因果かねぇ。またここに戻ってきちまうとは」

高い天井を見ながら、おばあちゃんはぼやいていた。

「私、知らなかったわ。まさかおばあちゃんが『王宮付き魔女』だったなんて」

「もう二度と戻る気はなかったんだよ。王宮なんて堅苦しくて、血生臭くて、ろくなことがありゃしない。娘が死んで、ここぞとばかりに逃げ出したはずだったんだがねぇ……」

「また私のせいで、戻ってきちゃったね……」

私は少しだけ申し訳なさそうに、ちらりとおばあちゃんを見た。

ウィロピー男爵領からピナーナク村へと。そしてピナーナク村からルミナシア王国の王城へと、結果的におばあちゃんを引きずり回すことになってしまった。

もしかしたら本当は、ここには戻ってきたくなかったのかもしれないのに……これでよかったのだろうか。そんな私の気持ちを察したのか、おばあちゃんがフッと笑う。

「ま、これも何かのご縁だよ。それより！　あたしを呼び戻したからには覚悟はできているんだろうねリア！　ええ⁉」

「か、覚悟……⁉」

「あんたがピーピーうるさいからピナーナク村には別の薬師を派遣したけど、その代わり今からみっちり！　起きてから寝るまでずっと！　妃教育を仕込むことになるからね！　泣いても容赦しないから、しっかりついてくるんだよ！」

「わ、わかった。頑張るわ！」

「『わかった』じゃなくて『わかりましたわ』！　『頑張るわ』じゃなくて『努力いたしますわ』だ！　わかったかい！」

「はっはい！」

「それから姿勢！　猫背になっているよ！　もっとピンと背筋を伸ばしな！」

「はぃいいいっ！」

……厳しい！　今まで一度もこんなことを言われたことなかったのに！

「これはリアも大変そうだな」

隣ではウィルも、面食らったようにぱちぱちとまばたきをしている。

それから思い出したように、そばにいた側近のクレイグさんから何かを受け取っていた。

「そうだ。見てごらんリア、フィル。これがアデーレ殿の若き日を描いた絵姿だよ」

差し出された紙を、私とフィルが興味津々で覗き込む。

すると――。

「うわ⁉　何この絶世の美女！　もしかしてこれ、おばあちゃん⁉」

「ばあばきれーい！」

そこに描かれていたのは、目の覚めるようなとんでもない美女だったのだ。よく見ると、確かに目元におばあちゃんの名残がある。

そこへおばあちゃんが自慢げに言った。

「ふふん、どうだい。あたしゃ昔はなかなか美しい女だっただろう？」

「なかなか美しいどころじゃないわ！　とんでもなく美しい人よ！　私こんなに綺麗な女の人、初めて見たかも……！」

私が褒めたにもかかわらず、おばあちゃんはなぜか複雑そうな表情をしていた。

「……よしとくれよ。まったくリアは、真正面から屈託なく褒めてくるんだから、時々毒気を抜かれちまうね」

「そ、そう？」

「……だが！」

カッ！とまたおばあちゃんの目が光る。

「『初めて見たかも』じゃなくて、『初めて見たかもしれませんわ』だよ！」

「はいぃぃいっ！」

どうやらちゃんとした王妃への道はまだまだ険しそうだ。

私今からこんな勢いで、やっていけるのかな……!?

そんな気持ちが、表情に出ていたのかもしれない。

そばで見ていたウィルが、楽しそうにくつくつと笑った。

「大丈夫だリア。時間はたっぷりある。これから少しずつ勉強していけばいい。何せ、私たちは家族になるのだから」

優しく手を握られて、私はウィルを見た。

キラキラ、キラキラと、今日も美しく輝く七色の瞳が私のことを見ている。

その優しい眼差しに、私は微笑んだ。

――そう、これから私たちは家族になるのだ。

ウィルと、おばあちゃんと、フィルと、私。

……それからもしかしたら、いつか増えるかもしれない、新しい家族。

これから訪れる幸せを予感して、私はそっとウィルの手を握り返した。

あとがき

スターツ出版様では初めまして、宮之みやこと申します。

今回は『シークレットベビー』というお題の元、楽しく書かせていただきました！　この作品はあくまでも全年齢なので、やりすぎないようドキドキしていました……（笑）

また、ヒーローのウィリアムは当初とても真っ当でまっすぐな人間だったはずなのですが、リアに逃げられて以降、気づけばどんどんヤンデレちっくな方向に開花してしまい……。

書いている途中に「どうしてこうなった……!?」と頭を抱えた記憶があります。

軽いヤンデレではあるのですが、私の作品でヤンデレが世に出るのは初なので、ぜひ楽しんでいただけると幸いです。


また、ここからは多少ネタバレが入るのですが、ルミナシア王国の〝ルミナスの瞳〟に関してはルミナシア王国内で「大丈夫なんですかそれ？」と聞きたくなる設定だけに、色々お話が膨らみそうな気配を感じています。

王妃の子だけど、〝ルミナスの瞳〟を持たないために歪んで育った王子の話とか、平民の母なのに〝ルミナスの瞳〟を持ってしまった落胤《らくいん》の子の話とか……。

既に頭の中で色々なストーリーが踊り始めている気配を感じているので、いつかまた違った代のお話をかければいいなと。

もし見かけたらその時はニヤッとしてくださると嬉しいです。

改めて、キラキラした美し可愛いすぎる表紙リアたちを描いてくださった雲屋《くもや》ゆきおさま、お声がけくださった担当さま、そして携わってくれたすべてのみなさま。

何より、本作を手に取ってくれたみなさまに、心よりの感謝を申し上げます。

宮之《みやの》みやこ

私のことは忘れてください、国王陛下！

～内緒で子供を生んだら、一途な父親に息子ごと溺愛されているようです!?～【極上シンデレラシリーズ】

2024年12月5日　初版第1刷発行

著　者　宮之みやこ

発行人　菊地修一

発行所　スターツ出版株式会社

〒104-0031　東京都中央区京橋1-3-1　八重洲口大栄ビル７F
TEL　03-6202-0386（出版マーケティンググループ）
TEL　050-5538-5679（書店様向けご注文専用ダイヤル）
URL　https://starts-pub.jp/

印刷所　大日本印刷株式会社

ISBN　978-4-8137-9395-3　C0093　Printed in Japan

［宮之みやこ先生へのファンレター宛先］
〒104-0031　東京都中央区京橋1-3-1　八重洲口大栄ビル７F
スターツ出版（株）　書籍編集部気付　宮之みやこ先生

定価:1430円（本体1300円＋税10%）　ISBN 978-4-8137-9225-3

ベリーズ文庫

ベリーズ文庫の異世界ファンタジー人気作

Berry's fantasy ベリーズファンタジー にて

コミカライズ好評連載中！

しあわせ食堂の異世界ご飯 ①〜⑥

ぷにちゃん

イラスト　雲屋ゆきお

定価 682 円
（本体 620 円＋税 10%）

平凡な日本食でお料理革命!?

皇帝の胃袋がっしり掴みます！

料理が得意な平凡女子が、突然王女・アリアに転生!?　ひょんなことからお料理スキルを生かし、崖っぷちの『しあわせ食堂』のシェフとして働くことに。「何これ、うますぎる！」――アリアが作る日本食は人々の胃袋をがっしり掴み、食堂は瞬く間に行列のできる人気店へ。そこにお忍びで冷酷な皇帝がやってきて、求愛宣言されてしまい…!?

ISBN：978-4-8137-0528-4　※価格、ISBN は 1 巻のものです